DEERBOOK

鹿 书

织锦缎

王嘉馨——著

武汉大学出版社
WUHAN UNIVERSITY PRESS

序：小说应该有这样的新意

2020年最后一天下午，忙完了工作，回到办公室，打开电脑，为一位年轻朋友即将出版的小说集写序。

窗外阳光正好，但寒意不减，原本绿意枝头的树林，变得光秃秃、恓惶惶的。室内空调呼呼地吹来热风，却难得温暖。我在翻阅王嘉馨的小说集《织锦缎》。这书稿在我这里放了许久了，空闲时，偶尔会翻阅几段。对作者的背景情况我毫不知情，只是在上戏校区的狭小校园里，匆匆见过几眼。因为疫情关系，只见到一只大大的口罩罩住大半个脸，确切模样，竟有点记不起来。这学期给研究生上课，她坐着听课。直到有一天她请我为她的小说集写序，才猛然想起，在参加上海市文化发展基金会的小说评审中，好像有人称道她的作品，认为在描写都市生活方面有特色。想不到两年过去，小说集完成，摆到我面前的，是写序的邀请。书名《织锦缎》，我不知道确切含义是什么，但在寒冬腊月读这样一本有关上海都市生活的小说，让我对作品产生某种期待。在一个年轻的女作家笔下，这被人反反复复书写过的上海城市生活，将以怎样的面目展示给我呢？

读第一篇短篇《阿胖嫂》，印象中的都市世界有点滞后，不是缤纷多彩华光耀眼的新世纪，而是上世纪八九十年代间的上海城市生活。场景平平常常，小说的人物也是普通百姓，有的还在单位上班，有的已经离开单位，飘落到社会，自谋生路。就是在这样的环境氛围中，王嘉馨的小说推开了虚构的大门，像编织锦缎那样，编织着她的梦幻故事。第二篇小说《小何》也是拥有这样的故事氛围，只是作品的情调很不乐观，像这12月份的冬日夕照，感受不到热气腾腾的激越。最后一篇中篇《琳达》依然如此。这种与当下渐行渐远、返归往昔的叙事风格，伴随着淡淡的忧郁，但逼近读者的叙事脚步却是非常坚实，它一步一步向读者靠近，人物、事件、细节强健有力，没有一丝一毫的含糊。这样的作品和笔力，在上海的年轻女作家中，的确有点异样，不能不让人产生阅读的兴趣。事实上，以追忆的方式，回溯过去的生活，这样的小说开局和构造，是现代潮流之后，一批小说写作者努力追寻的色彩和格调。至少在当今上海的三四十岁的作家中，有为数不算太少的几位。她们已经不追逐时尚了，而是开始把玩和回味有点褪色的人物、故事。我有时会想象王嘉馨的写作环境，大概就在市中心某条不怎么起眼的弄堂里，一间房间有着一扇临街而开的窗户，她从窗户中望出去，看到弄堂里三三两两往来的男女，在他们中间寻找故事。这可能就是通常所说的市井生活和市井故事吧，但对于我而言，却感受到一种新奇和动感，这是小说给我的阅读体验。也是我愿意与广大读者分享的。

是为序。

杨 扬[1]

2020 年 12 月 31 日于上戏仲彝楼

---

1 杨扬，上海戏剧学院副院长、上海市作家协会副主席、中国茅盾研究会会长。

自 序

谨以此书，献给我的家园。

将都市称为家园似乎总有些不自然，因它的构成并非土地，而是水泥，且难以拥有一个家园应有的那种令人眷恋的固定形状，永远处在行进与更迭之中，并要求每个踏足于此的人跟上它瞬息万变的步子，任你慌张，它却舞得笃定又迷人。是的，我便是写给它，我深爱的，独一无二的家园——上海。

写给一个生机勃勃的大时代和那些生机勃勃的小人物；写给烟火气，写给烟火气里的生命力；写给已然逝去的，也写给即将到来的；写给我写它用掉的年月，写给你读它花去的时光。

上海是这样的城市，它因着它的女性而别具一格。阿胖嫂、小何、琳达，她们和你我身边那个也许叫不上全名，终身都被人们以姓氏或绰号简称的人一样，是注定不被铭记的小人物，却各有各的命运波澜及时代性格，竭尽所能地书写着各自的生命史诗，一如她们所生长的这片家园。在这样一座由无数寻常人拥挤而成的都市，在看似望不到边的寻常中，有一种微小而倔强的光，细细碎碎，不声不响，映照着平常日子，却持续生长，直到够将人从自身困境中拔起，一股力气挨着另一股，推推搡搡，构架起这座都市奔流不息的辉煌。

我看见她们身上那些光，它们不尽是明艳的，也有哀伤与彷徨，可那是于时代步履下透出一线生气的光，于是便拾起它们，将那些丝丝缕缕交织到一块儿，一点一点，织成一匹锦缎，展到你面前，看看花色衬不衬那些过去了，又将再来的一天，一年，或一世。

写它的过程不可谓不辛苦，有时仿佛我的笔已经不在自己手上，而是由那些人物夺了去，在一个个夏夜或冬日清晨，她们的故事恣意铺展生长，而我不断捕捉，生怕赶不上它生长的速度。写它的心愿则很朴素——她们若活了，那么我也活了。我活，为了我笔下一个个人物的活；我活，为了看到她们的一双双眼睛的活，我为这一切的活而活。这是多么幸福的一件事，多么值得一名作者为之倾尽心血。感谢我的老师、编辑、家人、朋友，以及每一位即将阅读它的人。如今我写完了它，我但愿它有一些好，有一些字句能走远了去，走到你们活生生的眼与心里去。于是这一切便因为你们而拥有了它的意义。

这是上海的故事，也是所有人的故事。是女人的故事，更是人的故事。是过去的故事，也是今天，明天，不尽的故事。

我想，你已准备好，看是怎样的故事。

王嘉馨

2021 年 1 月，于上海

目 录

阿胖嫂

风起的时候，我们谁都没有回头。

只是一路走，一路走。

“我就想不通，伊有什么好！给伊买外国香水，五百块，五百块，王家姆妈！认得这只狐狸精才几天！”阿胖姐一边哭一边拿绢头恶狠狠擦眼睛，边擦边哭的，一张脸气成摔破了的西红柿，往外不住冒着汁水。听的人劝也好，不劝也好，破了的西红柿总归要流汁的，这是它来此地背负的使命。很快，大家都知道阿胖认得了一只叫他七荤八素恨不能一家一当搬给她不给自己嫡亲阿姐留一毛钱的狐狸精。“阿胖的吃头势，你们晓得的，这么些年来，粮票，肉票，哪一样不是尽着他？我一件棉袄补来补去倒有两件重了，我为的谁？刚刚会赚一点钞票，就生冷亲热不分了，伊是哪里认得的？马路上！那是什么人啊？王家姆妈，叫我哪能不伤心？苦了这些年，还不如一个拉三[1]！”正当阿胖姐凄

1　沪语，意为行为不检点的女子。

凄惨惨信心满满赢得四周邻人一致认同时，那边厢战报传来：春西街的狐狸精喷着五百块的外国香水上门了。

邻人们立刻倒了戈，将他们过去一上午付出的伤感与同情抛得一干二净，纷纷寻着借口，争拥到阿胖家的小楼，好前排目睹未来阿胖嫂的风采，沾沾她的妖气，以备未来需要吸引什么人时之需。阿胖姐也只得快快杀回，边思忖着如何拆招，边一路白眼睛，倒戈的叛贼们，见一个白一个，忙得眼黑都快找不着回来的路了。

未来阿胖嫂是一个人来的，没有女眷陪着，她也并不怯场。不用人指点，你就会知道哪个是她，一身雪白的狐皮大衣，是进了屋也舍不得脱下来的，半下着帘子的房间叫她映得亮晃晃。窄长条的小黄脸上擦了许多白粉，露在外面一双瘦节节的手还是黄的，一笑，展开两大片红嘴唇："阿姐，侬坐呀。"她主人般从容地招唤眼珠子飞上天花板正愁没有更高处去的阿胖姐，两只真假莫辨的红宝石耳坠子随着她笑嘻嘻的环顾，也喜盈盈地乱颤，叫看她的人们，嘴角也不由得弯起来。这条弄堂的人，多少新娘子看过，眼前这个算不上好看，却别有一番生动。因此大家很快便原谅了她的香水和皮大衣，转而将阿胖姐作为讨伐的对象："自己嫡亲阿弟，好不容易交了称心的朋友，她吃什么醋？这种阿姐，真真少见！"

在阿胖姐的眼泪遍布千家万户后不久，未来阿胖嫂的东西也占据了千家万户的橱柜桌儿。"这葡萄新疆来的，时鲜货色，哎呀一点点哪里客气了啦，给小孩尝尝味道的呀。""这个我刚买的，涂了皮肤很好的，你试试看，对哦，嫩哦？放在你这里，我还有的呀。”电视广告里新的，市场上鲜的，人们眼里心里想要的，未来阿胖嫂手上都有，都舍得给。占有戏剧上的魅力优势的阿胖姐立即败下阵来，悲情女王悲情地看着自己往日的推崇者欢欢喜喜转向了不吝物诱的敌方。

喜宴摆在华亭宾馆，灯火晶莹，比不上宾客们的眼睛莹亮，那样高的纱柱，那样烂漫的鲜花，小仙灵似的花童簇着香气四溢的阿胖嫂，一路拖着绸缎裙摆曳曳而来，一对钻石耳坠子叫灯射着，刺得人眼疼。同样气派的婚礼，大约在二十年后方渐普及开来。几个录像的，人堆里上蹿下跳，忽尔一个黑亮的镜头就杵到人面前，倒把群喜气洋洋的宾客唬得一愣一愣。一切都是如景似画的，直到席上阿胖姐借酒摔了一只玻璃杯子，阿胖拍了桌子，酒足饭饱忠肝义胆的亲友们按阿胖的按阿胖，拉阿姐的拉阿姐，录像的没承想拍成了武打片，正尴尬，一片烟紫漫进画面，那是换了貂皮大衣正敬酒的正式阿胖嫂：“阿姐吃醉脱了，拦部车子送阿姐回去。”说着，她将身上大衣往几欲分辩的阿胖姐身上一披：“外头风大来兮，阿姐披了回去吧。”貂毛水光滑亮，披的人脾气一下子也顺着毛锋溜走了，阿姐披了回去，后来就没有披回来。

阿胖的新房布置得也很气派，米灰色条纹的墙纸，彩色电视机，大红床罩子上撒满红枣花生。闹洞房的人提议吃苹果，一枚极红艳的富士苹果吊得高高的，左边是阿胖喝了酒又害了羞的红脸，右边是阿胖嫂杜鹃红的嘴唇，红苹果往上一抽，红嘴唇压在红脸上，阿胖的脸就更红了。

热闹并没有随着婚礼的结束而消散，人们仍然天天聚在这新房里，是阿胖嫂唤了大家来，一起“做包装”。珍珠打粉灌到胶囊里，人参封进礼盒里，时装折进透明袋子里……阿胖家里堆满了各式各样的货物，包装好了，卖出去，就是大价钱。前后弄堂的年轻人，下了班，吃了晚饭，就聚到阿胖家帮忙，阿胖嫂趿着双缎面拖鞋，手里勾着钢种锅子，天天总归袅到弄堂口状元楼买好冷面、冷馄饨，并几个小菜，晚上完成得大半时拿出来招待众人作宵夜。每批完成总要塞“几张分”[1]给帮忙的人，每次都是“不用不用，邻居道里！”“要的要的，辛苦铜钿！”这样推搡，最后以帮忙人嘴上不情愿脸上笑眯眯地收下结尾。

如果是冬天，楼下有卖柴爿馄饨的路过，她也必要请大家吃一碗再走。她伶俐地起开窗梢，向叫卖的方向趴着，喝住那卖馄饨的，一只篮子装了钞票吊下去：“六碗噢！”冲下面卸了担子接篮子的老人柔柔喊一声。烧得了馄饨，一碗碗同找好的钱一起吊上来，“冷咪，不高兴下楼！”她回身对着货堆中的邻人们笑道，“来，趁热。”

也不过一个寒暑，阿胖家又添了不少东西。全套的立体声音响、录像机、电冰箱，市面上最紧俏吃香的，他都搬回家了，甚至还有那全弄堂人都没有见过的新式武器——卡拉 OK 机。几乎全部年轻人都拥进了阿胖家，阿胖嫂在满满当当的人头中从

1　指几张十元纸币。

容不迫地招呼大家："坐呀，坐呀！吃水果瓜子呀！"金色的麦克风，回声特别好，穿过薄薄壁板，顺着砖瓦缝隙，流淌到每家每户，开着水龙头的媳妇，带着顶针簸钩被子的阿娘，咬着笔杆的小囡，各个不由自主地跟着轻声哼唱。

电视机里演着邓丽君甜糯的笑脸，电视机前的几个人争抢一个话筒，五音不全的盖着字正腔圆的，形成一种极复杂而快乐的立体混音："梦里，梦里见过你。甜蜜，笑得多甜蜜。是你！是你！梦见的就是你！""是你！"这句不知道为什么一定是要喊的，完全不尊重糯嗒嗒笑着的原唱。

"是我。"某个鸽灰的清晨，一把喑哑的声音唤开了邻人的门。开门人眼前的阿胖嫂趿着那双缎面拖鞋，口红没擦，头发没盘，肿着眼泡立在门口。"哪能[1]了啦?""阿拉阿胖，"她一闪身进门，压低声音道，"捉进去咪。讲伊投机倒把，要吃官司!"瘦精精的阿胖嫂紧紧裹着一件睡袍，鼓七鼓八[2]，看着倒像一夜胖了不少。"昨天夜到就没转来，我看了一晚上天花板，心不定。天一亮，有人敲门，个么[3]我就蹿起来，门一开，是阿倪头，他同我讲，阿胖昨天在电影院门口就被便衣搭牢[4]了呀。"阿胖嫂浮肿的眼皮没夹住眼泪，落了两滴下来，她抽一抽鼻子继续同邻人讲："我想来想去，早晚要查到屋里厢的，就先来寻你帮帮忙，放一点东西在这里，你放心，我一路上看好的，一只煤球炉都没

1　沪语，意为怎么、怎样。
2　沪语，形容鼓鼓囊囊。
3　沪语，意为那么。
4　沪语，意为捉住、抓住。

燃，我轻手轻脚来，没人会疑心的。”邻人还在疑惑她说的东西在哪里，她已经迅速脱下那身睡袍，袍里用封箱带密密贴了一身的外烟外汇，精精瘦的阿胖嫂往睡袍口袋里塞了几张大团结，笑眯眯推过袍子：“帮帮忙。”

阿胖嘴硬，为了一帮朋友死活不认，家里搜又搜不出什么，人缘又好，问谁谁都说不晓得，就这样拖了几个月，总算是放出来了。回来那天，弄堂里热闹非凡，都出来看。阿胖胡子拉碴笑嘻嘻，夹着一包换洗衣裳，远远就看见弄堂深处自家门口起着一盆火，火苗后掩着一个瘦得眼乌子凹下去，肚子凸出来的阿胖嫂。他跨过火盆，被阿胖嫂一拳捶在胸口：“晓得回来啦，你儿子跟着一道担多少心事。”阿胖灰蒙蒙的脸上亮起一双又惊又喜的眼睛，捧起阿胖嫂的脸就是一大口亲下去。“要死了，一回来就讨惹厌！”阿胖嫂一把将他推开，险些踩到火盆里去，邻人都笑了起来。

阿胖嫂是难产，推进手术室划了一刀，出来一个女儿。阿胖想不通，没有接阿胖嫂出院。

“我老早闲话摆在这里了。马路上眉来眼去认得的，会得好哦？你们看好咪，阿拉阿胖不会要她的，钞票晓得用，儿子不会养，迭种女人，过迭种日子，她也配?!”阿胖姐一口瓜子壳呸在水泥地上，吓跑一只路过此地正伸懒腰的猫。

“医生么，拿了红包，哪能好意思说是小姑娘呢?”“是呀，阿妹你先回来养身体，不要去求他，让他晓得你娘家不是没有人！”“好了，你们都走哦。”阿胖嫂不耐烦地挥挥手，“不要你们接呀，谁要你们接了啦，钞票又不够用啦?”“你这话!”“够用么回去呀。”轰走了闹哄哄一群人，阿胖嫂抱着阿胖囡前脚出了医院，后脚就到了伊势丹。

进口的最洋气的婴儿服，裹在阿胖囡身上，充分发挥了人民币的装饰作用，登时将这初生儿扮成了最娇柔可人的洋囡囡。一开家门，阿胖正仰躺在皮沙发上假装睡午觉，阿胖嫂将阿胖囡往他肚子上一放便松了手，唬得阿胖忙睁眼去捧。“不要就扔掉。”蹬蹬蹬下楼去了。阿胖风里雨里来去惯了，手上忽然多了这么一个花团锦簇柔若无骨的小东西，轻也不是重也不是，竟没了分寸，欲起身让出沙发给她，忽然一只软软的小手心握住了他的手指，竟那样越握越有力道，他不敢乱动，定在那里看向眼前这张小小的脸，是他自己的幼圆混沌的轮廓，忽而向他胸口绵绵一埋，阿胖脸上情不自禁开出了一朵花。

阿胖姐的预告片没有迎来预期的戏码。没有冷战，没有热吵，没有抱孩子回娘家，真真闷煞个人。然而戏剧性情节还是姗姗而来了，阿胖不吃香烟了。“伊讲囡囡吃不消这个味道的。”在某个很不经意的时机，阿胖嫂这般不经意地提了一句，迅速从人们脸上得到了她经意制造的效果。透过他们的脸，她仿佛看到了话传到阿胖姐脸上的表情，浅浅地笑了。

阿胖囡很会长，她将她母亲和父亲身上零散的好看的地方都夺到自己身上，加倍再加倍地使它们夺人心魄。见到她小小脸蛋的人，没有一个会否认十多年后她将是一个大美人。阿胖从没对自己的长相有过哪怕一两分的认同，阿胖囡的诞生让他头一回对自己产生一种惊异的陶醉。他无法不时时将目光停留在她脸上，用他最温存的情感，凝视这粉嫩而纯真的自己，她使他完美。

她还不大会走路，她的美貌已经从前弄堂传遍后弄堂，又从她母亲娘家的前弄堂传到后弄堂。她摇摆到哪里，哪里就热闹。阿胖嫂从不白受人家好话，叫娘家哥哥开了一只8424[1]，分给邻舍，又挑最中心的那块，挤了汁，喂给阿胖囡。血一样，又红又甜。

“今朝这只瓜蛮好的，你们吃呀。”她笑道。

抱阿胖囡回去的时候，家家户户已经吃好晚饭，到处都是收摊头的声音：拖桌子出来做功课、碗同碗叠起来、筷子抓成一大把、水斗里开了自来水、饱足了的人“哎”出一枚无意义而较为幸福的嗝。无线电扭开来，刺啦啦调信号，“吃好啦?”的问候声里带着榨菜毛豆的鲜咸，间或带着一些油焖茄子的酥软。天边的霞也心满意足地渐渐隐去，阿胖嫂抱着阿胖囡走进自家门洞。

绕过楼下过道摆的一部脚踏车，阿胖嫂觉到有什么是和平时不一样的，楼梯下黑黝黝的空间似乎比平时更挤。她没有觉错。在她要踏上楼梯时，梯下有个声音唤住了她，“阿嫂!”一张铁灰的脸从那影里晃出来，借着剩余天光，她认出是她娘家后弄堂的阿生。刚刚还在她家吃西瓜的，怎么倒前她一脚来了。“阿生，你在这里做什么?”“阿嫂，我想问你借一样东西。”西瓜汁

1 1984年由上海市原南汇区农业专家育种成功的第24组良种，因皮薄、汁多、甘甜、爽口，成为西瓜中的“王牌”，极受欢迎。

在她胃里倒流，她一无所知地确信，要闯穷祸了。“你讲。”她笑道，不等他答便将那自行车推向他，转身向外奔。他跨过那车，一把就去扯阿胖囡，“孩子给我！”冰冷的刀锋颤抖着贴上她颈项，他压低了嗓子：“我只要十万。十万，换她，你还是赚。”她死死抱着阿胖囡，扭头向阿生道：“好。”说罢便将脖子往他刀上凑去，柔软地，陷进刃里。阿生慌地往后一退，随即罗马凉鞋露出的脚趾便狠狠吃了她一鞋跟，痛得一时松了手。

血顺着她的脖子，流淌到胸口，滴到阿胖囡的脸上，又随着她狂奔的颠簸，流淌到她小小的嘴里，又红，又甜。

很多年后说起这件事，阿胖仍要说她：“胆子这样大，命也不要了！”阿胖嫂就笑笑。她脖子上后来就有了条淡淡的伤痕，斜斜的，衬着她的窄条脸，更显清峻。“谁是阿生？我怎么一点不晓得？”阿胖囡眼睛里全是天真的不解。上天制造了一些天真的脑袋，就是为了避免他们了解太多的。“你那时候抱在手里，才多大？你要晓得，倒成了小妖怪了。”她摸摸女儿的头发，注意到她又换了发色，比之前的要红一些，显得皮肤更白更细，是到了小妖怪的年纪了，她想。“零用铟够用吗？”“够的。”“真的啊？”她继续追问，阿胖囡屏了一会儿，嘴巴终于抿不住，尖笑起来：“用掉了，我已经用掉啦！”她从小就是这样，笑起来肆无忌惮，声音又尖又脆，像见着了世界上第一等可惊可喜的事，从嗓子尖里一溜串儿迸出来，完全原生态的，能叫夜里的太阳忍不住起来看个究竟的笑声。伴着这笑，她已滚在她母亲怀里：“爸爸已经偷偷给过我了，你不要让他知道我说出来了，好不好，好妈妈。”“这么大人了还发嗲，旧社会像你那么大都做妈妈了。好咪，衣服也叫你滚成咸菜了。快去，看看阿姨小菜烧好没有，烧好叫你爸爸。”“哦!”她高高兴兴地去了。

也没有过多久，阿胖嫂就迎来了即使是新社会，她依然这个年纪就要成为外婆的事实。阿胖囡在医院叫了一天一夜，男家一个露面的人都没有。阿胖听得实在坐不住，看着阿胖嫂蜡蜡黄的脸道：“你饿不饿？我买二两生煎你吃？”她不置可否。生煎买回来，阿胖嫂捏了一只，一口咬下去，咳起来。“哪能了？阿是汤太烫了？慢点吃，慢点吃，不急的。阿囡在里面不要紧的，有医生，红包也厚的，你不要急。”她捏着那只生煎，一抽一抽哭起来，他搂过她僵硬的肩膀，心乱如麻地听她泣道：“阿胖，你说，我们这样吃苦，心惊肉跳，挣了钱，我们挣了钱了！为什么我们囡囡还那么苦？比我那个时候还要苦!”眼泪落到她的名牌POLO衫，又印到他胸膛上去。他早已失了主张。他可以挣钱，可以纵容她的天性，可他唯独没有办法将她从她自己的苦难中救出来。她此刻的叫声和她往日的笑声一样尖，他觉得有人将他的心取了，放到缝纫机上，来回踩着线。

阿胖囡有了一个女儿，没有丈夫。她还是时常笑，那孩子也爱笑，后来男家将孩子带去，她就不大笑了。

“你不要记恨妈妈。”阿胖嫂端了人参乌鸡汤到她床头。“我晓得你心里不是味道，但是你年纪还那么轻，我必须要为你将来打算的。”阿胖囡脸别向那边，只不看她。一碗汤，每天新鲜炖了晃悠悠端进去，晚上又满当当端出来，没有新鲜花头。出了月子，阿胖囡就搬出去了。

“好看？好看有什么用？能好看几天？歪路子娘养歪路子女儿，作孽是作孽我们阿胖呀，赚了那么些钱，还要受这些女人的气！还好小的送走啊，不然养大了，知道她是个什么东西？”阿胖姐将老邻居电话打了一圈，说来说去这几句，因此练得愈发顺溜，令她不禁有些佩服自己的口才。

老房子里的人已经流落到这个庞大城市的角角落落，或高或低，不再有交集。只有阿胖姐仍是一盏灯塔，孤零零伫立在缠绕不清流向四方的电话线间。由于各路快讯的主要传播源是阿胖姐，所以一到阿胖家的新闻，永远比别家精彩十分。别人家加了工资的新闻，在阿胖家就是成百上千万的生意；别人家夫妻为了私房铜钿打起来，同类武打戏码放到阿胖家就是为了某笔讲不清楚的钱被讲不清楚的人追杀。当人们对自己的生活感到厌倦至极，他们只要一个电话打给阿胖姐，听听阿胖最近在做些什么，就像从前同住弄堂的时候，隔着几个门洞，听一点他家立体声音响里放的四大天王，自己也便赶上了潮流。而同阿胖本人的交流是没有的，每个人都深谙生活的戏剧之道：打了灯，有些距离，有些夸张的，才是戏。买了第一排位置，坐得太近，生旦净末丑脸上的油彩被灯烘烤了，快要化到自己脸上，浓妆后有几颗痦子都数得清楚，看得那么真，还有什么意思？于是他们说好了似的，一致不打搅阿胖发财，后来阿胖生病，瘫在床上，他们也没有打搅过。

进口药很贵，比从前珍珠打粉灌进一颗颗胶囊、广东服装叠进包装冒充香港货加起来都贵。“我关照你，不要相信他们的话，我底子好，只要是药都吃得好的。”阿胖说。“你也想得太多，我会上这种当哦啦？进口国产，不是一样？”阿胖嫂说。她的脸好像更瘦了，阿胖想。他没想到是因为少了常年在那里晃荡的耳坠子的关系。足金的、红宝石的、钻石的，各式各样的，已经有一阵看不见在她脸颊两旁了。

三月，枝头绽起了新芽，医生说，阿胖可以回家养了。“就是说，就快好了。”阿胖嫂推着阿胖在医院小花园孵太阳，他虚胖苍灰的脸在太阳下像一块隔年缺水的根茎，还不能一下子适应水土丰润季节的来临。“还好没有上他们的当。用了贵得吓人的药，再不好，真叫一场空。现在蛮好。”阿胖说。枝头的鸟儿上上下下跳跃着，吃不准要去哪里一样，两根树丫间挑挑拣拣。“这天朝后总是要好了。”阿胖嫂对她自己说。

从医院到家不过十来分钟，阿胖说，推我回去吧，顺便买点点心带回去。老派饮食店的店员照例是收银匣子一关，塑料牌子一扔，笑面孔不轻易给的。阿胖还是笑眯眯，把手盖上阿胖嫂搁在轮椅的手，说，等我好一点，带你去外滩吃饭，就我们两个，蜡烛点点。几只烧卖并麻球，挂在扶手上，和阿胖一道张望着一路来往的人，新奇极了，这些男人和女人，大约都是住在这附近的，但是一个也认不出。他们后来也搬了，搬去更高级的公寓，地段好，楼层高，巍峨耸立，刀一样插在地面上。也不知是人变忙了，还是墙变厚了，互相也不大听到，不听不听也就习惯了。电梯沉沉地落到面前，哗啦一声，将归来的阿胖和推着轮椅的阿胖嫂熟稔地吞了进去。

开门进去，样样式式都没变，家里还是和阿胖生病前一样，变的都是阿胖不会看到的地方。阿胖囡把拖鞋穿到他脚上，讲好的，回来只为照顾阿胖，并不同阿胖嫂讲话。实在有话要讲，也是对着阿胖讲，仿佛他是一面回音壁，可以毫无损失而不带情感地将这声音转码到她母亲耳里。阿胖也不能说什么，他从不舍得责怪她，无论是执意生子还是轻易辍学，他都没有训斥过她。在她面前，他是不要面子的，他要的只是她顺心。尽管他知道，她总归是不顺心了。

“阿囡，这块腊肉蛮好的，你吃掉它。你一直没怎么补，身体要吃不消的。”阿胖捧着阿胖嫂特为给自己做的病号饭唤她。她走过去，夹起那片肉，送到他嘴里。

阿胖是半年后走的。临走前，他握着阿胖嫂的手，如痴如醉地听着她的威胁：“我告诉你，你不好走的！我是什么人，我是顶没有用的一个人，你阿姐说我是你在马路边上捡回来的，你忘记了？那天，我新买了皮鞋，口袋里乘车的钱也不剩了。走到电影院门口，新上墙的画报锃锃亮，你拿出一沓票子，问我要二价[1]，我白了你一眼。你说，穿这么漂亮的鞋，一块洋钿都没有？我气不过，转身就朝你脸上敲了个图章，”阿胖嫂气势汹汹向阿胖病消了形的脸上亲去，“值不值一块洋钿？”“不止。”他气息微弱地给出同当年一样的回答。“阿胖，你给我记牢，你欠我的，

1　沪语，意为额外高价。

还不清，不要想走！你走了，我寻谁去？你不好赖账的，听到吗阿胖！”他凄然笑道：“你是什么人？刀架在脖子上，你也过来了，我晓得你过得来的。只是我，这一关，难过了。我这点钱……总算……”“你这点钱哪里够用！我是专门刮你钞票来的，你要长命百岁地被我刮，晓得哦？”窗外的桂花香气乘着秋风，一路洋洋踱至监护病房。“晓得了。”阿胖说，“我想吃赤豆汤。你讲好去买又不买，送我到这个地方来。”“不要作。”她说，握紧了他的手，“囡囡已经去了，一歇歇就回来。吃得落就会好的。”几星桂花被风吹落到她红褐发间。一场夫妻，真真假假几十年，伤心就伤心在，太知道彼此。

给他擦身的时候，她告诉他：“你以为我不怕，其实怎么会不怕。不过想到，这点家当，你是搏了命赚回来的，管它是刀是枪，我都要争一争！可你要是不在，我要来又有什么用？阿胖，你是为了我，我也是为了你呀。”

阿胖已经不会再回答她。从今往后，她再怎么莽撞，都不会有人讲她了。再有买皮大衣的钱，也没有那个买皮大衣的人了。

窗外云有些沉，挡住了月亮的白，只留下一点灰蓝，纱般漫洒在这屋子里，屋里的三个人，一个躺着，一个坐在躺着的人身边，一个靠在灰蓝的墙上。坐着的，招招手让站着的人坐，唤不动。像一尊泥像，每根感知神经都封上了草灰，泥住了，除非将她整个敲碎，没有法子让她改变这僵固的姿势。灰蓝的空气里，流进一点远处病房的声息，那痛苦的喘息，都像阔佬在叫花子跟前的炫耀，那样没有人心。坐着的和站着的人，连这点可怜的气息都听不到了，无论她们怎么屏息倾听，以至于连哭一声都不敢。

出殡的大厅很气派，老朋友们都来了。一对对眼睛晶亮，互相招呼着，低声交换各自持有的，有关阿胖的幕后消息。有说房子升值到几何的，有说看病耗得无几的，各执一词，互不服气。不一会儿，阿胖姐也来了，仰脸盛着两脸颊的泪，扶着门框大嚎，人们忙七手八脚将她搀扶进来，她两眼一闭，于哀痛的间隙，有那么一两刻，恍惚得到了满足。伴随着忽哽咽忽嘹亮的哭嚎的，是僧人们平稳不移的诵经声。高低错落，浑厚的浑厚，高昂的高昂，立体环绕着在场的每一个人，如同当年阿胖的重音炮立体声音响环绕着整条弄堂那般。

阿胖嫂坐在内间里，被几个负责劝慰的妇女围着，一身墨黑的裘皮大衣，窄长条的小黄脸上脂粉全无。暖气开得很足，却仍不足以让她暖和起来。她向每个吊唁的人伸出双手:“侬来啦。”她的手冰冷绵软，一对优渥的哀愁，握在人手里，奄奄一息的昂刺鱼般，骨劲全无。全不是以前那双“王家姆妈帮帮忙”的把握十足不容败落的手了。邻人们落下泪来，一个年轻的胖女人上前招呼他们落座休息，他们这才发现，这个有些胖的女人，就是当年的小美人胚，她在生产后便失去了众人期待赞叹的那种美貌，而变得更忠于她父亲的原著了。

阿胖囡是整个礼堂里最安静的人。除了她，一切都在发出声响：慰问的、叙旧的、敲木鱼的、派黑纱的、音响、麦克、灵车推进来的“吱扭”声，她都听不到。千米深的湖底里冰封着，湖上的人怎么走动，都无关她寒彻的痛苦，直到有人握起她的手，将一把比这痛苦更冷的铁锤塞进她手里，又举起她抓着铁锤的手，往父亲的棺木重重捶下钉去，所有包覆着她的冰层于瞬间崩裂，刺骨冰流逼进她空痛的肺腑，激得她失去了所有控制，从胸口，从喉头，从眼睛、耳朵、头顶里迸出一根根冰刺般的嚎叫，尖利地扎进人们的耳朵，从他们的耳朵里淌下她的血来。三四个妇女抱着，都没有用，每钉一锤，这锋锐的痛苦便扎透她全身一次，直到她除了喘息，再无力气喊叫，如同小时候，她笑脱了劲，瘫在人怀里，一式一样。人们将花瓣洒向他远去的灵车，如同从前他们捧起花瓣，洒向朝他们笑眯眯走来的新人阿胖，一式一样。

仪式结束的时候，已是下午四点多了，载着满满一车送殡人的大巴开着开着，路有些堵起来，一阵停，一阵开，悠悠晃晃。后排的送殡人们纷纷打开了手机，有钻研今天错过的股市行情的，也有将购物车里看中的衣服点给女伴讨建议的，有的人说，去新西兰要多买点牛肉，侠气[1]新鲜，有的人说，外孙看看好白相，带带要带出忧郁症。每个人都从死的沉重中向生的轻快踏出了一步。只有阿胖姐还在抽泣。阿胖这出戏，她始终上不了几次台，可那时她是快乐的，快乐地扮演她的悲伤，快乐地散播她的悲伤。如今角儿没了，龙套还有什么戏可唱？回望这一生，没有什么人爱她，没有爱，有些什么能拿来恨恨也是好的。阿胖

1　沪语音译，意为极其。

一走，什么都散了。她抽泣，如每个孤独的老妇人。

阿胖嫂安安静静抱着阿胖的照片坐在最前头，太阳不烈了，开始要落了，那温驯的光，像老人的目光，从顶远的天上遥望她泪干的脸庞。悠悠晃晃，睡去的阿胖囡，脸滑在她肩上，仿佛又成了那个粉嫩柔弱的婴孩。后排不知谁的手机响了起来："甜蜜蜜，你笑得甜蜜蜜，好像花儿开在春风里，开在春风里。"司机也止住了对红灯的咒骂，跟着那铃声哼起来："在哪里，在哪里见过你，你的笑容这样熟悉，我一时想不起，啊！在梦里！"

"电影好看哦啦？""和你搭界哦？""现在不搭界么，以后讲不定就搭界咪。""惹气！跟牢我做什么？""什么人跟着你？我回家就是这条路。""瞎讲，你住哪里？""安福里。""哦，那倒真的是这条路。""你晓得我们弄堂？那你肯定住得离我近来兮的，对不对？你叫什么名字？明朝还来看电影吗？你叫我阿胖好了，有我阿胖，没有你看不到的电影！夜到了蛮冷的，你怎么没件外套？皮鞋倒漂亮咪。我跟他们倒东西，看到老毛子女人，都穿那种，皮的大衣，那个保管暖热，哎你看到过毛子女人吗？""烦咪，你这个人闲话怎么那么多，再瞎七搭八我明朝就叫老派来冲掉你！""平常我倒没什么话的，以后你就晓得了。""谁同你有以后？"

感到泪痕发胀紧绷的时候，她发现自己在微笑，她想起很多从前的事，海潮般，一年年起伏，浪起时不安的快乐，扑落时宁静的退却，回忆细细碎碎，落日里微闪得四处都是。其间散落的尖粝贝碎，这会儿好像也失去了割伤浪花的可能，无论是抵押出去的房产证，还是夺回抚养权的战争。她手捧着一个过去了的，肩枕着一个未来的，看着倒车镜里映出的自己的脸，还有几十年，还有好几十年，要闭住一口气，扎进海浪里浮游，想到这，她缓缓闭上眼。悠悠晃晃，载着这些要活下去的人，车融到它的潮里去了。

写于 2015 年 10 月

小何

水冻冰了，

可鱼没有。

“今朝七点半，工会活动中心，不要再忘记掉了，门口等你。”莉莉拍拍她的肩，紧着几步跳上了男友的自行车后座，又朝她扭过头来：“穿登样点!”她笑着朝小何挥了两下手，人造棉裙摆轻飘飘地扬着，消失在下班的人潮里。

“吃好夜饭还要出去啊?”小何妈看她在穿衣镜前左侧一下身，右侧一下身，便忍不住过来参谋。“嗯，工会有活动，我老是不去，人家也要讲闲话的。”她身上一件远水蓝的泡泡纱连衫裙，更显得她身骨幼细，皮肤霜白。“好不好?”她对着镜子自问。“也好，也不好。”小何妈抱着灰色的老猫，倚在她的镜像边上说。“姆妈从来不直截了当说好的。”小何被她说得心上发毛，伸手将自己的镜像掀开，又去橱里翻寻。小何妈叹了口气：“可怜你也就这几身衣裳。”说着手一松，让猫跃了去，转身从五斗橱里翻出一个小手绢包儿给她瞧：“你这身颜色不坏，可是通身上下太清太淡，现在是不讲究了，我们那时候，年轻轻的姑娘是不作兴这样素净的。”边说着，她边从手绢包里抖出一对祖母绿的耳坠子来。“妈这是从哪儿来！”小何压着细嗓儿惊呼起来。“喏，”小何妈朝老灰猫努努嘴，“那个时候，缝在它项圈儿底下。墙缝里的，地板下的，都没保住，只有这一咪咪的东西，托我们阿咪的福，留给了我，也就只这么一咪咪了。”她将耳坠子比在小何耳垂底下，镜里的她登时明媚起来，望着镜里的自己，小何的神恍了几秒，又回了来：“妈快收起来罢，我又没耳朵洞，就是有，也不能这样戴出去的。”“你收吧。”小何妈将耳坠放在她手心，“反正早晚也是你的。”小何看着手心莹莹的绿，听到走出去的小何妈唤她：“衣裳穿好，我给你头发稍微钳一钳。”

头发没钳好，火钳有些太烫了，两边头发翻卷了翘上去，让她本不自在的脸更多了几分吃惊的神情。她准备走路去，既省了车钱，又可以一路上让风吹吹头发，也许到了门口就自然些了。不幸的是，这是个无风的夏夜，无论如何疾走，头发除了更乱而无章一些，并没有少卷一点点的意思。

到了门口，莉莉看到一个发型吃惊表情惶恐的小何。

“还以为你又不来了，真是大小姐，请也请不到！”她一把抓起小何的手走了进去。这是小何第一次晚上来这个活动中心，一切看在眼里都变得那样陌生。白天开会议事的氛围全不见了，桌椅统统收到两边，空出一块偌大的舞池；日光灯也变了模样，用各色彩纸卷裹起来，投出让小何略为安心的柔软的光，将眼前人的脸照得既模糊又缤纷。“好看哦？我夜饭也没吃就来布置啦。

哎，来了！”莉莉的男友举起一包牛皮纸包的点心，在大厅那头朝她扬了扬。“你坐一会儿啊，我一会儿来找你！”说罢一路朝男友奔去，留下角落里的小何，兀自后退了几步。

人越来越多了，厂子那么大，好多都是生面孔，姑娘们，小伙们，成群扎堆的，轻声说笑着，偶尔装作不经意地互相打量几眼，又接着和同伴们说笑，借此来掩饰彼此间的打量。远远地，小何觅了张椅子，静静坐了。

也不知是这腻人的光线，还是那尴尬的发卷，又或是一路疾走的疲惫，汇拢到一块儿，涌成一股无端的烦闷，不会水的人下了泳池子，水没过了胸口般地，让她虽知不碍什么，却心上慌闷，不得宁静。遥遥见到一些熟人，她只求他们别瞧见她，别同她说话，让她独自瞧着眼前的热闹直至散场，便是对她最大的仁慈。

很快她便发现，很多人同她一样，不会跳舞。不同的是，他们敢跳。有做出各样滑稽姿势的，有无比镇定地踩着对方脚的，姑娘眉头皱得快抽筋儿了，好好一双塑料风凉鞋子，被踏得不像样子。“吃力唻，我要歇一歇，不好意思哦。”终于憋出了这句话来，朝自己的女伴们快步而去，那边几个已经偷笑到眉眼错位了，一个个挨着彼此的肩借力支撑着才不至笑倒下去。被撂下的那一个，涨红了脸，走也不是，站着又被来来往往的一对对推来撞去，也不知怎么想的，倒退着缓缓离了舞池，仿佛这样便不算退场，不会引人注目似的。

而这些并不是最可看的，小何注意到一个姑娘，即使是这么昏暗的光线，人们依旧可以看到，她有那样黑的头发，一双眼睛宝石般瑰丽，光是坐在那里，就很扯人心动人魄。有胆子大一些的，走过去邀她，她一站起，便将那些旋转了半天的击了痛败，场上一大半的目光都被她拽过去，满地的马兰头里忽绽出一朵玫瑰，而她落落大方的姿态又立即令得打量她的目光纷纷感到羞愧。所有的小伙儿都忘了他们眼前的姑娘，她红色的裙摆舞到哪儿，无形的力便将他们带到哪儿，姑娘们也无奈地跟着他们的脚步，刚才还杂乱无章的舞池因为她而有序舞动起来——以她为中心。

有一个人也同小何一样，痴了似的望着这不知姓名的姑娘，这个人小小的个子，一张天生悲伤的脸，目光紧咬着她红色的裙摆，如望见了他生命迄今为止唯一的光亮般。“怎么样，林松？我女朋友!”一旁的男伴嬉笑着将下巴搁在他肩头，指着那红裙姑娘。“你女朋友?”“当然!”“她叫什么?”“叫什么？叫什么我一会儿请她跳舞就知道了。我再请她吃饭，看电影，荡马路，到时候我连我丈人、丈母娘叫什么一块儿告诉你，够兄弟吧。”“够。”

一曲终了，她向舞伴点头致意，便退至角落休息，正站在小何的面前，给了她一个仰望她背影的机会，比十张笑意盈盈的脸庞加起来都动人的背影。她每个裙褶都像是活的，各有各的故事在诉说，她的腰身也有自己的主意，她的脚踝随时会转去她要的方向，正如此刻，她忽地一侧身，走开了。

她的离开，让小何顿失了暗影的呵护，迎面而来的光里，有一个不高大的身影，手已经伸了出来，向着红裙姑娘离开前的方向——小何的方向，伸了过来。手的后面，是一张年轻、温和、忧郁的脸，她本可以拒绝他的，可她没有。

他明明抢在同伴之前向红裙姑娘走去的，走得那样快，不是他惯常的步子，有些失控的，带着不惯常的、失重的快乐。可红色的人儿比他更快，精灵似的，一转身向自己的女伴们走去了，一片曼丽的红影在他眼前一闪，露出一抹极淡的远水蓝来。早晨的，随时会消亡的露珠似的眼睛望向他，望向他已经伸在空中的手，蓝色的，雾气般的人儿升腾起来，轻轻地，惶恐地，将手放在他悬空的手心中。他本可以向她解释的，可他没有。

就这样，他们心知肚明，不由自主地，跳起舞来。

两个人跳得都很不好，两个人都想着，这曲结束就好了，就好了。可不知怎的，曲至一半时，这念头也渐渐淡了。尽管两双眼睛仍是一双向左看，一双向右看。

突然间，就什么都看不到了。

“呀！怎么回事儿呀！”“说停就停，外面有电没有？不会都灭了吧？”人们吵嚷着，有划了火柴，被怕点了屋子的喝住的，有趁机扯着嗓子唱歌起哄的，有唉声叹气说赶紧散了得了的。只有小何和林松依然安静，黑下来时，她不小心，踩了他的脚，惊惧失措，栽在他胸口，被他扶住了。

他们都觉得应当远着对方一些，也许是黑暗涂抹了理智，只是这么觉着，行动却没有立即跟上。

“啪！”彩色灯管抖动着重亮起来，人们发出“哦哟！”的呼声，有抱怨扫兴的，有忙着检查立体声录音机里磁带卡住没有的。黑暗中，他们的眼睛是望向彼此的，反正也很安全，不料却被不期而至的光明出卖，收之不及，便都有些愣了。

“哦，对不起！”乐曲重又响起，舞到他们身边的红衣姑娘碰着了他们，轻声致歉。林松惊醒似的松开了小何，他们仍对望着，他看见小何眼里有浅蓝色的水雾气。

夜晚宁静多了，整个城市蒸腾了一天，此刻终于关了火，定了神，一颗颗小水蒸气往下坠，一滴，一滴，落在小何被松开的肩头。一个人淋了小雨走回家，广玉兰叶子路灯照了，雨水润了，绿得酥油油，投下浓淡不一的灰影，为小何纤弱的影打起一把把伞盖儿，走到哪儿，都庇佑着她。这是她回家的路，一种于事无补的安心笼着她，多少人是这样，年轻时从一条路上走，不知这路会不会带人去向远方，反反复复，走到不年轻时，还是没有走远。

不会白白反复的，把心磨出茧，也就觉得好些了。

快到家时，她的发卷让雨水打得差不多都直回来了。轻手轻脚关了门，去浴室取毛巾擦头发，小男孩似的往后拢了，素净净一张脸，衬在绿色瓷砖底上，是百合绿豆汤里一片漂起的小百合。她的耳朵很小，头发都有些别不牢。往后捋了好几下，拇指触到自己柔腻的耳垂，小时候阿娘[1]说，小姑娘打了耳洞，下辈子还要做小姑娘的。“阿娘，我要做男小孩。”那时的她说。她对

1 在江浙沪一带的方言中，“阿娘”常被用来指奶奶。

镜中那时的自己笑笑，悄无声息地，去厨房米缸里，拿了两颗顶头尖利的米。

夏天已经过了一半，偶尔忘记放茶叶梗，耳洞也不会就没掉了。她还是没有能再见到他。有时她会去门口收发室，帮同事们拿信，也从来没有发现任何一封，她偶尔设想中的，没有邮戳的，写着她名字的信。事情也许就这样了吧。直到某个下午，她收好皮包准备下班时，莉莉忽然冲进来："了不得，厂门口轧死人了！"听到这消息，一屋人齐炸起来，一张张涨红的脸，与其说是害怕，不如说是兴奋。一个主张去看，一屋都涌了出来。"走！我一个人不敢挤进去。"莉莉挽起小何的胳膊，紧挨着她，快步向前行去。

厂门口停了一辆公交车，一圈人头围得水泄不通，和小何六岁那年的某个下午一样。那个下午，妈妈去了外婆家，爸爸给她买了包盐水鸭胗，带她到隔壁好婆家，请她代为照看一下。他临走时蹲下身来，捏捏她的脸，小何觉得他心事有点重，就往他嘴里塞了块鸭胗："阿爸你也吃。"他低头嚼了一会儿鸭胗，迅速起身，离开了她。好婆说，酱油没有了，要去拷一点。一手牵着小何，一手提着空瓶出了门。四五点钟的太阳，最没有侵略性，是熟梦中婴儿脸蛋的微红。邻街的人家有的已经响起锅铲声，刚下班的人，衣服挤得再走样，脸上总有点笑眯眯的。好婆和酱料店的老板娘拉几句家常，小何就等在门口，手上装鸭胗的小纸包汪了一点油，透透的，像一幅斑驳的画。她把纸包举起来，从那半透明的地方看街上来往的人影：两个抱孩子的妇人，一队打闹的学生，一个神色怆然的男人，她挪下一点纸包，鼻尖上有鸭胗的味道，盖着她的呼吸，露珠般的眼睛越过纸包看去，看见这个男人，她的父亲，迎着一辆公交车走去。车没停，他也没停。然后车停了，他也不动了。一下子，就围了黑压压一圈人头。好婆听到刹车声蹒跚出来："啥事体？噶许多人！咦，鸭胗干哪能落到地上啦？"小何拽着好婆的手，往那人群奔去。他们都比她高，挡着她的去路，她用手掰也掰不开看热闹的人墙。为什么长了这样一双小小的手，而不是尖利的刺、钉子、小刀呢？好扎进这些与死者无关的肉里，用疼痛迫出一条血路。他们的腿晃着，走动着，踮着，斜伸着，直到好婆凄厉一声裂在空中："不得了了阿囡！里厢是你的爸爸呀！"那些腿才为她辟出一条路来。他们看清了她的同时，她也看清了她血泊中的父亲。没过多久，家里的东西就被搬得不剩什么了，爸爸的死，让她们多少挨了点苦。

"快，这儿有空。"莉莉把她往人群里拉。"莉莉，我不想看。""哎？那不是那天和你跳舞的小年轻吗？"好婆的声音登时占满了她的耳朵："里厢是你的爸爸呀！"那个看似客客气气的下午又回来了，那么多年，她谨小慎微，以为厄运会将她遗忘，它的记性应该不会这样好的，没道理这样好的。她柔弱的手急切地扒开一扇扇耸动的肩膀，薄腻的耳垂穿过一张张议论的嘴唇："哪能会的啦？""吓死人了！""出锋头呀，乃么[1]真的出大锋头

1 沪语，意为这下。

了。”忽然这些嘴唇都“哦哟”地惊呼起来，一个年轻人被打倒在地，捂着青紫起来的脸道：“关我什么事！又关你什么事?！我倒也奇怪了，你认得她吗？她同你讲过几句话？为了一个不搭界的女人！穿一条开裆裤长大的兄弟你也打？算我认得你！”“还不认账?”那人说着又拎起他领头要打，小何终于扒开最前一层的肩膀，看到那打人的，就是林松。“我是吹了口哨，怎么了，又不是我一个！她自己不看车，又不是我轧死她的！”话音未落，又是一拳，众人唬得后退一圈，生怕牵连进去，站在原地的小何无意中成了舞台上的那一个。

舞台中央殷红一片，分不清哪些是血，哪些是死去女孩的红裙摆。

她认出了这张漂亮的脸，曾经在舞池中所向无敌的脸，现在贴着粗粝的地面，宝石般的眼睛熄了光彩，成了煤饼的碎屑，所有熠熠生辉的姿态，以猝然而不甘的苦痛告终。“为啥事体打他乃?”“喏，小姑娘漂亮呀，穿的裙子骑脚踏车，风一吹么，不学好的就吹口哨来，小姑娘要紧拉裙子，么看到前面车子，龙头一歪呀!”公车上目击的乘客们叹息着。吹口哨的小伙儿被打得一脸鼻血，林松还嫌不够，他要把他心里的血都打出来为止，有只冷腻的手来抓他的手腕，被他一甩，趔趄出舞台。

“都带回去!”他回头望，老派来了，还有一张苍茫的小脸愣在那里，夹在前行而来的大盖帽间，和舞会末尾时一样，含着一些寂静的泪。

林松的开除决定没过几天就贴在公告栏了。大家都传他与那女孩总是有些什么，说得似模似样的，也有说被打的也是和那女孩不清不楚的。一个美艳的无法还口的人，世间没有比这更佳的欺辱对象。毕竟换成一个不好看的人，说得再不堪似乎也没有多大快乐。人声鼎沸中，一个信封摆到小何眼前："人是开除了，工资还是给他结清楚。他不来拿，下了班小何你跑一趟，送到他家去，地址和工资条都在这里面。""小何，你可要当心点，这种暴力分子，讲不清楚的。"李姐打着毛衣关照她。"人家小何是姑娘，又是去送钱的，不至于。有谁愿意把财神爷打出门？""越是姑娘越得注意这种作风不正的人。那个和公交车香鼻子的不是姑娘？她要是个男的，哪有这种事儿？扯个裙子把命扯没了！""我看出来了，李姐心疼咱们小何，要么，你替她走一遭？"李姐忙道："我这几针收了头，得赶紧接孩子去，一家老小多少张嘴等着，哪像小何，家里统共两个人，多好！"说着便扭身数她的针数去了。

林松家的弄堂她虽是第一次来，却感到有些亲切。弄堂口的门牌号叫爬山虎掩了一半，看门人在听无线电，走进去，东家探出几枝夹竹桃，西家窗沿攀了些蔷薇，走至深处，一户人家敞着门，门口一群孩子围着一个老人，均托着稚嫩脸蛋聚精会神看那老人手上的小红瓦，那红瓦挨着地面一扭，一扭，便成了一朵花，又一折，一折，折出一座山，孩子们爱极了这灰泥地上的画，纷嚷着："还有呢？""然后呢？""山里有没有马？"老人笑呵呵地抬起头："姑娘，你找哪家呀？"小何一看门牌，这便是林松的家了。

老人引她穿过客堂，走过一条幽暗的过道，从一扇小门里出去，豁然而现一座小花园。不过几十平米的天井，却有山石流水的景致：一小池荷花里，嬉游着几尾金鱼，一片竹虚掩了墙那边人家晾晒的衣物，一只八哥儿仰头用缓重的声音唤道：“别忙了，出来吃饭了。”“别忙了，”老人道，“有客人来了。”池子边的林松回过头，头发比先前长了不少，正蹲身持着铁锹准备栽种些什么。

“厂里，让我把这个送来。”她将信封放在小石桌上。“难为你跑一趟。”他拍拍手上的土，请她坐。“领导们希望，你可以振作起来，不要在意那些风言风语。”“他们会那么好心?”他没给她稚嫩的谎言留一点面子，这让她生来苍白的脸颊顿时烧红起来，映着这满满一隅的苍翠，很是鲜艳。“但你是好心。”他说。

她心里知道自己是坐在矮矮的石凳上，扎在地里的矮石凳，没有比这更牢靠的了，但是这石凳此刻于她却比一只联欢会上意外飘落的气球还易破、易飞走似的，让她主张全无，一刻也坐不住。“我要先走了。”她逃也似的把这话推出了口。“等我一下。”他径自起身，拿起一把剪子，四下里转着，弯下腰细细打量、比较着，来回踱了不知多久，终于选定一处，伸去剪子。转过身时，他手上多了朵娇艳欲滴的珍珠玫瑰：“没有比它更好的了。”她看着那玲珑的，近乎完美的花朵递到自己面前。“上趟，再上一趟，我都，不太好。”他说。

回家路上，她将它小心翼翼握在手心，捂松了怕人盯着看，捂紧了怕闷坏了它，柏油路面也成了气球，为难着她的每一步。

临进门时，她从皮包里拿出一小柄镜子，在屋旁的花草坛里挖了个小小的坑，将这花儿植进去。她在心里对它致歉。明知道它是无根的，仍细心拍实了土，仿佛它是植在她心里一般。

越是不敢见的，越是到眼前。那天晚饭吃过没多久，就有人敲门。她先是疑虑，后又抢先开了门——被姆妈开了更不好。“我爸爸怪我，上次没留你吃饭，让我把这个送来，谢谢你为我的事专程跑一趟。”“是我们小何的朋友吗？”小何妈从后面笑吟吟迎上来，“站在门口做什么，进来坐呀。”“是同事，上次领导叫我送一点东西去。”小何道，她不想说出失业的事叫他难堪，没想到他因为她的隐瞒反倒感到了难堪，刚欲澄清，话叫小何妈抢了先：“你们领导倒是很关心你哦？不错不错，来，喝茶。”看着小何为难的脸色，这时候发布被辞退的真相，他又不忍了。

“这个盒子蛮漂亮的。”小何妈放下茶水道。“哦，这是家父一点心意。”他打开那硬纸板印花锦盒，拿出一卷画来，小何帮忙他一同展了。“老人家自己画的，不值什么。”小何妈见了，拿出手绢，擦了擦眼角道：“多少时间，没见着这些了。呵，你们不要笑我，我就是想到了你阿爸，你还记得哦，家里以前收的那些，最后都是我帮他一张张泡烂掉，抽水马桶抽掉……我真是，老提这些做什么？”说着她又擦了擦眼睛，又夸了几遍：“画得蛮好。真的。”她自己都觉得自己不可信似的：“我也是见过几幅好画的，不要看我现在不像样。”

“一样的，我爸爸现在也画得少了。搬黄沙，身体搬垮了，总算休息下来，难般[1]画画了。”林松道。一种彼此间深切的体谅包裹着这客堂。“光讲闲话，茶也要凉了，你坐一会儿，我去添水。”小何妈说着往灶间去了。

“我爸说，下次请你来吃饭。”“我不过是替厂里跑的。”“我知道。”他道，低下头去。

“咦？两个人怎么还站着，什么要紧话不能坐下来说？”小何妈笑着添了些热水。“阿姨，我还有点事，就不打扰了，谢谢你的茶。”他拿起杯，礼节性地喝了一口，便匆匆告辞。

“这个世界我也是闹不懂，今天是有铜钿人，明天就吃苦受罪；这会儿还热乎乎，过一些就冷冰冰了。人啊，也像黄梅天一样，吃不大准。”小何妈边收杯盏边叹。

某个雨过天青的早傍晚，人人都欣喜地重新展开原先被雨水打乱了的愿望清单：藤椅仍旧搬到院里，饭菜露天摆开来，着了雨点的衣服，晾到外面吹吹晚风，小孩子飞奔着去隔了几个门洞的伙伴家借作业抄，脚步踌躇的人，不知不觉就拿定了主意，走到那被爬山虎遮掩的门牌前。听无线电的看门人觉得她有点眼熟，又是年轻轻文弱弱的小姑娘，就对她客气地笑了笑，再便宜不过的笑，有时也能暖放一朵花。

“快，去弄堂口买两只熟菜！”“林松不好，不早点说一声，没有准备让你见笑，坐，坐呀。”在一片热闹慌忙的寒暄中，她给了他一汪涓流般清朗的笑眼。

1　沪语，意为难得。

世上最难以解释的，不过是：顺理成章。河堤只松了一个小口，水就自己漫过来，没有人教，没有人挡地，整条河床每一滴知情不知情的水珠都凑着热闹，一滴紧挨着一滴，后来的送走前头的，没甚道理地，成了这章。

“真可惜，神父怎么那么可恶！”“就是，她跳起舞多少好看，那红裙子！”“明朝你也叫裁缝做一条呀！”“就我这腰身？爱丝米拉达看到都要吓活过来！”散场灯光里，一个胖胖的女孩子和女伴们边叹边笑着，从林松和小何前排走过。小何拿出手帕来擦眼睛，随即不好意思地冲林松笑笑，“你看我多傻，看到卡西莫多他……你怎么了？”他红着眼，默默低了头。她会着了他的意。原以为伤感是银幕负责演绎的事，没想到他们自己却没能置身事外。她默然片刻，“准备走吧。”将手绢留在他手背上，“打扫的人要清场了。”她说着，起身向外走去，不想看见他眼睛为别人湿润。

一路静得很，夏虫收了声响，玩水的、疯笑的小孩也没了踪迹，马路鲜有人荡，风凉无人再乘，热烈的季节随着寂静季节的到来，无声无响地关上了门。小何看着自己面前那点行动的脚尖，玉兰荫头底下，一会儿明，一会儿暗，第十五盏路灯了，离同他告别还剩三盏。“我们可以，先不要见面的。”她轻声道，并没有抬起头，仿佛是说给自己脚尖听的，“如果你觉得，不是那么必要的话。”第十六盏路灯，离同他告别还剩两盏。“你想多了。”他道。慢慢，慢慢，他们走向暗去，又慢慢，慢慢，迎着亮来。第十七盏路灯到来的时候，她转身而立，将脸掩在玉兰树的影里，留给他一握微微抽动的背脊。暗地里聚积的泪溃于不知体谅的光明。望着她清削的肩，他感到自己安慰的责任，可此时她说了句："我先回去了。"便快步向前去了，空留他的掌心在空中，掌中是玉兰树婆娑可爱的影。

进了自己房间，皮包往床上一扔，抱着枕头，便埋了脸，无声地大哭起来。她的悲伤是不应当被任何人知晓的，从六岁起便是这样，知些情的人，会拉着她的小手，叹道："到底是没爹的小囡，格外懂事体，也是可怜。"都觉得她是早经了风浪，没什么好再叫她大惊小怪的。她张大了嘴，眼泪无声无息淌了一脸。她恨极了自己，一抹透明的魂，也照旧挡在她前头，艳光四射地，让她觉得自己才是透明的，没了生气的那一个，早就随父亲身上的那辆公交车去了，空留了这副身壳子，做她母亲的女儿，亲眷的姐妹，厂里的小何出纳。

打开五斗橱，角落里摸到那方手绢，灼灼的一对儿，耳洞里扎了进去，映着哭得绯红的脸和毛毛的乱发，像一幅边界不清光影夺目的印象派的画。可她没见过印象派的画，她只看过许许多多的标语，红红黑黑的脸谱，还有这会儿，她从镜子里看到窗边，没顾上拉的帘旁，路灯下，林松叩着窗的样子。

她忽地转过头来，让他感到有些异样。可他敲她的窗，她看见，听见了，转过头，不是再自然不过的吗？是什么和从前不一样了呢？他问自己。

他的小何，是他头顶永远在的，那轮月华，总是笼着薄薄的清雾，那么柔和地照下来，一点也不刺伤人。她在他身边投出一个影，那影随他而行，他仍旧是一个人，可不同以前了，他有了他的影。他的小何，是清凉的，晶莹的一捧水，让她从指缝流走，再捧起她，让她从指缝流走，她只寂静欢欣，一点儿也不懂灼咬。他的小何，这会儿向他走来，迎着路灯的暖黄，没有藏匿她的泪痕，微翘着唇，带着他从未在她脸上见过的表情，也不全是气恼，也不全是伤感，也不全是讶异，是散了云的月，加了温的水，耳垂上的绿色宝石，像她的另一双眼睛，全情全意地望进他瞳孔深处，让他无法回避。

他没有其他方法回应这样的小何，除了将手掌拂在她脸颊所在的窗玻璃上，她没有其他方法回应这样的林松，除了将脸颊贴在他手掌所在的窗玻璃上。又硬又凉的玻璃，什么也没阻挡住。他原本拿来归还的那条拭泪的手绢，仍在他的口袋里，可已全然从心上被他遗忘了。

“你的事，我也不会定规要反对你。”小何妈剥着毛豆，坐在她床边：“你不要装睡，我知道你醒着。”小何翻了个身，背对她道：“姆妈既然不反对，这会儿又要说什么呢?”“我总归觉得，不大般配。”“你一开始不是觉得蛮好的嘛。”“你还准备瞒到什么辰光?”小何妈放下毛豆篮，“他爸爸老早是画家不错，那是老黄历了，现在呢？谁还画？就是画，又有几个人看？我知道我不该说这个话，可他呢，一个被厂里开除的人，为的还是打架，打架还是为个女人，为的那个女人还不是你!”小何一拉被子，蒙起头来。“你不想听，我也要说，我们家没有男人当家，为了不让人欺负，担了多少心事！我一步不敢错走到今天，要是由着你糊涂，我怎么对你爸爸交代?”她哑了嗓子，接着道，“我们虽不是什么高门大户，但是我的女儿，随便怎样，总该找个让我心放得落的人。我就不相信，世道再变再变，我们难道就只能这样了?”“姆妈，”小何背对她道，“我们早就已经是这样了。”

喜宴摆在碧云阁，就在弄堂口，不过两三桌，已经够这对新人不知所措的了。点不好香烟，敬不来酒，林松父亲更是个墨水缸里过日子的人，自由得这场面去。林松的母亲对小何妈笑道：“我们林松，比较老实。”“这么看看，倒也蛮般配。”小何妈幽幽道。那边厢又碰砸了一只汤勺，一时哄笑的哄笑，说吉祥话儿的说吉祥话儿，林松母亲也跟着笑，小何妈仰脸独自尽了杯中的酒。

席散月已高，就是几个最调皮的人也不知怎么拿这两个人开玩笑好，便也不提闹洞房的话，各自散了。小何一整晚都云雾里似的，直到她告别了母亲，从弄堂口拐弯，高跟鞋子咯噔噔转进那爬山虎荫蔽的门，咯噔噔路过一盏盏只见过几次、却即将成为她的朋友们的人家的灯，一溜影儿窜出的猫咪，不是她家阿咪，一样喵喵地朝她唤，怪亲热的。夜路里鞋跟的回声不再叫她不自在，她笃定地踩着每一步，月亮的辉光为她打了一身漂亮的明暗，一种她自己也不曾发觉的凛凛的美捕住了他的目光，他看着她，从淡淡的水彩，一步步，叠成重重的漆烟墨，颊边乌黑发卷儿跃着，走进了他的家门。

新房在三楼，上楼梯，先得走那条窄窄的走廊，再至花园门口转弯。去喜宴时走得匆忙，园门敞着，这会儿，草木披了月华，皎洁可爱，比黝黑的楼梯可爱。

一点残酒盛在竹杯里，林松的绒线背心垫在石凳上，露水的清冷便去了近半。“刚才老九儿醉头醉脑的样子你瞧见没？”“啊，哪一个是老九儿？”“就是那个毛胡子，嗓门特别大的。”“哦，这个人，像个不倒翁，没坐定也没站停过。”“你说得很是！”林松笑起来，又道，“那你看我，又像什么？”小何捧着竹杯，细细抿着酒，打量眼前的人，即使最快乐的时候，也含着忧愁在眉眼的人，最适宜在这月下，同所有泥土里挣出来的花草精灵一道，被爱人的目光月华般眷眷满洒。她含笑道：“你像是一个，会请我跳舞的人。”

花园小得那样，放狠心迈开步，不是踩了花，就是要撞树，不敢笑出声惊起四邻里庸常意足的梦，只得脑袋抵着脑袋，仿佛能掠一把对方的镇定来给自己的笑疾敷用，夜风里的柳枝，替他们垂了腰。“让我再看看。”她伸手轻捋他的额发，“你看起来，还像是一个，以后，很久以后，都会请我跳舞的人，诚了心，特了意，独独只请我一个。”说着，她自己也没意料到的眼泪便落下来，迅疾向后一闪，想躲进花草的夜影里去，却让地藓滑了醉步，一时不稳，被他上前抱住，“小心别摔着了。”

那芍药才刚绽了一朵，在月暗处，开得很艳。

她的陪嫁里，有一只五彩玻璃花瓶，光洁晶亮，园里最鲜放的花儿，成了这儿的住客。她悉心照料着它们，每天清早剪枝换水，收拾得鲜明可人才自去梳妆上班。“我们要是有个女儿，你一定把她打扮得很好看。”林松笑道。“不同你讲。”她害起羞来，提了皮包，留下个近似媚眼的小小的白眼，出门去了。

也是一样清朗的早晨，也是满园争放的春色，也是不灼目的宜人日光，芍药开得浓艳一片，层层花瓣，飞旋的舞裙似的，热烈地，将园里的花草都盖了过去。它随着小何进了屋，转瞬就将屋里的一切都盖了过去，包括小何。

林松一下子立起身，走去看那花，良久不语。“这几天就它开得最热闹了。你说是这样单放好，还是剪几枝别的来衬它?”她边说边摆弄着高矮，一会儿便剪了一小堆茎秆。“就这样单放着。以后，别去动它。”他顿了顿，抓着散落桌上的那把茎秆道，“别的随你剪，这个别再动它了。”说罢便转身而去，留下小何与那瓶离了根的芍药在晨光里对望着彼此，阳光透过花瓣返在她脸上，是红的。

起先，这陪嫁的花瓶被放在新房最显眼的地方，盛满了新切的花儿，每天都要摆个新花样；后来，瓶里水干了，才想起换；再后来，水干了，也没想起换，花歪了脑袋，便随手抓起扔了；再再后来，花歪了脑袋，就由它歪着去，没人注意到它瘦下去，干下去，哪怕它所住的花瓶，是摆在房间最显目的位置；再再再后来，歪脖子花的陈尸被除了去，换了一把塑料花进去，红红绿绿永不凋谢的样子，很不讨人喜欢；最后，永不凋谢的，也褪了色，蒙了灰，有个女孩儿爬上椅子想去拔那花儿玩，一拔，不会掉的花瓣给她的小手一个反弹的劲儿，叫她碰倒了瓶，碎了口，又胡乱粘了回去，粘口朝里，放到壁橱一角，这样，就不会有人发现它破碎的历史了，一切都那么有条不紊，自然而然地行进着。

她学会了抽烟，在没有人的时候。她的女儿常常不声不响猫在角落里，欣赏母亲的这个小秘密，她从小就具备了欣赏寂寥之美的天赋，从她母亲的背影和冉冉腾起的烟雾中，练就了一双老练的眼睛。

“别忙了。”“出来吃饭！”“爸爸吃饭咪——”八哥儿一溜儿学过来，从阿爷到小何到小朵儿。被催的人早听惯了，自是埋头花圃中不挪步，八哥儿上下跳了一回，又用爪抓着笼子从头念叨一回。“再不吃冷掉咪！”新词入耳，他这才恍然转过头，是小朵儿扒着园门在唤他。

“青菜今天很好，很新鲜。”“嗯。”“小朵儿明天要带蜡笔钱去学堂。”“哦。”“等下吃好夜饭，我要去小马家里一趟，她问我借条裙子，去照样子做。”“好。”“姆妈我也要去。”小朵儿插嘴道。“你待在家里，做功课。”“那我帮爸爸种花，种好再做功课。”“花要紧功课要紧？吃饭。”她夹了筷菜心给她。

夏日傍晚的雨，是没有征兆的。啪嗒，啪嗒，一颗又一颗，断断续续敲着窗子，刚刚留心到它，便“哗”地倾了下来。“姆妈怎么回来？”小朵儿捧着胳膊踮脚在窗口，望着雨水四下里奔腾成不断幻变的窗花，迎着外面人家的灯火，万花筒一般。“会回来的。”她父亲呵着一只砚台道，“砚是好砚。”小朵儿咚一声从竹椅上跳下来，去客堂门后面拿了两把大伞，晃晃悠悠走到雨里去了。

雨将这弄堂淋透了，石板路让雨水浸得酥凉，塑料风凉鞋子一踩一朵雨花，顺着脚趾“吧嗒”一下开开来，又无声地湮灭了。黑布伞大，打伞的人小，身前歪歪斜斜打着一把，身后摇摇晃晃拖着一把，稀稀落落的路灯，穿过雨幕，穿过伞布，昏沉地映到这张小黄脸上，一个黝黑油亮的影忽然从她面前一跃而过，引起了她的注意。如果有人将这弄堂单提起来，滴滴答答的，会看到在某个不起眼的转角，有负着两把黑伞的孩子，追着一只黑猫的踪迹，跌跌冲冲，顺着弄堂倾斜的角度，脱离了她预想的轨迹。

木盆里的半盆水，是姆妈打的。姆妈说，小朵儿踩着了水，要热热地泡一泡，才不会生病。雨后的穿堂风打在朵儿额角的汗珠子上，虚飘飘的温暖，随时收得走的。姆妈是好的，爸爸也是好的，就是姆妈同爸爸不大好。

黑猫钻进的侧弄堂里，三层楼里那个奔到门口给姆妈送伞，被姆妈含着笑意推回去的年轻人，同姆妈应该是好的。要好的人眼里总大概是没有别人的，何况是雨夜里一只黑漆漆的猫后面跟着的一个前面一把黑布伞后面一把黑布伞的一动不动的小姑娘。

她一动不动，看着他们一个前脚走，一个后脚追，一个送，一个让，两只告别的手，是两只钩子，越要走，越拉得紧。终于松了姆妈去，那青年立在雨里，是一座湿漉漉的夜码头，望着他的船风雨里驶远。

这个月的月考，小朵儿拿了双百。她很高兴，因为她晓得姆妈肯定会高兴。姆妈高兴，兴许就会更喜欢她，更喜欢了她，兴许就会更喜欢爸爸呢？人在小的时候，能做的事，实在很少。

小皮鞋踏在水磨砖上，一跳一跳，书包里铅笔盒子考试卷子也跟着丁零当啷晃晃荡荡，老远就看见阿爷笑眯眯的脸，立在门口冲她招手。一阵烟似的扑过去："阿爷，我考了两只一百分！""比你爸爸聪明，正好阿爷有个奖要给你！"说着手心里摊出两粒糖来，五彩缤纷的糖纸裹着，小朵儿风似的从那宽厚苍老的掌里夺了去："谢谢阿爷！我去给爸爸妈妈吃！"抓了糖便向里跑。"都出去了，还没转来呢。"阿爷在背后唤她，她笑着又跑了出来，书包在背后左右乱摆，朝外面奔去。"屋里厢等不是一样？哎，跑慢点！"阿爷皱起眉笑着摇头。

林松也不明白，自己为什么在这儿。这楼道，又暗，又旧，也许同他家的差不了多少，可他控制不住自己固执的偏见，判定了它是暗旧厌人的。他告诫自己："你不喜欢这里，你应当立即从这里走开。"可双脚还是立定在那儿，像今年越冬后垂死的那些地栽，知道没有胜算了，仍旧将孱弱的根须向下扎，向下扎，向最贫瘠处索求不可及的养分。他全身的枝叶奋拉着，小朵儿远远地看去，像是数十年后的，病弱的爸爸，不是此时此刻的爸爸。一样地，不知怎么会找到这儿来，不知哪个小小的声音对她轻唤："也许在那儿呢？"腿就听着那声音来了。远远地，却见到她的父亲立在那门廊里，她手里的糖，不由攥紧起来。

如果不是全神贯注地盯着小何下楼的样子，林松都不会发现，自己已经有很久没有打量过眼前这个女人了。这个女人，他的妻子，他女儿的母亲，他头顶永远悬在那儿的，笼着轻雾的月，他身后永远跟在那儿的，寂寂的影子，他手边永远接得着的，清凉如洗的泉，正用她的鞋跟，一下，一下，踏着他的神经，他所有理所当然的想象。然后是她纤瘦坚韧的脚踝，她绷直的小腿，她晃动的指尖，她微摆的腰肢，她的一切，那么细弱的一切，是不可能伤得了他的。可她的眼睛浮现的时候，讶异里透着预知的沉着，甚至一丝丝笑意，仿佛他正衣不蔽体让她看了个通透，而远远不是她。他感到无来由的慌张，只有愤怒能压下的那种慌张。他握住她的肩，要捏得粉碎似的，将她狠狠往墙上定去，一双眼起了悲愤的红云，鼻尖有些发抖，压低的声音比他平时说的任何一句都明亮——在她听来。“你是不是以为，我什么都看不见?”小何靠着破旧酥烂的墙，望着这张脸，望着这双要将她整个吞噬的眼睛，轻轻笑起来——在他看来是轻蔑放浪的笑，在她却是没有半点假意——她真高兴，这些年，粗茶淡饭，生儿育女，以为日子就这样暗淡无光流逝下去的时候，他终于还是看见了她。他看见了，她几近狂乱地笑着，可他也许永远不会知道这笑的内情，于是，她不禁落下泪在这笑里，被他紧按着的肩在笑与泪中抽动着，墙又破，又凉，贴着后背，是一座合情合景的耻辱架，她竟有些感谢它。

她是一个住不惯高山的人。

有人说，山上就是这样的。空气少，便不要轻举妄动，省着点，才长久。懂这些道理的人，大多活了下来。因此人们觉得，事情若就是这样，你不能活，便是你的不懂事了。她不惯，十指细细，去撼那山，要从顽石峻岩里摇撼出一口活命的气来，拼尽了原该储蓄一生的气力。

“不错，你爸爸是为了我们，性命可以不顾。但那只是他，不是每个男人都有义务做不顾一切的丈夫。我知道，你要说，‘我几时要他性命？’ 囡恩，姆妈讲一句你不要听的话在这里：他对你，不过如此，你要他这样那样，同要他性命有什么区别？你就譬如，对工作，对一般人情那样，平心静气地对他，不好吗？”小何妈摇开檀香扇子，心口上胡乱拍着，“你要选这个人，我也没什么好多讲。现在倒好，你一个吃亏人，倒背起坏名声，闲话都叫人讲了去，姆妈连同你分辩都不能，你呀，糊涂啊！”“姆妈也不用气，好歹由我自己去，我也不是小孩子了。”小何妈听闻此话，朝天轻哼一声：“你也晓得自己是大人，是做姆妈的人了？你心里不顾忌我，没有什么要紧，你女儿怎么做人，你想过吗？好，就算你统统不管，旁人全为你牺牲，你自己毁掉自己，他就会多看你一眼吗？你可以糊涂，我看得可明白，他从来，就没拿真心待过你！”

从那时起，小朵儿就没有再和妈妈一起回过外婆家了。

有时放了学，她自己一个人偷偷跑去，外婆给她嫩嫩地炖一碗鸡蛋羹，或是煎一只荷包蛋，摊在热米饭上，筷子一点，和小朵儿的脸一样，软咚咚。软咚咚的脸上就绽出一朵软咚咚的笑。

至于为什么晚回家，有时就说老师留堂了，她现在不大怕说自己在学校功课不好了，因为功课好不好，都是没有用的，爸爸妈妈都不会好。她故意说功课不好，留了堂，姆妈也不大在意了。又有什么必要再去编晚归的理由呢？说了不用功，要签名的卷子上九十几分，姆妈也一点不觉得奇怪地签了。“姆妈我今天……”“手洗过吗？马上吃饭了。”

还有什么可说的。

无可诉说的，学校里的事，自己的事，朵儿就跑去讲给外婆听。嘴里嚼着蛋黄，讲出来的话大抵也是又滑，又香，外婆听了笑不停，好笑的也笑，不好笑的，也觉得好笑。

只有她的姆妈，外婆的女儿的事，在这里是禁言的。也没有什么人来规定，只是彼此默默地不提了。时间一久，越是不提，越是彼此知道，情形是好不了的了。

家长会那天晚上，林松去了一个文玩朋友家，“这家里像是坐不住一样！”也不知小何说的是他还是她自己，他前脚走，她后脚拉上假两件套连衣裙的后背拉链，拿起手包就出门去了。“姆妈，姆妈！”小朵儿追出去，姆妈的发卷在颈项上一跳一跳，像一群漆黑的小野兔。

“阿爷也是长辈，阿爷去开家长会，是一样的，老师不会讲小朵儿的。”阿爷急匆匆寻出门衣裳，小朵儿一下子两手环住那胳膊，小脸儿也埋进那臂弯，不说话。阿爷用另一只可以动弹的手掌摩挲她的额发，“不要紧的，阿爷去，哦。不会吃批评的。”说着便哑了嗓子。

阿爷蹬了一下自行车脚踢，没蹬起来，又蹬一下，咯啦，蹬上去了。阿爷回头冲小朵儿笑笑，摇摇地踩起了车，戴着贝雷帽的后脑勺只一层稀稀的白发，骑了两步，那背影忽而单脱手在渐渐隐去的暮光里招了招，知道小朵儿看得到。

天暗了，夜风吹起弄堂的爬山虎，沙啦啦，沙啦啦。即使不看叶色的变化，站在这弄堂里，你也会知道，秋就要来了。石板路上渐起了寒意，路灯的光也褪了色似的，白塌塌[1]的；叫蝈蝈渐渐收了声，轰隆隆刮电风扇的也没有了；热闹开着的花儿退下了墙头，星星点点地淡去了，添上秋的留白。灯影里的黑猫，像墙上一弯年久的霉迹，泣泣地唤着。是墙在哭，老了受不了一点秋寒的心酸。咔嚓，咔嚓，生锈的关节吃力运转着，将一名恬淡的老人运送到这忧郁的老墙前，咔嚓，咔嚓，铁片儿厮磨着早秋的凉，像一部老旧的放映机，将缓缓踩着“老坦克”踏板的老人的影儿渐次投到那老墙上，墙上霉迹似的黑影只是被车轮的影儿碾过，便厉泣似的叫了一声，从墙里窜出来，越过老人善意而慌忙的躲闪，冲进了溶溶的黑暗。

站在这条弄堂里，即使你闭上眼睛，也会知道，秋就要来了。空气里没了栀子花的甜香和井里新捞的瓜的清凉，只闻得到疏落起来的草木气，和一点血的哀愁的腥气；耳边的蝉鸣消失

1 沪语音译，意为苍白。

了，只有吱呀呀，吱呀呀，一点哑哑的，车轮径自缠绕秋风的旋转声。墙边，淡得发白的路灯下，老人和单车倾倒着，如同这个秋天第一片落下的黄叶那样。

很久，没有听他讲过大段的话了。总是一两个字，一两个字，算是和你讲话了。若是能讲上半句，已经是难得的恩惠。哪怕是侧弄堂楼梯口两人相堵着的时候，以为总该说些什么了吧，斥责也好，咒怨也好，什么都好，但凡是不掺假的，痛迎到脸上的都好，可他只是不响。呵，不甘心啊，千辛万苦犯的大错，一句整话都换不到。

现在，他终于哭了。眼泪从阿爷的生平经历滑到人生志向，顺着念稿人手指的颤动，转了个弯，在一生亲朋处拜访了一圈，最后落脚在死亡因由处，洇化开那墨蓝的字迹，让本就薄弱乏骨的稿纸，命运般冰凉无力地瘫贴在他手心。“家父生前……家父……”他没法念出完整的句子，极力忍耐，用僵硬的停顿对抗着泪的洪流，“生前，酷爱……丹，青……”他的下巴向颈项合拢，嘴唇再抖不出一个字，下垂的鼻尖，耸起的肩胛都明明白白告诉眼前的人们，这个立着的男人已然瘫塌。

她以为她不会在乎，甚至会享受他的痛苦，直到这一刻，她才发现，他的痛苦，不偏不倚，恰恰是植在她骨子里的，此刻她全身的骨要痛散了。

“歇一歇再讲。”她柔情的声音柔情的手同一杯半温不开的柔情的水一起，悄无声息便笼罩了他的耳膜、肩膀和手背，和她一直以来给他带来的安慰那样，温弱无害。这感情不是海，是水族缸，窒息了的人在里头漂浮下沉，外头看的人只当是悠游自在。没有浪，没有光，没有地方可去，安全得可怖，如果拍打那玻璃，可以挣开这禁锢，哪怕是去未知海的深深处，也胜过眼前循环不变的一切。就拍打那玻璃，拍裂那玻璃！

麦克风“刺啦！”一声尖叫着落地，唤起了每个低头默哀者的目光。递过去的水杯和递水杯的人斜倒在地上，杯子碎了，水流出来，人歪着，泪还在眼里。“姆妈！”人群中的朵儿叫了一声，随即被什么人止住了，也许是阿娘吧。面前厚墙一样高而密的嗡嗡声中，有快而有力的女士皮鞋声穿行而来，向她弯身，黑色的慈穆的身影用命令的口吻道：“拉牢我，站起来。”小何握着母亲的手，缓缓地，隔着重重深重的梦似的，走回议论着她的人群中。

眼前的一切都扭了形状，水漉漉地，晃荡着。本来不应该是这样的，本来他请跳舞的人就不是她，本来她怕在车轮下看见的也不是他，本来她一切都藏得好好的，锐利的小刀有柔软的心做鞘，伤不着任何人，至多也不过是割伤她自己罢了。可是现在，刀尖挣了出来，用手去捂，刀尖透过手掌扎出来，捂不住地疼。她血肉淋漓悄无声息地站在人群中，谁都没有看她。谁都不用看她就知道，这是一个不被爱的人。

每个走到阿爷身边，为他献上一朵小黄花的人的心头嘴里，都涌着千姿百态的海浪。有的默默无声：“想不到我先送了你。”有的惊涛拍岸：“你倒是狠得下心！这样待你最亲的人！”这浪拍在身边做儿子的身上，使他羞愤难当。再温厚的女人，都有她天然的复仇手段，阿娘持起苍老悲沉的嗓音，像持起一把刀，向着这对早已支离破碎的年轻夫妇，如同暴风雨不会对已然触礁的难船网开一面，它只管拼尽力气去打得粉碎，再粉碎，哪怕其实早已没有必要。

极寒的暗流和低沉的呜咽，原本是苦难的一对，海浪袭来，也便听不到彼此了，分散，流离，漠然。只有一小片碎裂的船板，拼力浮沉在这风暴间，朵儿握着海浪的手，望向无人可见的暗流，听着无人愿听的呜咽。在这海难里，一切如此变幻无常，要抓住自己呀，要活下去呀，要长成一艘大船呀，到那个时候，海面将平静得像现在的阿爷披着小黄花一样，朵朵金光细密闪耀，海鸟与海鸟的细语，也能听得一清二楚，画一样安宁，阿爷画里那样安宁。

“阿爷，再也没有家长会了。”她将手上的小金光洒到阿爷身上，在心底轻轻对他说。

黑猫蹲在墙角，静静看黑色的这家人依次跨过火盆里蹿跃的火焰，如同人们看一只烂了伤口的野猫那样，同情而并不打算负责。

没人知道阿爷的精确死因是什么，是年纪大了，路灯暗了，脚踏车不灵了，还是眼前这只猫窜出来，为了不轧到它龙头一歪撞到墙上？都不重要了。没有人会去怪路灯、脚踏车、猫或者死者的年纪，他们只会怪人。顶好是一个年纪足够轻，足够被怪上一生一世的人。一怪了人，就什么都说得通了。“喏，同人鬼混呀，小孩家长会逼牢阿爷去!”一样是鬼混，她的把柄可比林松的有说道多了。谁不喜欢闲来无事断断别人家的案？“不要瞎讲!”“没有的事瞎讲也讲不出。追悼会那天你又不是没看到。”略有些善心的人，两句话也就被说服了，若有所思地点了点头。

海难的信号弹飞得那么高远，漆黑的天照样一点点吞掉这小小的光明。他们仍然在礁石间擦撞，海水腌着血。三七过后，阿娘便送骨灰返乡。七七后，写信来，说一切停当，自己也预备住下去，林松去了几封信劝，劝不回来。只能依她的嘱咐整理些物件，一一送去。

潮退了，一地斑驳狼藉，无可收拾。

“早饭吃的什么?”“饼干。”“天天吃饼干?”“有时苏打饼干，有时奶油饼干。”朵儿边吃着小馄饨边回复外婆的询问。“什么吃头，干乎乎的，哦?”外婆说着，又往朵儿碗里加了一勺汤。

饼干是没有湿度的，铁皮罐头里掏出来，一小块，一小块，有限的饱足。饼干也有饼干的好处。一碗热汤放不久，一块饼干却可以轻而易举地从早餐的份额中克扣出来，轻易地藏进衣服口袋，日复一日，随身带着积累起来的点心，那些爸爸不在家，妈妈还没回的傍晚，那些早黑的天漫进门缝，远道的北风旋进颈项的时候，立在门口等待的朵儿，就可以把手伸进口袋，让指尖触及那一小块、一小块的踏实。她便觉得自己并不是那么不幸。

天全黑了。朵儿坐在地上，头倚着木门，听外面的声响。

嘴里嚼着饼干的闷响，同打着圈儿的北风、远处的车铃声、近前的脚步声揉在一块儿，又杂乱，又乏味，和缺乏惊喜的每一天一样，走来的永远不是在等的。

等着等着，天亮起来，风也小了起来，爸也回来，妈也回来，问："朵儿，去划船好吗？"冬天哪里有船划呀，可偏就有了。密栽的小荷塘里，爸撑着船，荷叶真高，替船肚里的朵儿把太阳遮了，疏疏落落间，显出爸和妈的背影，他们立在船头，在荷之上，眼里望着对方，像两股儿绞在一起的清风。河水吻着船底，小船裹着小朵儿，轻轻悠悠，沉到河肚子里。

睁开眼睛，一对绿莹莹的耳坠子中间，是母亲濡白的脸，身后的门敞着，来不及关，手提包落在地上，夜风吹起她弯曲的鬓发，和眼睛里的光，坠子里的光，一起微微抖动着，是水面清浅的波浪。"姆妈，河里有点凉。"一滴河水，便应声滴到她脸上，是有点凉。

三个礼拜没有去学校，三个礼拜由人轮流陪着。床铺是软的，饭食是软的，姆妈的手是软的。人烧得滚滚烫，爸敲冰，妈用毛巾候着。敷在额上，一会儿化了，便再敲，再候。橘子水喝下去，不晓得为什么，心口也滚滚烫。

临到好了，要去学校前，练习本子找不到了。"就在书包里的。"朵儿坚信。"也许你忘记了，摆到别处了呢？"小何边说边替她翻找着。"不会忘记的。""你这个小孩，自己坐在门口也会忘记，稀里糊涂睡觉睡出寒热来，还有什么不会忘记的？"她说着拉开书桌的长屉，信手翻了几下，忽然凝住了。"我不会忘记的。

我自己的东西，自己记得顶牢。”朵儿仍是坚持。“自己的东西，自己记得顶牢。”小何重复着她的话，捏起一张宣纸来，再一张，再一张，纷纷洒洒，染血的雪片般散落开来，盛放的、凋零的、百态千姿、俨然如生的芍药绽在纸上，在她脸上映照出煌煌红光，地裂之前的，远天的红。

这是小何第一次不避讳地在朵儿面前点烟。再暗幽难行的深夜，心底总还存着一点暖——挨过这一刻，许就日升云散，风清如昨。还是高估了自己。夜，可真长啊，一盏引路的暖灯都不给。她陷在沼里，一挪便是一沉，双腿冰得发慌，动静都是错。伸出手，没人握，颓然垂下，同烟头一起。小小的红，落在宣纸那大片绚染的红上，吻到一起，绽出明亮的花儿，妖妖袅袅，生动地燃了起来。不一会儿，芍药花儿就踩着火苗卷曲飞舞，飘飘扬扬，真暖呀，怪不得他那么爱它，它死，也比别人的生热烈。它舞上了桌布、窗沿、房梁，阴湿冷淡的周遭因它明亮起来，只不过几十秒，就把她小半生的年华比下去了，不由分说地，霸占了这房子，困住了房子里的人，用它明艳的光芒，势不可当的脚步，一个转身接一个转身，流光飞舞，轻而易举地摧毁了本就不属于她们的东西。

她扑向她的女儿，颤抖着，崩出满面泪，她们穷尽所有了。

燃到末路的烟头烫痛了她的手。她一惊，芍药在地上，房子在身周，女儿在怀里。朵儿陷在一个突如其来的拥抱里，拥抱她的那对臂膀，是在向这小小的身躯索取力量，她这么感到。

楼道里没像往常那样点着灯。往常的冬天，天黑得早，知道他几时回，她便提前将灯拉开，即使她径自出门去，去给自己制造流言，也竟没忘了走前为他拉上一盏灯。林松站在黝黑的楼梯前愣住了，一时竟想不起这灯是如何点的。老旧暗黄的灯绳儿，倚在湿冷的壁板上，睨着这个仓惶的男人。

上得楼来，她人却在屋内，坐在老虎窗下借着最后一点暮光，打那一团颜色难辨的毛线。“怎么不开灯？”她没有回答，仍是埋着头。他打开灯，一地画纸耀然眼前。没有蹲身去捡，他伫在那儿，垂着头，老虎窗的铁钩吱吱扭扭，放进来一股风，顺着人的颈项，钻到脊髓里去，冻着他们的愤懑、屈辱、永无可盼的爱恋，将他们唯有的一点包裹卷袭而去，他们的衣裳，他们的角色，他们赖以登台的居所，他们维系着彼此的混沌面目，随这晚风，飘扬而去。只是两个穷苦的人，恰好踏在同一片荒原。

柔弱的纸，盛着红的花瓣，又由风载了，在他脚面舞，像她的裙摆，掠过人的脚面，便灼下一个口，经年累月地径自焚着，若不是那阵风，永不知整个的自己早已成灰。

他转过头，望向窗下打毛线的人，她不知何时也放下了手上的毛线，沉沉地望着他，风把他的声音吹过来：“你有没有想过，你是可以离开的。”风又急了一些，嵌在木框里的铁钩挣起来，想脱开那不予它出路的铁环。

“我们是要离开的。”“朵儿不能离了我。”他听见“我们”两个字，立即反驳。“我可以，她就可以。开始总有点难，不过我会照料好的。”她静静地道。“朵儿不能离了我。”他重复，好让她切切实实明白他的意思。她立即明白了，一字字咬着道：“可我是她的母亲。”“我宁愿她没有母亲。”一阵北风不由分说地卷来，浑身颤抖的铁钩在它的低吼里止不住摇撼，去反抗那死固的铁环。他蹲下身去，捡拾愈发纷乱的画纸，她也上前，抓起一把纸芍药便撕。最后一次冲击，咔嗒，钩子从铁环中挣脱，而另一头却仍嵌死在木窗框中，颓然顺着它的命运垂落，而不下。卷曲满地的宣纸，载着一朵朵死灵魂轻舞，展开的花瓣是不再有忧愁的笑颜，为仍在哭泣的人盛泪。“你真的以为，你比我更道德吗?!”寒风中垂晃的铁钩，失了支撑，被夜风前后推搡着，哐！一阵烈风连同窗框、玻璃、她的叫喊一同狠狠砸向窗沿，震创全身的疼。

夜那么黑，仿佛什么都盖得住，可夜又那么静，静静的黑夜里，有孩子的耳朵，它们无法被掩盖。

“姆妈，这只窗钩坏了。”朵儿趴在窗前，抚弄那只前些天受了北风重击、因自身的叛离而痛苦弯曲的铁钩。“哦。”小何在单人沙发上打着毛线，眼睛并不抬起：“还能用吗?”朵儿将它弯扭的身体努力向铁环凑去，幸而钩头并没有全然折断。“还可以用，可是它弯了，不像以前那样了。”弯了的这边，即使钩得起来，打开的窗户也要比另一边局促得多。“等爸爸回来，叫爸爸修好它吧!”朵儿道。“不用了，”小何回道，“可以用，就让它去吧。”仍是没有抬起眼睛。

很奇怪，快乐很容易变成不快乐，不快乐却很难变回快乐。新鲜的水蜜桃会腐烂，腐烂的水蜜桃却执意不肯新鲜。可再不情愿，列车还是向前开了。美丽的景物一幕幕飞逝而去，抛下再不可企及的过去。后来会有什么？谁也说不好。索性闭上眼吧，看不见的现在，也就成了不至于那么追悔的过去，烂熟于心的日子，反正闭上眼，一样能过。

就这样，朵儿有了更厚的毛衣，更满的饭盒，更多的零花，更声名狼藉的母亲。

回家的路，小何闭着眼睛也能走到。“下班啦？”“今天早的。”弄堂两侧间或冒一两个这样的主妇出来，或拿着一把待冲洗的菜蔬，或是捡起小孩打到天井外面的三毛球，脸上笑嘻嘻地同小何打着招呼。至于这些笑的意味，即使最有见解的人也未必分析得清。天晓得，即便嘴上议论了多少，挪开繁花似锦的织造地毯，在心的地下暗道里，她们都并不真的讨厌她。她一个人，犯了他们所有人暗地里都隐隐想犯的错；她一个人，担了她们所有人都有可能担的罪名。她们越用舌尖凌迟她，她们自己就离那罪恶越远似的。某种程度上说，她维护了她们理想中自我的正义，成为每个不道德念头的垫脚石——“至少我还不像她，她也真做得出来！”只要河水不涨到自家门口，她们便乐得卷起裤脚，踩着河底的石头，涉水而过。边嬉笑嗔怪着河水太冰，太不干净，边甩干水，各自前行。谁都无法否认，淌过它，有种刺激的安心。

越过一些亦善亦恶的眼神，她向自家门口望去。她的朵儿，正穿着她新打的毛线外套，坐在门口的小凳子上，手里拿着一片红瓦画着什么。她觉得眼前这幕很熟悉，便微微笑了。如同很久之前那样。围着她看的一群小孩子，叽叽喳喳的。“是羊，画的是羊。”“是狗，瞧那尾巴！”两个孩子争执着，谁也不愿意认真听别人的。忽而一个大点的孩子打断了他们：“她不会画羊，也不会画狗，她只会画狐狸！”朵儿抬起头，停下手上划动的小红瓦，睁着一双不服输的眼睛，盯向大孩子。那孩子有些慌神，索性大叫道：“就是狐狸，养出你这只小狐狸！”边喊边夺过她手中的红瓦，朝她砸去。“老狐狸来啦！”一个眼尖的孩子叫起来，大伙儿惊叫欢笑着四散而去。朵儿从护着头的臂弯里瞧见自己的母亲蹬着高跟鞋从弄堂口飞奔而来，她伏下脸，赶在她到来之前，用细瘦臂弯拭干了脸上的泪。

原是预备使他难堪的，可她高估了人，人向来只欺凌更弱小的那一个。况且她本人都不能使得他在乎的话，微不足道的旁人闲语又能撼动他几分？他们又不会冲一个男人丢石头。她感到全身是那么灼痛，骨肉濒临分崩离析，嵌满了人们手里和口中肆意投出的小石子，而朵儿，他们要用石块的海淹没她，石块海浪竖起那么高，要扑向她的孩子。“朵儿快跑！”她竭声唤道，将梦中的自己和朵儿唤醒过来。身边的人巨石一般卧着，犹自安稳呼吸着，他也许可以在这沙漠里稳妥地将自己安置上千万年。真有本事啊。她怎么就没有这种本事。

是那种墨蓝的冬夜，被唤醒的朵儿眯着眼，摸向父母的屋子。过道里，她看见母亲站在朝向花园的窗前，一点点褪去自己的衣裳。迎着一轮暗灰的月亮，她双手交叉在两肩，抓掐着自己的身体，像是骨肉里住着啮人的东西，即将要啃食了她。她的侧脸贴在玻璃窗上，指甲深深嵌入灰冷双臂中，嘴里的白气也带着恍惚的青紫，肩膀靠着窗沿，它便成了窗沿的一部分，赤裸的后背撞向湿冷的墙，它也成了墙的一部分，只有眼睛还活着，它们死死地望向窗外，仿佛那里有魔，正威吓着她交出破碎不堪的灵魂。嗓子里含混压抑着的，是比任何呼喊都更深痛的哀求。墨蓝色的母亲，一点点滑落，蜷堆到墙角，灰色的月亮，在她冻得失色的脚边，投下窗格硬冷的影。

荷花池冻住了。阿爷说池底的鱼儿，到春暖时又会跃然水面，宣告严冬的禁锢失败。所以，不用担心，看起来很冷，但是不会死的。阿爷这样拍着朵儿的小辫子说过。墨蓝的天上一轮灰暗的月亮，伴着朵儿的牙齿、心脏一起，在瞳仁儿里发抖。这次，一定要比上次病得更久，久到可以让两个照顾她的人不再厌弃憎恶对方。到那时候，最冷的季节，就真的过去了。会有温暖的被子，捂出汗也不能掀开的。外婆的小馄饨，汤汤水水，爸爸的手，姆妈凑过来比热度的额头，阿娘收下来的衣服伴着太阳味道，阿爷在脚底心塞了一只塑料汤婆子。这一场烧，暖着那么多人，冰也让她焐化了，荷尖儿竖出水面，鱼儿成群列成一只船儿，载着她在水面上摇曳，天的黑蓝洇洇地褪去，叫河面映成了水蓝，月亮也白起来，照着水蓝的天，愈照愈清亮，白莹的月胖起来，占了愈来愈多的天。终于，将天整个儿吞没在它白盈盈的臂环里。

她的尸体在天蒙蒙亮的时候，被抓着窗棂挣扎起身的母亲遥遥望见，透过冻雾的窗玻璃，一点也不像真的。凝固了整个冬天的池水化开了，鱼儿绕着她青紫的小手不知忧乐地游，她眼睛望向天空，天终是亮了，冬天也许终是要过去了，她死在春来临之前。

小小的棺木停在客堂间，除了小何，在场的人都哭了。阿娘提着行李袋，不及进门，便连人带物瘫坐在水门汀上，林松忍泪前扶，几个感性的邻家妇人纷纷掏出绢头，唯小何只坐在那里，不声不响打着一团毛线。小何妈忙起来握住泪人般的亲家母柴枯的手。

抬棺人来了，亲友邻人两列后头跟着，“嗒，嗒”的步子，落在冰冷的地上。两侧的人家，零零星星站了一些在家门口看，也有叹气蹙眉的，也有低声细语的。棺队走近了，便不再说话。弄堂口远远地在小何眼前晃，近了一点，又近了一点，她的女儿，走出这个弄堂口，就不会再回来了。阿娘断断的泣声，周围人的眼神，都是波浪一样晃着的。左一个，右一个，纷纷乱乱涌向她的耳朵，眼睛，一个孩子，一个面熟的大孩子，在左下方，也晃进了她的余光。还没有任何人反应过来，小何已经俯身抓着那孩子，重重一个耳光打过去，将她自己也震麻了。孩子的大哭和冲出来护崽的母亲的叫骂顿时塞满了弄堂：“打我儿子做什么！他又没有讲错！”妇人的丈夫将她拖回屋内，仍拦不住这妇人掷下一句："自己下贱，害死女儿！""好了少说两句！"丈夫"砰"地摔上门，一团闷声的争执被关在了门内。小何愣愣地转过脸，送棺的人们，看热闹的人们，她的亲人朋友们，她在他们脸上一张张寻找，眼力所及之处，没有一张脸写着："那女人说错了。"

"你不认我，我总是认你的。"小何妈在小何身边坐下，按下她手上不停的毛线针："事情已经到了这个地步，你如果愿意回家住，就当一切还同从前一样，譬如这些年做了一场梦。""这个线好吗？全毛的，很暖和的。"小何把一团毛线递给她，她接过道："别人说你没人心，眼泪水都没有一滴，我怎么会不晓得，你要不是舍不得朵儿，怎么会闹成这样还不分开？如今你婆阿妈乡下上来，你日子怎能好过？你最牵记的……朵儿也……没了，这里还有什么舍不下的？""没了。老板说这个颜色不进了，不够结的。我想过了，要么袖子管拼一个橘色，也蛮跳皮肤[1]的。"她又从母亲手上拿回那团毛线，自顾着思索起来。她母亲恨道："你不要摆出这个样子给我看，就是心碎成末了，你也给我拾起来！你爸爸死的时候，我是什么情形你不是没看到，我晓得他是为了我们母女不受罪才走这一步，我就没有资格再不痛快！不然，我对得起谁？""不知道她在想什么。不知道她要做什么。"她举起一只长度足以做围巾的袖子到她母亲眼前："姆妈你看，她长得那么快，我跟不上她。"

---

1 沪语，意为衬肤色。

三十几年的人生里，有的人拼命噬取尽可能多的甜美，有的人给自己从头至脚撒一把辣子，在火里赤足烈舞，而有的人，悄无声息地守着一眼苦泉，仿佛他生来职当如此。林松便是这样，拿出他的小半生，与爱着他的，他爱着的，或亲，或远，或人，或鬼，聚了，又散了的一切，一声不响地，彼此葬送着。上天把不幸拆成一小块一小块，零部件一样放上传送带，移到他面前，除了拿起属于他的局部的不幸，仔仔细细安到他的人生里去，别无他法。生来忧伤的脸，在组装完自己的一生前，很难有停下手松一口气的时候。

“上次的绒线大衣，给你织了没几天，就弄得那么脏。”他看到小何捧着一卷绒线衣，孤坐在朵儿床头。被子叠得高高的，如果是以前，朵儿会倚着那堆被子看书，或趴在“被桌”上写功课。如果他看到是一定要说她的，她是一定要为犯规成功而嬉笑的，可这会儿没有她，也没有如果，不再是从前了。

“池里的水，多脏呀。被你姆妈看到，闲话多死了！”小何举起那卷长长短短左歪西扭的毛线衣：“你把这件换上，姆妈就看不出来了。”举着那毛衣，她等待空气中幽冥的回答。他不知道她听到了什么，只见她眼睛快活起来：“我帮你穿。”她伸出一双冻红的手，向那漫长的衣袖伸去，袖子太长，将手臂整个埋了。“要这点长的，小孩子长起来快来兮。”衣身太紧，伏倒在床上来回挣着才穿进一半，半片肩仍敞在外面，她用不合常理的模样将自己缚住了。

“和原来一模一样。”她喃喃道，“没有人会怪你了。”满足地合上双眼，一头半卷的发疏疏落落将白得发淡的脸掩了，间隙里露出一点耳垂，昏晦稀薄的夕照里，一滴祖母绿斜淌着，是极痛凝成的石泪。他取那被展了，替她盖上，她不动。窗外有个修棕绷的，有气无力地唤过："阿有坏个棕绷修哦？阿有坏个籐绷修哦？"夏天离得还太远，想是一天没有什么生意，才在这夜即将倾下的时刻，仍不抱希望地抱着希望，一路走，一路呼呐着。

早春的上海，是可以冷到骨头里去的。以前不觉得，以前阿爷烫一壶黄酒，阿娘熬的粥里有梅花瓣，小何织了一家人的围巾手套毛背心，朵儿在花园里奔得满头汗，抓住她，拖到眼前，她笑得又是冒白气又是冒汗蒸气，再温吞水的日子，也是有温度的。即使是像这样的清晨，细雪如糖，倚到人身上，小何会拿出手绢，轻巧地一拂，在他以为她早已不爱他的那些日子。她的动作那么轻柔，说不上是远着他，还是羞于言表的温存，雪花儿叫手绢拂了，星星散散融进肌肤里，一丝冷糯。

一样是这样的早晨，灰的屋顶上铺了白雪，一檐连着一檐，远远地嵌进天尽处去。没有一丝烟火气。远处谁家的黄狗呜咽了一声，便不再出声，许是翻个身又睡过去了吧。越是寒浸浸的时候，越不愿意挪动身子，在梦中受冻，似乎要好过醒来面对它的无措。只有顶不快活的人，才执意要在寒天冻地里问个究竟。远水蓝的泡泡袖连衣裙洗了那些次，又放了这些年，淡得发白，混着年岁的黯灰，映在雪地里，像是这雪的一片影，影里的人，同雪一样，那么白，那么细。

如果不是这身衣裳松垮地包覆着她，他几乎不能确定眼前的人就是他多年来的妻子。她的腮帮陷着，背弓起，肩膀似乎也窄了，竹枝似的手臂在雪地里抓刨，雪花儿飘在松散枯萎的发上，一点儿声息都没有的，她在他的回忆里瘦脱了形。

白的手埋进白的雪里，在一片无垠的洁净里，翻挖底下的黑土。匍匐着重复手上动作的她，不是什么母亲、妻子、媳妇、女儿，她只是大地冻裂的一道伤口。

泥黑的双手骤然停下，佝偻的双肩抖动起来，她的整个身子显得那么小。“死了。”她说道，抬起头，空张着嘴，无声地笑着，绿宝石耳坠随着笑的波浪晃动，和她瘦下来更显著的眼睛一样澄莹。“死了！”她对林松笑道，“你自己看，它是死了。”芍药的根是烂的，它再也不能统领整个春天的花园。她抓起它，乌黑指尖渗出的血顺着苍白的手臂滑下来，无声滴落在黑白相杂的泥雪里。“我还活着。”她笑得张开了嘴，像张开一座幽寂的孤坟，一丝寒气从坟口飘出来，她笑得全身直晃，却没有一点声响，脸上濡湿的，也许是宿命短暂的细雪，也许是一些迷失方向的眼泪，不凑巧地迈出了眼眶。“我是活着的呀！”她的嗓子将雪切成更细密的飞雾，穿过这一穹寂静纷茫的，是彼岸来的，他的手。

她知道这是为她而来的，再不为别的，单为她。撒开枯萎的芍药，血污的手拢了拢头发，今天姆妈手势不大好，火钳夹太久了，卷得有点尴尬相，不过怕什么呢，他爱她呀。她的眼睛像即将颤动破裂的露珠那样欢快，雪沁落在她手臂上，她的手沁落在他手心里，他接过了他生命的迷雾。

邻人们说起那个清晨，总带着不寻常的深厚表情。“我裹着老棉袄，看到她就穿着那样风凉一条裙子出来了，还拉着他的手。”“那裙子旧咪。”“顶作孽是，她姆妈也在弄堂口，揩眼泪，我看看也眼泪出。”“伊还同我讲话了，伊平常不大同我讲话的，伊讲，七点半哦，门口头等。”“唉！”

小何是被几个穿白衣服的女人扶上车的，女人们示意林松松手，林松一把抓紧她，她从私语的人群中探出头唤道：“姆妈！我没带钥匙，夜里回来，你给我开门哦。”看她姆妈哭得眼通红，她笑道：“一歇歇就转来了。”说罢她轻轻松松便抽开了手，一缕远烟似的离了他。

面包车发动了，有人记得林松哭了，有人记得他没有，时间远了，就谁也说不清了。唯一大家都记得的是，快开出弄堂时，小何在后车窗转过脸，看着身后这一些人，也不是哭，也不是笑，她只是静静的，冻住了一样，只有那对祖母绿耳环在发动机的颠簸下，摇曳敲打着她死木的脸庞。

一个疯女人，为周围街区至少一百个女人带来了些微的幸福。尽管她们各自有着各自的眼泪，黑夜却从不为难眠的人提早启幕。一个人的不幸，化作一双双冰冻的手，在每个辗转的夜里，来到她们身旁，轻轻敷上一对对颤动不安的眼帘，于这比夜更黑的深黑里，她们寻得了安稳。想起那个疯了的女人，她们便像花子珍爱破席残羹一般，由衷地珍爱起自己手上尚有的那一些些，感谢上天，我至少还是理智的，这么想着，她们沉沉睡去。

小何始终不知道，她生命中是否有一刻是被林松爱着的。正如她不知道，那些几乎没打过照面的女人，静默齐整地，将她收进了心底最深暗处。

写于 2016 年

琳 达

一生一世，不过讲讲。

挥一挥手，放伊一只码头。

“还是西柚汁好哦?”“好。”“吞拿鱼吐司?”“嗯。”一双奇亮的眼睛汪着满满两坛笑，对他努了努嘴唇道：“等一歇哦。”便袅袅地去了，隔壁桌的老人在面包上塌了一刮子果酱，熟软丰甜的香气，在绍祖眼睛里漫开来，沁浸在她背影里。

他已经连续半个月在这里吃早午餐了。她尚不知他的名字，而对他的肺腑却有着相当的把握。他的脾胃吃口，不用多讲，她都晓得；他的一双眼睛往哪个人看，一颗心思忖着什么，他脑中冥冥的私语，她菩萨似的收着，立在远处看着，看这终将获得慈悲的人惘惘的苦楚。

这会儿他看着窗外，毫无心思地，弯曲的鬓角给这张本无忧虑的侧脸一抹零落的心事，再若无其事地转过脸，好让视线刚好划过她，她没有理会，带着微笑自顾自立着，她知道别的女人立在墙前，许是一把笤帚，一副煤球钳子，一根鸡毛掸子，但她曹琳达不一样，她一立，就是一把大提琴。

“菊芬转来啦?”问话的人在楼梯的尽头，背对着上楼梯的人，着眼于手上一把湿淋淋的蓬蒿菜，单凭脚步声便能辨出左右邻舍许多人，自己的女儿自然不在话下。“姆妈，讲了多少遍了，不要叫我菊芬，叫我琳达。”楼梯上的曹琳达看着母亲的背影，那是她看了二十几年的画面，格局始终没变，一只家里放不下的水斗，一堵没有窗的灰墙，一个或洗菜，或洗衣服，或洗刷仅有的几只锅碗的她的母亲，洗酸了脖子，抬起头，眼前只有实堵堵的，霉绿的墙灰。一切都没有改变，除了日渐弯曲的肩背，失去光泽的发梢，水斗沿那圈因为潮湿慢慢发黑的墙皮。

每天上楼梯，这画面都宣告着她的无能为力，她不能将水斗移进逼仄的屋里，不能将公共的墙砸出一扇敞亮的窗，不能让左右的人都换成她每天在餐厅见到的那些人。她只能让自己变，一只奶油蛋糕拎出去送人，咖啡厂调到了咖啡馆，菊芬摇身成了琳达。然而动用仅有的属于自己的东西也是要遭人指点的。“我是叫不惯，”她母亲捧着水淋淋一盆菜滴滴答答地进屋，将门轻轻一掩，接着道，“更不要说周围邻居了，都是看着你长大的，二十几年了，一时要人改口，多少不习惯的。”“习惯习惯就习惯了。”琳达将皮包一扔，左右脚分别向外一扭踢脱了那高跟的工作鞋，拿起一把家常的蒲扇，解开两颗顶着下巴尖儿的衬衣硬领扣便扇起来。她母亲切着菜，顺着刀落砧板的节奏，不紧不慢地数落着她：“你这个人也是不讲道理，我们嘛，改口，也就算了，自己家里人。非要满世界一道改，人家怎么想？不过是新单位，要个洋名字，一本正经当桩事情，成笑话了。”“笑话？户口本上就快没有曹菊芬这个人了，谁要再喊我菊芬，谁才是好笑呢！”“哆、哆”的切菜声忽而停了下来，她母亲转头看向她：“这是什么意思？”琳达歪着脑袋笑道：“我已经提交申请了，姆妈，以后世界上就没有曹菊芬这个人了。你不用不好意思，他们不改口，该他们不好意思才是。”“你这个小人。”她母亲又惊又气，要将菜刀索性往砧板一掷，临了又担心掷得太重震坏原就裂痕斑驳的木头，潦草一松手，刀柄“咔嗒”一声，还算闷，安心几分。“你是要气煞我。”句子失了势头，显然一点震慑力都没有，只得搬出一员狠将：“你爸爸这里，准备怎么交代？”“姆妈你也真是的！”琳达手上扇子往腿上一按，皱眉道，“一个名字罢了，用得着对谁交代？你们起的时候也没同我交代过呀。好歹是我自己的名字，我自己说了算！要桩桩件件听他的，我现在也不坐在这里了。”她母亲知道她说的是当初想拿掉她的事，老曹这人坏就坏在太老派，事事循旧，一心求子，好也好在太老派，到底孝顺，被长辈劝住了，这才有了过去的曹菊芬现在的曹琳达。

“你也不用讲到那么远去。”琳达母亲又不紧不慢地切起菜来：“好歹是你自己的事情，爱怎么改就怎么改吧，最好什么都能改，性别，家世，一并改了，闯一番天地，这才真正遂了你的心。可是琳达，世上有那么便当的事就好了。”她将菜扔进锅里，嗞啦啦一阵水分炸裂的脆响，油烟升腾。

礼拜六，他照样地来了。想是不用工作的日子，穿了一件花衬衣，一身的椰林清影。假若换作一个本地青年这样打扮，看起来是有一点吃力的，像一个急于赶上潮流的水果摊学徒，而在绍祖身上，却有一身天然的闲适惬意，仿佛他就是这片椰林不事生产只管收成的主人。

他坐下来，锡烟盒里抽出一支卷烟，在桌上轻敲着，他第一次同她讲上话便是拜它所赐："先生，您需要转到吸烟座吗？"明明是礼貌性的询问，绍祖却在琳达神情里读到一丝挑战与嗔怪的气息，也许是她身个儿高大？也许是她语调敞亮？只一秒钟的事，绍祖觉得自己被这个陌生女人说不清的特质制住了，这在他以前的经历里是没有的。"不，我并不是当真要抽。"他解释着，忙将烟放回烟盒。"不收起来也不要紧，您不点火就行。"她脸上没什么笑，他却对着她笑了。

他笑起来好看，琳达想，一看就是没心事的人，才能笑得那样。她见了太久太多硬撑的笑脸，愁完水电费之余的笑脸，争几个小菜铜钿间隙的笑脸，假领头里钻出的笑脸，笑脸上也仿佛打着补丁。她喜欢他笑脸背后的整个世界，尽管她对它们一无所知。

"琳达，五号桌。"绍祖在七号。经理想来是有心的吧，听说以前有个叫莉莉的侍应生，恋上了客人，终究不成，便去河里寻死，亏得让人救上来，只是丢了工作。那一遭定是将经理吓得不轻，生怕如今这个也惹出事来，而不具备上回事主的好运气，带累整个咖啡馆。真是想得出。琳达捧着餐单走向五号桌，暗自好笑，她可不是什么扶风弱柳，她有自己的打算，哪里舍得将自己往绝处陷。

她记好五号桌下的单，舍近求远，绕到绍祖那一桌，从他身边走过，再绕回她的墙角去。也不看他，只遥遥眺着窗外那条静悠悠的河——让经理担心事的那条河。这是这家咖啡馆的招牌。其实人在外面的话，听着蛙声蝉鸣，闻着河底的淤泥气息，也不会觉得同别处的河有什么两样，可人在里面，隔绝了一切自然的声响，窗玻璃画框似的拦出一段流动的绿玉来，便感到一种莫测的魅力，仿佛此情此景，别处是再寻不到的。

他也转头望向苔绿的湖面，去涟涟的波纹里，会她的眼。

这天晚班的苏珊急事告假，琳达临时领命顶上，连做两班，别的还好，只再不想多站一分钟了，九点打烊后匆匆收拾了一番便出门来。说是入了秋，天还是闷的，一碗砂锅粥一样，糯嗒嗒的温热。路灯底下倚了一个人，低着头看自己的皮鞋尖，一望而知立在那里不是一时半会儿了。

大约是年轻吧，她有足够的乐观相信，这样的一幕，早晚是会发生的。

他原本只想等一会儿的，可等等不来，他不甘心起来，索性等下去。自己也觉得不可思议，几次想走，又舍不得已经花掉的时间，她难道还没有放工的时候？路灯点起来，鞋尖被他眼睛里的焦灼来来回回磨着，都瞧得锃亮了。“喀哒，喀哒，喀哒，喀哒……”她终于来了。其实谁走路不是左一下，右一下，可她的步子在他听来，有着尤为闲散的韵致，是浅水湾的水对沙粒亲昵的拍打。他忙收起那只供自己观赏的尖头皮鞋， 给了她一个蹩脚的佯装不经意："恰巧又路过，想吃点东西，还开着门吧?""现在还开着门，要累死人了。"他喜欢她带一点点没好气的样子，只一点点，便生动过许多他见过的美人。"对不起对不起，香港的店关门晚一些。我原想上海大概是差不多的。""香港人那么会做生意，怪不得钱都叫你们赚了去。""你们老板不也是?把你从早关到晚。""不会啊，我下午放工，休息过了，晚上再来的。"她快乐地从他眼中读到她要的那份不可置信，不错，他是等着她，一整个下午到现在，才会脸上如此讶异，为何不曾见她出入。灰墙永远是灰墙，而未来早已等待着她，就在一尺之外。

"你等我一下。"她走向街灯旁一个守着铁锅的老人，给他一把角子，两只粉嘟嘟的生油墩子"嚓!"的一声下了锅，烟火香气里，她在灯下的背影也是油浸浸、酥嗒嗒的。

"喏，上海夜点心只有这样了。"她递过一只黄油纸包的热墩子来。"多少钱?"绍祖去摸皮夹子，被她一通笑："好啦！关门时间，暂不收费。""谢谢你。你……你的名字，我还不知道。""叫我琳达，曹琳达。""汪绍祖。"他想要伸出手去同她握手，无奈两只手都被滚热的油墩子占着，无所适从地笑了，自己都从心底里憎恶自己此刻的不潇洒。

"汪绍祖，你要坐一会儿吗?"不等他回答，琳达已经三两步走向一辆角落里孤零零停着的黄鱼车。坐上车沿，松脱了鞋后跟，得了救赎的两条腿在车轮边晃荡。"这是你的车?"绍祖有些踌躇，"嗯，这是我的车，我每天踩着它上下班。"琳达笑道，脆生生咬了一口手上的油墩子，热香四溢。

有时候，城市会变作海，当暗地里燃起一盏路灯做塔，灯下有个老者作守塔人，一来一往，不着边际的傻话作船，便足够两个人坠进绵绵海风，将彼此旅途中的皮箱且放一放，由洋流去决定一段方向。

“你们上海人，真的都骑那么大的脚踏车上班？”“黄鱼车。”“黄鱼车。”他认真重复了一遍，咬下一大口萝卜丝快乐地嚼着。“你们香港人，都和你一样，不知道别人名字就吃别人的？”“是啊，曹琳达同志。”他们的眼睛是海面上遥遥相望的星，尽管半明半昧，幽幽地闪烁着，距离亿万光年，仍有他们的幸运——绣在同一片天。

可天是什么，谁也不知道，只知道它年岁那么长，那么长，越老的天，兴许越淘气，玻璃罩子罩了一片海，静静伏在外边看里面的小人儿，有一天，看闷了，摇摇那玻璃罩，看看风浪时什么模样；又有一天，不耐烦了，失手打了罩子，玻璃渣子，扎开海的心，扎成一颗颗小水珠子，滚落纷纷，海角天涯，也是有的。

欢喜曹琳达的人，倒是不缺的。以前车间的小陈师傅，现在厨房间的国亮，都想尽办法同她搭话打趣，人都算不上坏，更不要说隔壁的阿大，从小为她相打不晓得打了几次，外面打好，回去又要吃他姆妈一顿生活。“叫你不着调!”他姆妈鞋底抽一下，他咬一下嘴唇，咬紫咬破了，就是没哭过。到了二十几岁，还是不着调，三天两头老清老早跑去大饼摊头，回来在曹家门上“笃笃笃”敲几下，门一开，门口总是没有人影，把手上挂了一块刚出锅的粢饭糕。“菊芬，阿大来过了。”“不要叫我菊芬!”她对她姆妈抱怨着，穿衣梳头，并不十分在意那块粢饭糕热气腾腾的心。

阿大的姆妈不喜欢她，她也不要她喜欢，喜欢了她，要她去做阿大新的娘——新娘，每天掰着手指头过日子，听阿大讲笑话，笑得像老母鸡一样，又同吃了老母鸡一样心满意足，琳达是怕的，她宁愿她将账本子一合，老花镜一搁，用没油水的喉咙板板地宣布：“阿大，你看中的小姑娘，不实惠。”

琳达和欢喜着她的男子们一样，在炸了不要炸的沸油里翻腾着，他们有的看看火候差不多，便径自上了盘，有的看看她不走，犹豫间走了神，炸得焦透焦透，而她，煎熬了那么久，终于看到一个不同的物种，不是她和他们这样的，油沁背脊的粢饭糕，而是香气更精致，冷丝丝，笃悠悠，玻璃高柜后的奶油蛋糕。

只要从这口铁锅里出去，去到那高柜后头，同他摆在一起，即使算不上一样的奶油蛋糕，起码，也可以称得上是一块奶油粢饭糕了吧。

今夜，属于阿大姆妈。

曹琳达谈朋友的消息星星点点在楼道里撒下一些小火花。“你们菊芬，哦琳达，阿是有朋友啦?”她们掰着菜瓣儿，凑到曹家姆妈死灰色的水斗旁。“瞎讲。”“哪里瞎讲，我看到的呀，送到弄堂口，气质好得唻！一看就是外头来的！当然，也是你们菊……琳达有本事呀。”

要不是阿大武力制伏了几个“造谣”小青年，故事本该传得更开，更有声色，直到那天下午，漆黑锃亮的小轿车停到弄堂口，关于曹琳达捉大户的种种小火苗终于在一条条灰戚的楼道里熊熊燃烧起来，顶沉不住气的妇人已挤在弄堂口翘首张望车里的人；略沉得住气的，说自己有一件东西要买，偏前儿出门没记得，总是更年期到了吧，说着，这亚健康的妇女便拿了钱包佯装去弄堂外的烟纸店了，去时已打定主意回时就说这东西家里早已有了不必买，顺便坐实一下自己可怜见的更年期情形，果然不是轧闹猛心切；就是最沉得住气的妇人，也和琳达姆妈一样，将自家窗户推了一个缝，看着身着洋红针织连衣裙，脚踏奶白中跟船鞋的曹琳达款款朝弄堂口走去——四周五六个爱美的顽童围着，身后追来一个面色铁青的阿大。

“菊芬!”他唤道，她明明应该听见的，却像没听见，只管往前走。他无措，跌跌冲冲，像个将死之人：“曹菊芬！你知道他是什么人!”曹菊芬不管知不知道，总比他阿大要知道。她向那黑亮的匣子不回头地走去，“砰!”一声，重重地将阿大关在了他永远不会了解的世界之外。小汽车没有给他一点愣神的机会便径直向前跑去，同琳达一式一样。

孩子们雀跃着拍起手，很快他们发现拾了砖头的阿大拼了老命跟在汽车后头奔，更高兴地起哄起来。将沉之前的日光，用它不甘的绚烂漂金了他的汗，阿大是不哭的。直到汗珠里映出的小汽车的黑点全然消失，他也没能扔出手上的砖头——菊芬在里头呀。

颓然立定，胸堵得像吞了水门汀，汗一直淌到持着板砖还在因为奔跑惯性茫然晃动的手臂上，喉咙里终于斜出一句竭力的咒骂："瘪三!"那一声，他自己听着都扭曲，带着哭腔，歪歪扭扭地穿过一条条弄堂又转将回来，仿佛最终射中的，并不是别人。

有打烟纸店心满意足回来的妇人，从阿大身边走过，一把捉住了自己的孩子："回去回去，瞎起哄。谈个朋友排场那么大，又不是结婚!"

"我喜欢高山多于平原。那个人，想必同我一样。那样追着你，你不心动吗?""谁叫我和你一样，爱着高山，多于平原。"上海仅有的远山余脉，东西两座，夕阳里脉脉相望，永生永世的相近，永生永世的相隔，同山上情人们的眼睛，是一样的。

赖到天光实在散尽，再去发动车子，车子宿命般地失了灵，也竟没有一个人去怪罪它。天这样黑，光靠脚，是下不了山了。

"从香港的山顶望下去，千家万户的灯，一盏盏绽开了，像银河星空。"

"就像我们现在看到的银河星空一样吗?"她问。

"不一样的，香港的银河，在人间。每一颗星，都住着一户寻常人家，它不像天上的星那么清冷，它是活的，变幻着的，不太永恒。"

"东西都会变，何况人。比如车子，就变坏了。"她笑道。

他附道："山上也变冷了。"

"肚子也变饿了。"

"兜风变露营。"

"少爷变山民。"她快乐地抢白着。

"陌生人变心上人。"他的声音这样温柔，使她不能拒绝紧接而来的吻。

"我想带你去香港看星，我们自己的星。"他在她耳边低语道。

不等曹琳达被调着无线电的看门人捉到夜不归宿的现行，那边厢跑完一圈长途回来的曹家阿爸已经提前将这新闻炸遍了全楼。

楼下的人家天不亮就听见楼上酒瓶"哐当"砸在水门汀上，伴着女人惋惜的喊声："好唻！这下拿什么还给人家。"只当是楼上失了手，心疼酒瓶子的抵押钱。忽又听见男人吼道："你有空管这几个瓶子，不去管管你女儿！几点钟了？人呢？知道她阿爸做生活辛苦，给她阿爸赚外快去了咯？你养的什么东西！""砰！"又是一只瓶子碎一地。女人泣道："你就不能给自己人留点脸面？""脸面？她晓得什么是脸面就不会老老实实的工不做，去什么咖啡厅，做什么女招待，姓什么叫什么都不知道了！""或许，或许那个香港人对她是真心的呢？""香港人？"他冷笑道，"我是本地乡下人，种地出身，给我一个香港女婿？老太婆，你不要吓我！"

这场清晨的战役烙在每个迎面看见琳达的人的眼睛里，因此她尚未进家门，就知道事情很不好办了。

七点钟，姆妈应该快到厂里了，阿爸应该是昨天晚上回来的，照例要喝一点，这会儿许是还在休息。她轻轻拧开门锁，脱下皮鞋提在手里，凝声静气朝自己房间移去，及至进到房内，心中略松口气，背后忽然响起一个醉醺醺的声音："回来啦。"她猛抬起头，正瞧见自己屋内的窗，窗棂上钉了两根十字形的粗木栏杆，心下一惊，忙回头看去，父亲"砰"一声拉上房门，嘁里咔嚓便上了锁。"回来，就好好休息。"他在门外扔下一句。她飞扑那门，是无论如何推不开了。

"阿爸这是做什么，有什么话，开了门都好讲。"

"你敢讲啊，我倒是不敢听。"

"有什么不敢讲，我是谈了个朋友，是同他一道出去的，车子开到山上坏掉，等到天亮再走下山，好赖就是这回事，阿爸姆妈要生气，我也拦不住，但气归气，这样锁起来什么意思？我是人，又不是牲口！"

她父亲冷笑道："是，你是人，别人都不是。你可以把我们的面皮随便撕着玩。我们没本事，管不了你。求爷爷告奶奶腆着老脸给你找的咖啡厂的事，你看不上；风里雨里几万里跑，挣给你吃挣给你穿，你看不上；就连我们横想竖想给你起的名字，你都看不上。你眼里还有谁啊？你以为你找了个什么人？香港人？你就长能耐了，你就不是本地乡下人曹金有的女儿了？你知不知道多少人拿你当笑话，指着你摔跟头？说我不拿你当人，是你不给我们做人啊，曹菊芬!”说着说着他便哭起来。

她沉默了片刻，道：“阿爸又喝多了。难得回家，何必这样给自己找不自在，该多休息才是，我一会儿也该上班了。”

“你休想。”门外的父亲厉色道，“我现在就去告诉他们，我曹金有的女儿，不会再走来走去给有钱人看!”起身出门的脚步声那么重，踩得人脑仁疼。他往上数三代没出过一个上流阶级的人，也从来没打算在上流阶级门口轻倩漫步得什么好处。

听出了这步子的决意，她忙拍门道：“我不同他见面了，阿爸先开门，我寻到新工作就辞了这份!”他冷笑一声：“你假使那么容易服软就不是我的女儿了!”她一愣，要蒙骗一个熟识自己二十几年的人，谈何容易。他又道：“你真心同他断，就把他地址给我，办公地方也可以，我去帮你讲，一样出去，省得跑两趟，哪能?”“我会回头[1]掉的，”她小心道，“只要阿爸让我出来。”而他并无所动：“一天不讲，一天不放你过门。”她见缓兵之计全然无效，也便停下拍门的手，后退一步，低沉地吼道：“你要是去，我就死。”“我宁愿你死。”他在摔上门之前甩掉了她最后的筹码。

这屋子本就不大，如今更是一口棺了。天气倒是格外好，阳光毫不避讳窗棂上的禁令直踏进屋来，在地上大大咧咧地投射出一只叉。天是洗得干干净净的蓝，云是无忧无虑的白，明知道这里有个不幸的女人，偏要特为向她展示她无法拥有的，高远的

---

1 沪语，意为拒绝。

自由。

咖啡馆的工作是无法挽回了。绍祖呢？说了会去找她，万一不巧，正撞上在那儿吵闹的父亲，他会怎么看？即使运气好，撞不上，找不着她，他又会怎么想？他总会知道她不在那儿工作了，总会找上门，她还没让她进过弄堂，他还没见过堆满杂物的走道，灰秃秃水斗前的母亲，将可怜的骄傲长剑一样按在胸前的父亲，以及被这一切哺育着，禁闭着的她，荒腔走板的曹琳达。

她真希望他是瞎的。

直到阳光也转身而去，她手上亦没能多出一丁点儿筹码。放工回来的母亲，她也偷摸着求过了，只换来这一句："就听阿爸的，把那个人讲出来，你少受苦，他也少受点气，晓得吗？"下午没人的时候，也喊过，四边邻舍，多少听到一点，只当是无线电串台。

"我把他们经理狠狠教训了一通，一个个吓得像缩头乌龟。外国人都看着我，我行得正！"得胜归来的父亲向她母亲炫耀道。"就等你一句话。"这句显然是走近了琳达的房门说给她听的。"没碰上。"她暗暗地想，在糟得不能再糟的泥泞里窃喜着。

白天再热闹的太阳，到了晚上仍是秋凉。一阵风过，树枝在窗外窸窸窣窣，像弯着腰的乞者，明知道里头的世界和它无关，还是摇摇摆摆地不走，一颤一颤地晃动破碗里几枚出样的硬币。她坐在黑暗里，羡慕着寒风里的枝丫，为着它们一无所有的自由。

“啪嗒!”一个细小清脆的响声蹦到她窗前，瞬时勾起她敏锐的神经，这不是树叶的声响。“啪嗒!”又一声，“绍祖!”她在喉头无声地喊着，向玻璃窗前冲去，冲向寒凉的黑，否定一切的木封条，和此刻映着一切黑暗与否定、抬头仰望着的阿大的脸——他向俞木匠借的梯子还是够不着她的窗。

她立即转过身去，使她的失望与他的期待好歹没有撞个满怀。“菊芬，我有一句话要问你。”风将他嘴里的字引过窗的缝隙，断续吹到她耳里。“我没有什么好回答你的。就当我不好。”她背倚着那十字，向他的方向微微垂下下颚，凄楚笑道：“其实我又应过你什么呢？你喜欢我，是不会开心的。”“你当真是心里有他?”一阵风来，吹皱了阿大的问句，几番起伏，最后落到两个人耳朵里，早已没了问号。默然的静。她受不了这静里的坦白，倾身要离开，背后寒风呜咽来一句：“当真有他，我就帮你。”她被这话拉过身子，梯上的阿大，扬着被夜风吹得青紫的脸，用她熟悉的，最信得过的，一侧嘴角上斜的阿大式的微笑同她承诺道：“我帮你。”

阿大这辈子都不会成为名利场上的人。琳达早已清楚的这一点，阿大是拿着琳达从窗缝扔下的纸条，沿着地址一清早寻到金陵路，迎着朝阳照耀的金铜大门刺眼的光，一级级踏上垒起来足有一人多高的大理石台阶，在拼花地砖的炫目和猩红地毯的陷足中才逐渐明白到的——她要的世界，同他不搭界。

他看着庞大而空荡的老板椅，柔软的皮褶子，知道那是为娇贵的身体准备的。而他的菊芬在饿肚子。任他急得如何站立不定，椅子的主人直到两个会后才姗姗而来。

绍祖发现自己并不讨厌这个曾握着砖石一路追赶他汽车的男人，不单单因为他此刻正携他爱恋之人的消息而来，更多是为着在他身上可见的，于他这样富贵人家子弟而言难能可贵的利落——敢舍一切的利落。

“原也是打算今天去接她的。特意让你来，是出了什么事吗?”“不管出什么事，你都得记住，她都是为你。”阿大的话让绍祖忧心起来：“你这样讲，我更不明白了，她有什么话，你尽管告诉我。”“我，我说不好，十二点半，德利西餐馆，她自己同你讲。”

“不要乱讲。”是琳达飘落的字条上与阿大的约定，他牢牢遵守着，可绍祖的回话让他忍不住发脾气了。“十二点半我同安可要与客户吃饭谈事。”“什么生意有那么要紧?!”看着阿大忍着怒气的脸，绍祖只能回一句：“对生意人来说，生意的确有那么要紧。两点钟，德利西餐馆，我一定去。”

窗前的曹琳达，水米未进，也不曾真正入睡，一双灼热的眼睛微陷进去，以从未有过的渴慕静待着阿大的身影，这是他在挂了不知多少块全无用场的粢饭糕后第一次走进她的思虑。他的每一个手势对她而言都有着前所未有的意义，阿大此生最大的舞台，是此刻琳达楼前的松树后边，他站在那儿，宗教仪式般地，对他唯一且遥远的观众用两手食指交叉成“十”字，继而两根食指上下平行间隔成“二”字，窗口的观众立即重复了他的动作，他点点头，看着她风吹似的消失在窗前。

没过多久，她父亲便杀气腾腾出了门，揣着她终于招供的假地址。

锁匠老金一条板凳坐在弄口那么些年，已然成了这条路的一部分，每天眼睛里看来看去，无非这些人，倒也不冷清：这家男人喜滋滋拎了条鱼回来；那家媳妇提着闯祸儿子的耳朵；女孩子们跳着粉笔房子，男孩子们拍着香烟牌子，矮树梢上的雀鸟被伸懒腰的野猫一惊，惊到电线杆上；丁零零，转弯处轻倩而来的脚踏车上，是某家的姑娘和她一脸本分的毛脚。谁若是走过来，说一句“老金，要麻烦你了”，他便眯起眼睛，冲那个人笑一笑：“魂灵头又落脱了对哦?”一脸细风掠湖般的褶子，叫人看了怪安心的。

这湖面在阿大面前却幽深起来，暗流旋涌似的，老金皱起眉头：“不是我不帮你，只是没有这样的规矩。”“不是我要开别人的门，是门里的人托我请你帮忙她开门。”阿大自己也晓得这说辞拗口，又讲不了更好，便向老金旧得起毛的中山装口袋里塞了一张分。“同钞票不搭界！”老金连忙呼叫起来，为着他贞烈的职业操守。阿大死命按着那口袋，不许他有掏出来的机会。“是不搭界！是帮我的忙，今后用得到我只管开口！就帮这一次，老金。”老金又叹了口气，道：“阿大，你自己讲，门里的人出来了，对你有什么好处?”“对我么，”大约有那么一秒的伤感掠过阿大脸上的热烈，他旋即又提起一侧嘴角微微笑道:“就不去管它了。”老金摇摇头，道：“你啊，真真是魂灵头落得屋里不认得了!”那一脸的涟漪左摇右荡，终于松散开来，同眼前这不理智的青年达成了共识。

“咔嗒!”锁芯一转，里头困兽般的人扑了出来，直扑向五斗橱，用尽孱弱气力去摇撼那抽屉把手，果然如预料中上了锁。她扭过头，恳切的眼神如此哀艳，老金连忙躲了过去：“这真是不行了，曹大姑娘，你莫难为我老锁匠。”言罢便蹲在地上抖抖豁豁去收他的工具，阿大急了：“一样开了，抽屉怎么就开不得?”“算了，阿大。”琳达道，“你们已经帮我够多的了。”抬头瞄一眼挂钟，她抄起手袋，快步至门口水斗匆匆抹了把脸便奔下楼去。

地面在她脚下，从没有这样坚实有力过，鞋跟每踏一下，都震颤到五脏六腑中去，耳膜胀鼓鼓，灌满了风和窃逃的脚步声，远一点，又远一点，将灰色的巢穴彻底甩去身后面。

忽而身后伸来一只厚实的手掌，一把钳住了她的手臂，将她全身的血都凝住了。一转头，看到的是谎话编得很不像样的阿大的脸：“我心粗，两点，记成十二点……走，先吃饭!”他笑了笑，为自己潦草的心机划上于事无补的句号。

在琳达二十多年的印象里，自己从来没有一口气吃过那么多菜肉大馄饨，阿大也从来没有一口气说过那么多话。

两条小弄堂的夹角处，搭一方年纪比食客更大的油布蓬，蓬下一口锅，三两张桌椅，一列列新包好的馄饨在砧板上码得齐整，待人一声唤，便噗落落入水，在有限的方圆里四窜，腾起香热的白烟，这便是人间。“再来一碗，老板！”阿大唤道。“有数！”老板是快乐的。

“本来，也想请你吃西餐馆，凑凑，也够钱。可我后来一想，没有那样的衣服，也不晓得，他们的东西怎么吃法，什么刀啊叉的，外国人吃个饭跟打仗一样。我自己倒不要紧，可我不想连累你叫人笑话。”在他沉默的片刻，馄饨在锅中咕哝。“我们是一道长大的，”他又道，“但其实，并不一样，等以后，你嫁了人，就更不一样了。我在厂里，勤快点，做个十年二十年，也不过师傅那样，师母生病，想买只甲鱼补补，也要钱袋子横掂竖掂，忒不硬气。”“大馄饨来哉！”滚滚烫的一碗，搁到两人中间，热气腾腾迷湿了眼。他接着道：“这些年，我心里没装过别人，现在又说这话，帮你找他，不是我大度，菊芬，我就是想对你好。”

“阿大。”“哎，你讲。”琳达从温热雾气中抬起黑丝绒般的眼睛：“我也不想你难过的。”

肚子里是安妥的荠菜香气，包里是翻旧了卷了角的存折本子。阿大说钱不多，好歹能在下份工有眉目前维持一段时间。“有钱人家门槛高，别求人，别让他们觉得是你攀附了。”他说。他还说这钱他不急等用，等她有了钱，有了多到想不出还有哪处可花的钱的那天，再还他。就这样，曹琳达带上他所有的温柔，奔向了没有他的未来。

绍祖坐在窗边，玻璃落地门将他和爆炒米花的老人，袖子短到手腕上去还没有额度置办新衣的半大孩子，洋洋飘落的梧桐叶，放下一路扎在脑后的皮筋、松松抓了抓这只得一时的卷发匆匆而来的琳达，静悄悄地隔离开来。

他低着头，盘弄着一只镀金打火机，即使人们看不到他的眼睛，也能远远就瞧见那温和的寂寞，得体的浪荡，像一件圣诞节想要的，平日里负担不起的，精致细巧的礼物，让明净的玻璃罩子罩得好好的，好让人俯过身去，用叹息的眼神去望那价格标签，而她曹琳达，就要冲进那玻璃，血肉模糊地，去抢夺不属于她的礼物。

谁也不会知道，有过那么一瞬间，她全盘放下了对未来的掠夺心，决意要转身，永远离他而去。说不上为什么起的这个念头，也许是空气里爆米花的甜香，让她想起童年时去照相馆，照相馆的娃娃，抱一下，做做样子，灯一闪过就要还回去，是没有好心到让一对拮据父母的孩子带走的。她死死抓着不放手，父亲照脸一个耳光，母亲哭了。出了照相馆，母亲给她在路边买了一袋爆米花，就着这焦甜的香气，把眼睛里不平的泪光一颗颗嚼回肚子里，她再没向人要过娃娃。可是这会儿，就是这会儿，汪绍祖抬起了头，刚好看见了转身前一秒的曹琳达，用一个顶精致的微笑，从她手上夺走了最后放手的机会。

“阿大说，你有要紧事同我讲，我听了很担心，是不是家里人为难你？”

“倒没有什么，就是昨天接到一个电话，说我从前就想换的一份工作有眉目了，过阵子就能去上班，以后你在咖啡馆就见不到我了。还有就是，新单位离家远，我预备在附近租个单间，上下班方便，以后，你在弄堂也看不见我了，新地址一有了就给你，别的也没有什么。”

她自己听着也觉得样样突然，可他好像倒没有觉得，没有问她一直向往的新工作是什么，也没有问她新家预备租到哪里，只是将一只蓝丝绒盒子缓缓推到她面前：“琳达，我也有话要同你讲。”

她觉得心头轻轻停顿了一下，是拉开圣诞礼物外的蝴蝶结缎带那样，轻轻划过的停顿。

绍祖不像她，婚事是没有父亲阻拦的。他四岁起便没了父亲。

做叔父的待他再道地，也终究是叔父。在人家家里吃黄油曲奇，不能不心里数着，任着性子无算无计的，很容易惹闲话，尽管他们谁也不缺那些钱。母亲在整个童年的记忆里，是几乎没有笑容的，即使是绍祖在学堂拿了高分，让她很是高兴的时候，她也只是用一方手绢擦擦眼角，像是又不像是对着绍祖重复道：“这就对了，这就对了。”新春里，一清早去磕头，八仙桌一边是他母亲，另一边摆的是父亲的灵位，年年如此。拿到红包，母亲总是只有一句话：“绍祖，要出息。”年年如此，富贵平安，愁云惨淡。

来上海，一小半是为学生意，一大半是为了躲母亲给他挑选的那些出不了错的大小姐：烫差不多卷度的头发，施差不多浓淡的脂粉，念差不多贵价的学堂，逛差不多气派的商场，说差不多轻重的笑话，连笑起来嘴角的弧度都差不了太多。标准的少奶奶。标准的有什么不好？起码不用费心。挑哪个都出不了错，不会听到他母亲在电话那头郑重说出：“绍祖，我不相信这会是你的决定。”

“说出来，你也许只当是谎话。”她的心凝纠在一起，等着他的谎话来化。“琳达，我想要你过得好。”她闻到了烤甜点心的香气，暖烘烘的，柔软的谷粮里夹杂着坚果、巧克力酱，各式各样甜美的遐想。“你的眼睛，头发，穿什么衣裳，住在哪儿，做什么营生，是谁的女儿，对我来说，这些都不是顶要紧的。顶要紧的，是你的快乐，我喜欢你快乐，如果你不能快乐，琳达，我便不能原谅我自己。而我，”他顿了顿，道，“不是能够让你快乐的人，也无法请求你的宽恕。两个人的事，私自做了决定，无可宽恕。”

如同电话那头的母亲一般，他此刻也难以相信这会是他最终的决定。明明同母亲说得那样明白，明明跑遍了全上海最时髦的首饰柜比较款式，明明是志在必得，可就同小时候赌气撕压岁钱一样，心里远远的地方清楚撕了也不会有人问他哪里不顺心，正如此时娶她的心愈渴切，愈是明明白白地知道，未来她总不缺气来受。

能做个心里没账的人就好了。

“白脱别司忌。”侍应生放下小碟子，“咔”一声，轻轻磕在两人心上。琳达先笑了："倒是没想到，你想得那么长远。"她拿起一块别司忌塞进嘴里，又立马灌上一口咖啡，眼睛转向窗外，望着那爆炒米花的老人，正捧了一把在手心，一群孩子拥上去，抢到的连忙塞进嘴里开开心心地嚼着，鼓起的腮帮看着都是香甜香甜的。琳达把精致的食物粗略地咬碎，和着隐匿的泪一股脑吞了下去。"谈朋友而已，"她道，"你不会真的以为，我想要嫁给你吧?""我不相信你的话。""你最好相信。"她勒令道，"过去不相信，现在开始相信。曹琳达，不过同你寻寻开心。安可没有教过你吗？在上海，要格外当心，不要上了坏女人的当!""琳达!""这又是什么意思?"她两只手指捏起那只蓝丝绒盒子，在他嘴边晃了晃，制止他吐露更多真心话。

那是丝绒包裹着轴承喑哑的声响，像早晨离了家门，不知怎的，暮归时已松针满地，悄无声响的声响，沧海桑田。幽幽的蓝幕里，划过一道最凄艳的光，那是将咖啡的苦棕、别司忌的奶黄、侍者领结的黑、打褶窗帘的绿、琳达唇边的红、绍祖心头的灰，一切能映照的，汇到一块儿，融汇成她眼前这一小方通透无情的白，灿烂得，和她设想过的未来一模一样。

"这是我欠你的。"他嗓子有些沙，"人间的星，变数太大；天上的星，我没有本事给你；只有它是不会变的，琳达，至少它是不会变的。"钻石锐利的光割向她凝着的泪水，她慌忙合上那丝绒盖子，强笑道："那我也不客气了。这东西卖卖，也老价钱了吧？你也算对得起我了!"绍祖低下头道："我知道，你说这话是为了要使我痛苦。""我为什么要你痛苦？你为了要我开心，又分手又送钻戒，我当然也要拎得清的。不然，难道要你亲手给我带上这样难为你?”她的声音越说越变调，像十几年前那个吃了耳光的孩子，从她嗓子里不管不顾地跑了出来，她拽不住它，抓起戒指盒同皮包，一股脑冲出了这爿咖啡馆，从精美的幻想奔向属于她的粗陋中去。

砰！“晌喽!”老人干哑的嗓子喝出向下而拖长的调子，像所有于不堪中生活的人那样，将那一点微弱的快乐竭力挽留，愈挽留，愈留不下，调子便坠下去了。只有不谙世事的孩子和没有生活在烦忧中的人才会喜爱听这荒凉的调子，它让他们快乐。而曹琳达，在捧到她的那捧爆米花时，就已经不再是不知痛痒的小孩子。十多年后的今天，于同样的焦香气里，她咬牙禁住眼泪，于是，它们便于皮肉之内，汹涌淌满了她的心胸骨血。

很多年后，人们提起老房子里的鸡飞狗跳，总绕不过曹家那一场盛战。曹老头子揪着开锁老金唯一一件起毛的中山装袋口，老金心疼得“哎哟!”直叫，比打伤了自己还撕心裂肺，一边的阿大两厢拉着：“不关他事，不关他事!”曹老头道：“我晓得你也跑不掉!”撒了老金便扑着阿大来打，老金倒还在那里舍不得他的衣裳，“哎哟哟!”不停，忽而变了个调，惊奇地“哎哟!”一声，众人回头，是琳达回来了。阿大忙向她身前一挡，一只原本抽在她脸上的耳光落到了他的后脑勺上。因为扭打而涨红了脸的他，在她从未离他如此之近的脸上，看见他从未在她脸上看见过的表情，他那永远在天上的菊芬，落下来了。

“你要是还想我结婚，就不要在此地丢人。”她隔着阿大，对她父亲道。“你梦还没做醒？你骗我，骗你自己，骗出瘾头了是哦？”曹老头伸手欲拽开阿大，阿大却牢牢抓着她的手臂不交给他。“我这次没有瞎讲。”她道，“我总要嫁人的。嫁一个门当户对的，大家彼此不丢人。”他紧紧地抓着她，仿佛她是刚从天上落到自己身边。

三个月后，曹菊芬嫁给了贾若凡。

“若凡阿哥，这是自家酿的酒酿，一样做了，分给大家一点。”“梅妹妹，你进来坐。”“不了。”那少女低下头，将一只白底描兰花的瓷罐轻轻向他一推：“你收好。”语罢便从他窗前离开了。若凡打开小瓷盖，白净的酒酿米上点撒着鹅黄的桂花瓣，清清甜甜，香气引得四周伙伴群起揶揄：“若凡阿哥，人家肚皮也饿味，帮你吃掉了哦！”咔嗒，他盖上盖子：“唱片还听不听了？”拿起旧货市场淘来的黑胶唱片朝众人晃晃，年轻人们略正一正色：“听，当然听了！只是若凡阿哥，你梅妹妹每次烧什么好吃的，为了分给你，都要做靠[1]十家人家的分量，实在辛苦，我们实在看不下去，再这样下去，人家一家一当都要赔光了。”“柴可夫斯基，《D大调小提琴协奏曲》。”若凡笑笑，开始播放，止了这三天两头便要来一番的打趣。

梅家姑娘要是身体稍好一些，贾若凡的生命里，便没有曹琳达什么足迹了。偏她是个纸美人，打小的药罐子。若凡不足

1　沪语，意为将近。

岁，父亲便去了，母亲对他未来配偶的健康重视度，自然加一等的严格，尽管她也喜欢这姑娘的清净灵秀，无人时也叹，这两个人，可真是一对儿。

“也只好把心狠一狠。”贾太太绷了绷绣面，针顶子戴在她手上，不知怎么，看着像是值不少似的。“人一天比一天大，闲话一天比一天多。你若有了朋友，她的心自然也放下了。你不要觉得我不心疼她，从小看着长大，实心眼的姑娘，正是心疼她，才同你说这话。”“我觉得她好，别的，没什么要紧。”他语音未落，母亲的绣件先他的话头落到桌上，轻轻一搁，便压了千斤在他胸口，整理唱片的手指也僵住了似的。“身体是别的吗？”她悠悠发问，接着道，“你只有我，我只有这点本事。如果你父亲在，什么都两样了……所以你更不能像我，寻个半条命的。你不在乎，我心里怎么样，你也不在乎？若是寻了她，往后我就是死，也口眼难闭，怕你成了像我一样的孤魂！”“其实，也没有那么严重，就是先天弱一些，好好保养的话……”“保养？”他母亲轻笑着重拿起绣花针：“拿什么保养？弄堂里人寻开心，叫你一声贾小开，难道你就当了真？那年为了给你治病，我手里去得一干二净，你不是不晓得。你平时开销多少，进项多少，你自己也不是不晓得。你拿什么去养人家？若养不起，你又为什么碍着人家寻好人家？”他把手撑在五斗橱上，没有讲话。五斗橱玻璃底下压着母亲年轻时的照片，穿着旗袍，油光的发髻，坐在那里，他抱着一只皮球站在她身旁，小分头也抹得锃亮，母亲紧闭嘴唇，笑意邈渺，像所有寡居的女人那样，她很少有恰当的，能够表达快乐的时刻。座钟“嘀嗒，嘀嗒”，像一个人的脚步声，下了决心，愈走愈远。他没有再作声。

和曹菊芬的第一次见面，安排在一个晴朗的秋天。听讲对方是喜欢洋派的人，他便订了一家口味熟悉的西餐馆——口袋里没有几个钱，仍是要赶时髦，做吃客，每吃了新奇的菜式回来，一弄堂的小年轻都围着问东问西：“牛尾巴也要卖那么老价钱呀?”“听讲法国人的面包牙齿也咬得落的，贾小开，你别硬撑，张开嘴让我们看看牙齿还剩几颗?”这是娘胎里带的少爷脾气，没有办法。人都说他随他母亲，运不济，明明是最得宠的一房，偏她先生早亡，又赶上解放，大房带着另两房去了香港，把她给“解放”了，几乎什么家产都没分着，光凭体己钱撑了这许多年。租住在这弄堂里，杂一些有杂一些的好处，谁家有个红白事，亲里亲戚的，老派规矩闹不明白，都来问她，也都还客客气气喊她一声贾太太，并不是平白无故抬举她，到底是大人家出来的，哪怕是赶出来的，总也见识比一般女人家强一些，老法比谁都懂一些。又会绣，又会缝，哪家有精细的活计，也都求她，钱给不多，也是钱，就这样结结绷绷[1]，把这少爷身子小厮命的贾小开供大了。

先头讲的几家姑娘，他都不称心。“我要的，是带得出去的!”是呀，像贾小开这样一个弄堂里见识最广，吃得最开的青年，边上站一个话也讲不利索的土气姑娘，是很可惜的。还好，

---

1 沪语，意为勉勉强强地、拮据地。

这世上还有一个曹琳达。

从梅姑娘的窗口斜斜地望出去，刚好能看见若凡窗口的一角。她从早上就坐在窗前写字，一早上墨干了磨，磨了干，来来回回也没写几个字。终于，附近的几个青年进了他家门，嘻嘻哈哈说笑打闹着，过不了多久便围着他走了出来，在大家的玩笑声中，他背对着她的窗口，只身走远了。

是很晴朗的秋天，干了的砚海上，忽接到几滴泪，洇晕出墨色袅袅，没多久，便又干了。

他回来得比预想的早。一回来便唤了大家到他家，举哑铃、拉弹簧拉力器，满腔怨气地“锻炼身体”。众人看出苗头不对，又不敢问，气喘吁吁地跟着练了刻把钟，终于有胆大的开口了：“贾小开，那么你说说，她卖相哪能？”“没哪能！”他举着哑铃一脸没好气：“也就是，有点像索菲亚·罗兰。”一干人的眼睛都要瞪脱了：“像索菲亚·罗兰还不哪能啊？你要气煞人是哦？”“气煞也是我先被她气煞！从来没碰到过这样的女人！”他将哑铃一扔，差点滚到那个胆大发问人的脚，好几个人往边上跳。“说她洋派么，我就订了西餐厅，提前一个礼拜就订好了，算有礼貌吧？好，我在门口等她，想两个人见了面，打了招呼再一道进去，也没有错吧？谁晓得，她长得倒不难看，穿也穿得山青水绿，一走到店门口，招呼还没打，眉毛就皱起来了。上海滩排得上号的西餐馆，哪里就配不上她了？”“后来呢？她不要吃？”“后来更吓人了，素昧平生，她一把就拉住我的手，把我拖到隔壁头去了！”“力道那么大？”“不是力道大！她是女人家，我慌啊！”众人笑起来：“这是相当吃[1]你了！”“吃我？吃牢[2]我才是！隔壁饭店是新开的，我也没有来过，看她坚持要去那家，那我就随她去，让她点菜。结果呢，也不知她怎么想的，点上来只只都是辣的，一只比一只辣！辣得我到现在还五脏六腑痛！”“你不能吃辣我们晓得，人家小姑娘不晓得呀。你自己叫人家点么，人家就候自己的心想点，也不好怪她。再说，长得像索菲亚·罗兰的小姑娘，算哚，不同她计较。”“光是口味不一样我也不至于这样气。你们知道吗，她也不能吃辣！她一边吃，一边辣，眼泪水都不晓得流了多少，话么一句说不出。这什么意思？不就是存心回头我才演的这一出吗？她大可以直说，一看见我，就看不上，费这番功夫！”不知是因为羞愤还是刚才的“锻炼身体”，他的脸红起来，众人静默下来。他弯腰去捡那哑铃，好让脸红得更有根据。有打圆场的说：“其实，梅妹妹也蛮好的，酒酿嘛，甜滋滋，糯嗒嗒的，总比寻个辣火酱好。”“辣火酱……辣火酱！”有人忽然小声喊起来，打断了那打圆场的，众人齐向外看去，低声唤若凡道：“小开，窗门口，索菲亚·罗兰！”

索菲亚·罗兰·曹·琳达提着一只保温桶，笑意盈盈立在贾小开窗门口：“若凡阿哥，我好进来坐吗？”

曹琳达说，她担心西餐馆开销大，不实惠，就想还是隔壁中餐馆比较合适，没想到他们的大菜师傅请了那样正宗的四川

1　沪语，意为喜欢。

2　沪语，意为胁迫。

人，只只菜都辣得不像话，辣得她心里懊恼，又说不出，只好流眼泪。介绍人听说这事，很是说了她一顿，又给了她地址，她想想是一定要来赔不是的。"就买了这些冰砖来，真的不好意思，你不会生我气的哦?"说着便拆了一块，递给他。众人眼看着他的火气一下子被这冰凉的食物和甜蜜的话镇下去，余烬里冒出一缕毫无气力的烟："你也不用特意来的。""我是要回去了，你们都吃，慢慢吃。"说着她将保温瓶朝若凡的方位挪了一点，轻声道："慢点再还我好了。"说罢便转身而去。

"可以啊这个辣火酱!"众人一拥而上瓜分冰砖。"你刚才不是还劝他梅妹妹好?""味道两样，味道绝对两样！你说呢小开?"若凡用下巴尖儿对着手中的冷饮，用一种企图让众人信服的语气宣布："她不要以为一块中冰砖就可以吃定我贾若凡！这样的女人，知道什么叫感情?你们不要急，等我吃好这块冰砖，我就要抄一首陆游的《钗头凤》给她，我寄到她家，我让她好好学学，什么是真正的爱情！凄美、赤诚、柔肠百转，像唐琬这样美好的女性，会给陆游吃辣火酱吗?!""吃你的中冰砖!""化掉了，小开，滴下来了!"

大约比理想伴侣粗糙一个等级的人，是大多数人更理想的结婚对象。梅妹妹是要捧在手心的，曹琳达不用，也不要人捧，嫌烦；梅妹妹是后院角落一朵木芙蓉，曹琳达是肩上的双喇叭立体声收音机，一路为他收获笨重却响亮的赞叹；梅妹妹听得懂，讲得来，彼此不用相看也晓得对方，曹琳达听不懂，讲不来，恨起来一个媚眼凶巴巴飞过来，瞪到他不敢响，婚礼的事，也就这么定下来了。他当然是不会知道，第一次见面，她不肯进他订的餐馆，是因为在门口就望见里面一对年轻人，女孩子穿着打网球的衣裳，齐耳发上绑着红白相间的发带，对着对面的人笑，是那种生活优越惯的人才有的快乐的眼睛，而对面的人，即使只是背影也瞒不了她是谁。那么快，就有了新的爱人，还是那么登对的人。隔壁店如果是家寿衣铺她大概也会拉贾若凡进去的，她哪知道自己是在往哪儿走，点什么，吃什么，做什么，为了什么？谢天谢地四川厨子的辣酱总算给了她一次正大光明流泪的理由。眼泪对面的这个男人，并不难看，甚至可以说，相当漂亮。可这漂亮，和隔壁西餐馆的人，是两种漂亮，花色都是好的，料作不一样。曹琳达只能穿着料作次等的衣裳，永生永世刺着自己的皮囊，以提醒她曾经的异想天开了。想到这里，她又夹了一筷子菜，塞到嘴里，眼泪汪汪望着贾小开。这些不明就里的古怪行为，在他喜欢上曹琳达之后，都成了她可爱的明证。更何况他的母亲也认同她——见到她第一眼，贾太太就看出来，如果不出什么意外，这个年轻女人的生命力总可以支持她活个百八十岁。

一条弄堂的人都去了贾小开的喜宴，梅妹妹也不例外。只是坐不到半个钟点，她便脸色愈加苍白，告病离席。好在这于她也是常事，便不显得有什么扎眼了。贾太太和身边的邻家妇人们交换了眼色，谁都知道，这里头的意思是：“瞧，不狠心行吗？当真是不中用的身子。”再看看做了新娘子装扮的曹琳达，更衬得她面若云霞眼似流星，一点也不输给梅真。贾太太满心舒适，把新媳妇奉的莲子羹吃了个精光。

这一席办得体面。虽不是什么一流的大饭店，却也精致得体，没有长拖着的婚纱，却也有两个捧花篮的孩子，跟在边上洒新摘的花瓣，青涩悠甜的草木花叶气，融进糖醋小排骨、清炒河虾仁、宫爆鳝背的油荤香，是最通俗的圆满。这样漂亮的一对新人，各自弄堂里的佼佼者，没有什么比携手成为彼此的退路更为妥善的了。一切都是那么恰如其分。

散席后的人们带着一肚子的满足，谈笑着回到逼仄的住处。有人在路灯背阴里踢到一个黑漆漆的人，也只是快乐地“哦哟”一声：“阿大，你在这里作死啊?”阿大叫人卸了脊梁似的瘫手瘫脚坐在墙根，举着一只酒瓶向那来人问道：“就是不好是我，对哦?”不等人回，他自己答了自己：“就是不好是我，随便什么时候，都不会是我。”邻人们笑着离去，在灯罩歪斜的凉光里留下细瘦的身影，同阿大的叹息一样细瘦：“挨不着啊!”

那天坐在绍祖对面吃菜的，是他的堂妹。不巧的是嫉妒只会把人的想象往幽暗处带。他要不了几个月，就会来找她的，如果曹琳达有这个耐心的话。可惜她没有。

医院的气息永远那么清凉。杀毒水将一切有害的杀死，无害的击垮，洋洋得意侵占着整座建筑的角角落落，连花园都没有放过。这个不过四十开外的妇人坐在扶手椅上，在咸咸海风的温湿和消毒水的寒意中静静散发着老式发油馥郁的威严。二十多岁失去了丈夫，分秒警醒地活着，上天怜悯，很快她就能松开手了。“我担心自己担心不了你多久了。”她看着远处连天的海，命令她的儿子：“再去一次上海，清掉手上的工作，就回来。你也该成家了。”“我不成家。”“你这是在生自己的气，还是我的气？我可听说，是你自己回掉的那个女孩，这会儿倒转不过弯了？”“不同她结婚，是为了不让你不高兴；不结婚，是不想让我自己不高兴。”“你的道理很多。但是绍祖，这由不得你。你父亲的心血不会白白断送，这是我应允他的。”她忽然佝偻着坐起半个身子，在他耳边厉声道：“我做到的，你也必须做到。他们都等着看我们的笑话，看到我死，看到你糊涂，看到你父亲的产业落到他们手上，他们才称心。你想让他们称心吗，绍祖？”

绍祖从小就知道，要不称他们的心，首先得不称他自己的才行。他以为他早就习惯了的，去拒绝糖果、饼干、零用钱，没有也就没有了。但是这些日子，他没法平静。只有在确信自己犯下了无可挽回的错误时才有的那种庞大的不安吞噬着他的每一秒钟。他见所有能见的朋友，说着尽可能不着边际的话，喝着不着边际的酒。他吃得很多，到处乱走，打了很多场网球，打得那么投入，因为全力想赢甚至打跑了几个客户。他大汗淋漓咧着嘴在球场上苦笑，不然还能怎么办？他又不能哭。在父亲的葬礼上，人们就告诫他，你四岁了，是小男子汉，妈妈以后就依靠你了。是的，他知道什么能得分，什么不能。可他就是懊悔了，和所有的糖果、饼干、零用钱不同，琳达，不能没有就没有了。

在最不好的时机里，他终于说了最不该说的话：“我只求这一次。成家，可不可以同我喜欢的人？”汪太的脸在她瞳孔的带领下收缩起来，她慢慢躺回扶手椅的靠背里去。“可以啊。”她道，发油的余香向远处漫去，那海把天衔得紧紧的，一步跑不远。“陈爵士的女儿，你不喜欢吗?”她望倦了海，疲累地闭上眼睛。香港哪里都闷湿潮热，只有医院，清凉得毫无人道。

冬天来得没有征兆。昨天还捧着暖手的糖炒栗子，今天就干瘪得没法儿剥了，竹竿上的湿衣裳冻成了块，支棱着在风中微颤，风打在每个迎面而来的人脸上，它的冰凉让他们之中最不清醒的人也清醒地意识到，最好的时节已经过去了。知趣的鸟儿去了南方，空留风声呜咽在林间，满枝丫的金黄，是最后的告别的灿烂。

曹琳达从樟木箱里拿出一条电热毯铺好，这是她托关系才买到的时兴货。弄堂里的人都说，别人家新娘子陪嫁被面子，这贾家新娘子丝绸缎面一条没有，直接来个带电的新式武器，不愧是杀伤力过人的“辣火酱”。“有什么不能变的!”她道，“十条被面子也及不上这一条，以后你们就晓得了。”贾若凡后来慢慢晓得，什么都会变，而不管怎么变，她总有新式武器去杀出一个黎明，谁也别想永远让她困顿。

今天的冬笋很好，只只饱满，挑了没几只便是沉甸甸一篮子，配上隔壁老四乡下带来的肉，烧个腌笃鲜，该是扑扑满一锅子，若凡也喜欢吃的。上海的弄堂大抵差不多，若凡家的这条，琳达没多走几遍，便觉得和走在自家弄堂没什么区别了。天灰得很浅，是格外明净的寒凉，她提着一篮子冬笋往回走。她会在这冬夜生一团火，烧红的煤球腾起的烟会笼住她明艳的脸，肉汤会很鲜，他们会吃得很饱，电热毯会很暖，一切都是预计中的，跑不远的日子。她已经不用去辨识周围的环境，脚自己会往家走，想着心事也没关系，反正错不了。如果不是银杏树叶随着凛冽北风飞过眼前，她也许都不会注意到树下站着常常出现在她心事中的人——绍祖，瘦多了。

“我去了你家弄堂，门房说你现在在这里……嫁在这里。”“那你还来做什么?”和他们各自心中设想的场景全不一样，没有柔情的低诉，没有凄凄的眼泪，只是那样相隔了一段，站在摇摇欲洒的银杏树下，用最克制静默的口吻质问着对方，回答彼此的，只有风的无言凄楚。

“再会。”良久的沉默之后，琳达做了率先转身的人。她走得越快，风越紧，脸痛得发烧，马上就到家了，还好，心再没章法，脚也会往回走。往回走，往回走！手上的篮子却忽然动不了了，拽着它的人显然再也服从不了自己的理智，用她从未从他口中听过的语气颤抖着发问：“如果我说，曹琳达，跟着我吃苦，好不好?或许我没有太大发展，或许你要看很多人脸色，或许我们在一起就这样了，但是我们就这样在一起，你为我，我为你，好不好?”世上没有一个女人会不喜欢这一幕：有出息的男人，为了她，没有出息。从前再怎样，总要踮了脚去够的，不是她台面上的小菜，自己何尝不晓得筷子伸得太长，吃相好看不到哪里去。如今他自己心甘情愿跌将下来，落到同她一样高低，她才发现自己竟然心痛起来，转回头，向他道：“你是一个浪漫的人，绍祖，但我不是。我想你是误会了，我不是赌气，我现在过得蛮好，用不着你来为我抛什么江山，我又做什么要去看什么面孔？”他脸上有种阴惨的柔情，佯装惯了自在的眼睛流露出的痛苦刺着她的心，她不要再见他了，再不要见他了。她扯动手里的篮子，他方才意识到手上那样沉甸甸，低头看去，一只只肥满的竹笋，挨个儿罗列在篮里，还带着新鲜的泥，光是这样看着，便能想象得出不多久后，热腾腾的烟火气。他第一次去等她，也是在那样的烟火气里，她给他买了一只油墩子，过去的烟火气汇着将来的，落进他眼睛里，迷蒙着叫人难受。“买了这许多。”他道。“不多，一家子，刚刚好。”她说。天收了惨淡的净色，开始灰深了起来，银杏树枝嗦嗦颤着，往后是要冷了。他的手叫风吹僵了，松了她的篮子也不大晓得了。黄澄澄的叶，风一卷就是洋洋洒洒的一地。她到底是放了他一个码头。

腌笃鲜，罗宋汤，荠菜豆腐羹，日脚一天天过得快来兮，就像曹琳达同一个有铜钿的男人在弄堂口拉拉扯扯的事迹那样，一歇歇就传遍了各户人家的饭桌与灶间。“贾太太多少讲规矩的人？寻了这么个不懂规矩的媳妇！”“规矩嘛，也是做给你们看看，伊自己年纪轻做姨太太的时候，谁晓得多少手段呢？不然别几房都跟大房去了香港，怎么独独不认她？”“要我讲，还是梅姑娘好。她横挑竖挑，挑出什么好的了？”“梅姑娘也要嫁人啦，现在懊悔也来不及了。”“嫁给什么人啊？”“听讲是老师，年纪么，是大了一点了，前些年吃了不少轧头[1]，现在在郊区学堂里，再怎么讲，总比社会青年好一些。天天往旧货市场寄卖商店钻，靠个把月倒几样东西过日子，还搞得好了？赚两钿也不晓得作孽用！”“人家是小开，两样的。”“这个‘辣火酱’倒也有意思，真的小开不寻，寻了个‘贾小开’。”“你又看得出哪个是真小开假小开？”“这有什么看不出？人样先不说，他拉着她的篮头，光是那对锃锃亮的袖扣，就吃老价钿[2]了，这样打扮的人总不至于拦路抢劫几只竹笋吧？”“十三点！”几个女人说笑着，一箩毛豆也就剥好了。于自己再惊涛狂浪的故事，到了别人嘴里便是这样，窸窸窣窣，呒啥要紧。

有一点她们倒没有讲错，人对自己没有的东西往往敏锐度最高，因而苏州阿娘能一眼辨出真小开，贾家姆妈流言未至便抢先察觉到，媳妇心里有人了。她没有让这念头悬置半刻，立即进行了一次彻彻底底的“大扫除”，果不其然在樟木箱底缴获了坐实她猜测的蓝丝绒盒。

及至若凡打旧货市场出来，去百货公司接新上班不到一个礼拜的曹琳达一道回家，贾家姆妈已经摆好了鸿门宴，对蜜糖般眼神黏在一块儿进门的人道：“菊芬不用忙，今朝夜饭我已经烧好了。”“谢谢姆妈。”“我是饿了。”若凡说着走向饭桌，顺手提起罩饭菜的纱网，想先觅些什么垫垫饥，只见纱网下罩着三碗家常小菜：清炒米苋，毛豆肉丝，榨菜豆腐羹，三只白底蓝花碗围

1 沪语，意为吃亏、吃苦、遭责难、受挫折。

2 沪语，意为值大价钱。

着中央一只打开的丝绒盒子，凛冽的光射过深蓝色的衬里、鲜润的毛豆的油光、通红的米苋汤、豆腐羹的热烟，向这并不明亮的屋里的每个人击来。

“哟！这是怎么说法?”若凡拿起那戒指端详，一旁的琳达脸色如铁，她婆婆问自己儿子：“你是懂行的，你看看，这能值多少?”未待若凡认真估量，琳达已经冲过来夺下戒盒，“啪!”一声合上，对刚才还存着谢意的婆姆妈道：“有话直说。”“我晓得你是个爽气人，所以也不和你绕圈子。我是旧社会的人，不是很懂自由恋爱。按照你们新社会年轻人的做法，你嫁给我们若凡，会不会嫁得快了一点？这当中要是有什么隐情，你尽可以说出来，毕竟我们一家人，没有什么是需要里三层外三层衣裳料子包好锁在樟木箱底不好见人的。你说是不是?”“我自己的东西，是没什么见不得人的。”说着她索性打开戒指盒，拿出这闪烁的异星套在了自己手指上。“若凡，我倒不晓得，你是讨了个千金小姐回来。”若凡早明白七八分，沉着脸道：“先吃饭，回头再讲。”“好呃，”贾家姆妈道，“就是我们这破落人家，饭菜粗，亏待你媳妇了。”“是你们吃亏了，没娶着称心的，横竖称心的还没嫁人，现在懊悔，还来得及!”“吃饭！你自己的事，胡扯什么梅妹妹。”琳达更不饶他了：“我倒没说是谁，你自己认得倒快!你们就许哥哥妹妹的，说一句都不得，我一清二白，凭什么在这里受气!”“没有人给你气受，坐下吃饭。”“吃就吃，我吃了你的饭，可不会心软。不像你，给人左一碗绿豆汤右一碗赤豆汤灌得魂都散了，讲到人嘴唇皮都发颤!”“我和梅真不一样！她从不图人什么，心底里比谁都干净！”梅真刚巧拿了一个木匣子站在窗外，知道自己不会进去，还是禁不住立在那儿。那是若凡过去写给她的信，要嫁人了，带不走，留在娘家不想让人翻着，知道还他也是行不通，却还是拿着匣子走到窗边，像从前那样，心里期盼着也许他忽然出来，一开口，就把那永生永世压着的心事替她说了。这时却听得里面动静异常，待若凡那句“梅真心里比谁都干净”一至耳内，刹那间五内俱焚，眼泪滚落匣上，一下子得了明证：过去确是最好的，也确是过去了。凄凄而去，只留得曹琳达一声惊呼穿破四邻窗户：“贾若凡，你当我是什么人了?!”

整只头的奶油蛋糕吃不到，切片小方也是好的，谁知道一剜开来，里厢一只蟑螂。婚姻大抵就是这类上当上足也只能吃进的情形吧。衣裳是借的，场地是借的，塑料手捧花常年不败，站在虚妄布景前努力笑一笑，挂在房间最中央，时刻提醒自己，也是喜结良缘的人了。糖是给别人的，热闹是给别人的，闲话，笑料，都是给别人的。结婚的人，比不结婚的人，总来得讨人欢喜一点，因为他们有太多可供人开心的了。

没过多久，梅真就嫁到郊区去了；没过多久，曹琳达就害喜了；没过多久，贾小开就捉进去了，说他走私文物。

曹琳达两只脚肿得发糕馒头一样，穿着一双老棉鞋，面色蜡黄，就只有一双眼睛还是美的。往一只塑料篮头里码了满满的日用品，冲紧闭的内屋喊了一声：“姆妈，我去了啊！”便拖着身子往提篮桥去了。

“我们又不要发财，你这是做什么啦?”贾小开显然是没遭过这种难，面颊深陷下去，硬撑着笑起来更叫她看了心颤，“不要紧的，主要不是我，叫姆妈放心。”“你讲话一点轻头没有，你人在里面，叫外面的人怎么放心？你自己姆妈自己又不是不晓得，样样式式要占上风的人。”贾小开撑着的那点笑一点点落下来，望着面前这个油锅里煎脱了水分似的“索菲亚·罗兰”道：“再不要紧，也是要有日子了。琳达，我想过的，你离开我会好过一点。”“贾若凡，抛开我，你想也不要想!”她提起两只眼睛来呵斥他，随即摸着肚子抬起下颚嗔道：“就是抛我，也抛不了他!”这张看似漫不经心的脸背后流淌的感情刺着了贾若凡，他的额头埋进拷链间，呜咽道：“我本来……本来是可以，陪着你们的。”“现在哭有什么用！早知道那两卷画会闯这种穷祸，我怎么也要扔出去！谁放在你这里的，我就扔到谁脸上去！他们要寻死，凭什么拉上我们！若凡，你怎么会听他们的？你有冤枉一定要讲的呀!”“他们讲，只是帮忙放两天，过两天就拿走……我，我刚好不够钱，那天看到一只红宝石戒指，没有钻石那么稀奇，但成色不错，我想着你戴，肯定蛮好。”曹琳达呆了几秒，“哇!”一声大哭起来：“贾若凡！你这个人，有毛病的。”

百货公司的柜台不让曹琳达站了，一是她显了身子，形象不好，二是她男人的事，影响不好。组织上照顾，让她去仓库点货。点了没几天，仓库里砸了一排花瓶，部门经理头上多了一排缝针，传说是去“照顾”曹琳达“照顾”出来的。人不说什么，花瓶总要有人来赔的，琳达那点工资奖金给扣了个精光，仍不够的分月再扣，受了气不说，竟成了个叫人看笑话胡编派的人质。

桌子上只一盘刀豆，一小碟咸菜，两碗泡饭。窗外的雨不像是会停了，滴滴答答砸个没完。琳达反罩着一件若凡的薄呢外套，两手从袖子里穿出来，像一个泄了气的贾小开伏在她腹上。她一声不响地吃泡饭，曹家姆妈叹了口气，道："不是我克扣你，实在也只能这个情形。现在现成的东西是越来越多，要绣要缝的人是一天比一天少。你自己也是太会闯祸，我养的儿子我晓得他的脾气，他不会无缘无故做这么没分寸的事。"贾家姆妈搁下筷子拭泪，沉默片刻，对低头扒泡饭的曹琳达道："回去吧。娘家定规照料得比我好，大家彼此心静。"

泡饭当然是没有味道的，可在曹琳达嘴里，这一碗，算得上是她有生以来吃过的最没有味道的了。雨越下越大，将天洇得又灰又黄，不像是现在的日子，更像是历史长卷里最恹气不过又无可更改的某一天，她心里细小的圆满教雨浇得答答滴，答答滴，像吃着雨泡饭，五内俱透。"我不要人照顾的。"她放下吃空的饭碗，抬头道："若凡的小囡，定规要养在若凡屋里，这点规矩，姆妈，我还是懂的。"

寄卖商店是那样有趣的地方，互不搭界的人在此地交换着彼此形形色色的窘迫。这边说用不上了，那边说刚好缺这个，省得再寻了，都不过是嘴跟着口袋叮当响的无奈之歌。曹琳达谈朋友时的连衫裙，结婚置的羊毛衫，在咖啡馆那会儿的打褶白衬衣，小半个她的时代在寄卖商店的旧木门外迎风招展。本来嘛，一个人走了下坡路，是人人皆可看得，议得的，谁让你自己不把他们甩在千里之外。

说来奇怪，一个女人，不得人们心口中的爱戴，可她的衣裳，却出卖了这些人的态度，受到了超越她本人太多倍的欢迎，不出几日，便四散在了后厢房的阿姆，亭子间的小罗，各个胖胖瘦瘦高高矮矮的女人们身上。她们一边惊叹着原主人的花头精透，一边忙不迭将它们紧裹着自己，仿佛自己与这口碑不佳的花头精也有了那么一丝半点的联系，管它肚子上的肉是不是太凸出来，脸色撑不撑得起那颜色。那是贾太太生活在这条弄堂几十年来最惨淡的岁月，走在路上，时不时便晃出一个害了她儿子的“曹琳达”，满眼都是，难看了几个等级的曹琳达。

“你行头再挺，终归有限。我倒想知道，你有几件衣裳好当?”“反正不光身子丢贾家的脸就行了。”婆媳两人你一枪我一刀，话里话外砍砍杀杀着过日子，偶尔静默的时候，竟也不约而同地感慨：幸得小开在里面，少听多少这样的话。

小邓子来上海不久，人爽利，踩个黄鱼车给厂里送货，不怕风霜雪雨。“反正比种地强!”他每次这么说，都要狠狠点点头，以加强语气的肯定，再学着上海话的口气问曹琳达一句:“阿姐你讲是哦?”曹琳达没有种过地，不好替他比较什么，便笑笑说：“是呀，箱子就摆在这边好了。”这两天雨暗路滑，上桥，下桥，黄鱼车不好踩，货堆得那样高，一路连人带车歪歪扭扭，踩到时已是汗流浃背，一进仓库便将最后一点力气吼了出来：“阿姐，茶有哦？乖乖嘞！这一路，比种地还累!”“有呀，门口茶桶里，扑扑满一桶，自己随便倒!”“好嘞!”小邓子浑身散架总算卸下一股气，摇摇晃晃朝墨绿的金属茶桶走去，曹琳达正好点完手头的货，抬头望去，却见黄鱼车上的捆绳早松散了，一摞摞的纸箱眼看要不稳，忙扶起身子，边上前去救边唤小邓子：“箱子!快倒啦!”，小邓子回头一看，大惊失色，喊了一声“阿姐不用你忙!”便连人带茶缸扑了过去。

“你倒是茶缸先放下来呀!”曹琳达一边骂他，一边清点受了污的货物，几十条半裙，叫茶渍染得斑斓。“呒良心的，倒这么多，前世没有喝过茶呀?”小邓子也急了：“阿姐你说随便倒的呀!我看你身子沉，怕货倒了压着你，就冲过来了呀！阿姐你骂我，我要能不赔，那你骂死我也值！我才做了几个月，一共也挣不到一百块钱，就是把我卖了也赔不起，这可怎么交代啊!”他两手一摊，坐倒在墙角呜咽起来。

“赔这样一箱，成本多少?”曹琳达捻着裙子的料子，若有所思地问道。“成本?”小邓子抬起头来，眼前立着的这个库管员大腹便便目光灼灼：“你们生产是一个价钱，给到我们是一个价钱，我们挂起来卖给人，又是一个价钱，你晓得吗?”他好像晓得，又好像不晓得，不去管它先点点头。她接着道：“这样，你问厂里，成本多少，怎么赔，你有多少出多少，不够的，我替你出。”“阿姐，这不可以的，祸是我闯的，怎么好叫你一起赔!”“我不是白出你钱的，小邓子你听我讲，衣裳坏了，衣裳落掉了，你一样要赔，你就同他们讲，扎箱子的绳子松了，路上落掉了，或者讲，路上碰着贼爷爷，横竖是没有了。这一箱你带回去也是讨骂，算作给我，我同你一道赔。”“我倒是没话说，但是阿姐，你拿回去也没用啊。”曹琳达硬着腰，吃力地捡起一条裙子，对着光照，染污的布料上显出崎岖蜿蜒的图样，像一张隐匿已久的古老地图在她面前展开。她问小邓子：“你在农村，若遇上灾荒，怎么办?”“讨饭。不是种地人没骨气，遇上水，遇上旱，就没饭吃。是真的没饭吃。什么前胸贴后背，人真正饿起来，根本觉不着自己还有什么前胸，什么后背，连个人都算不上。不光村里的，就是你们城里下乡来的人，知书识礼的，也一样，领着村里的一起讨饭呢。人这面皮，是米面撑出来的，一口饭都不得，还要它做什么？你别不信，阿姐，你要是遇上，你也一样，这逛百货商店的小姐太太，都一样!”“你讲得没有错，我也一样。运气倒到底了，管什么面皮不面皮，行一记[1]再讲。”

已经发生的错误，顺着边边角角渗透进深处的纤维，不会如此天真地由人清洗掉。曹琳达弯身在木盆前，肥皂泡飞溅到她眼睛里的时候，她想起了她的母亲，也是这样，终日围着一只灰蒙蒙的水斗，清洁着日复一日不断脏污永不可能彻底清洁的各种事物。以前觉得她可笑、可悲、可怜，不可重复她的人生，可如今自己抓着一手随即离散的泡沫，才晓得她的不易。谁不想活得干净漂亮，毫不费力？谁不曾年轻好看过？光有这些牌，是不足以将人从反反复复的旧里翻新，劣里择良中救出来的。许是太使气力，许是肥皂沫子辣，曹琳达红了眼睛，也没能将脏污的裙子

1　沪语，意为拼一把。

变洁净。

浑身散了架，不像是自己的，一手一脚都跟借来的一样陌生，只有肚子里时不时动弹的，是真的，自己的，谁也拿不走的。在这世上，要得一样自己的东西，没有一桩不是拿命去拼的。

在寂静得失去了存在的夜里，在念头忽悠一转的背后，有那样清冷的字眼滑过：亏得那些罪，时不时将她遣至他身边。仅仅是一滑而过，也让阿大心上一惊，他难道期待她吃苦？“咯嘣嘣，咯嘣嘣”，缝纫机踏板上她的脚没有停过，因为身子累赘，她与台面不得不隔开一段距离，只能展开臂膀去够那跳动着针脚的衣料，将一切微弱的可能尽她所能地拥入怀中。阿大希望踏板的声音能再响一点，再响一点，好穿过命运在他与她之间画的平行线，将她的热烈喧哗投那么一点进他的荒茫。可这会儿她却停下脚步，长吁道：“总算好了！”裁下来的布料堆了一地，在她与他之间形成一座小小的孤岛，他刚想弯腰清理这障碍，却被她喝住：“我来收拾的！借你姆妈缝纫机用到现在，已经很不好意思了。”“客气什么，再讲，我又不是大少爷，做点活算什么。”他说着便弯下腰将这岛一点一点拆散了去。

阿大姆妈讲，看不懂，一条裙子截得脚馒头也盖不住，还要开叉，一条腿索性甩在外面。“伊这是流氓罪，要吃官司的！伊屋里厢那个官司没吃够，伊大概也准备夫唱妇随，真是不是一家人，不进一家门。阿大你要防伊一点，不要拿屋里东西借来借去，晦气欸。”边说着，她边拿鸡毛掸子将缝纫机恶狠狠掸了三四个来回。

如果不是现在的身形无法亲自展示“流氓罪超短裙”的魅力，曹琳达也用不着偷偷摸摸从仓库里“借”一只塑料模特儿回去。

“是贾家姆妈吧？我看门牌号头是没错。”小邓子对眼前这纹丝不动的老妇人笑笑，便麻利地卸下黄鱼车上的货箱，从底下拽出一只赤条精光的塑料女模特儿来。“这是曹阿姐托我运出来的，我拿进去。”老妇人纹丝不动的嗓音挡住了他的去路：“谁托的你，我不管。哪里拿的，拿回哪里去。”小邓子手里横着那假人，后退半步，左右瞄了眼门牌，心下明了几分，赔笑道：“贾家姆妈，您也别为难我，我不过帮忙跑个腿，这就要回厂里，有什么不清楚的，曹阿姐放工回来，一讲，就好了嘛。东西先放在这里。”“你也知道这里姓贾？姓曹的要出花头，是她的事，只别拿姓贾的当踏脚板。”一顿姓贾姓曹叫小邓子听得云里雾里，裤脚管上已挨了贾家姆妈的笤帚，“晦气东西，让它走不走，自己不要脸面，还生怕人不晓得！阿要给你弄堂口立个牌坊？”那笤帚在塑料人身上狂扫，然而它刀枪不入，两脚朝上头朝下仰望着血肉之躯的盛怒，依旧笑意盈盈，唇红齿白。

曹琳达的赤膊牌坊立到了弄堂口的垃圾箱里。每个去丢垃圾的人，都被这无遮无挡的假女人吓得“哦哟！”一声，惊吓过后又浮起几丝惊喜，仿佛白日里撞见个艳鬼，于平淡无奇的一天额外加进一勺鲜酱油，因此，这一天，垃圾筒的生意比往常好了不少，很多暂不入列的垃圾在这消息传开后提前投入了宿命的怀抱。

其他的塑料模特儿都规规矩矩立在玻璃橱窗后面，明亮的灯光打着，就是能动也不敢乱动的。偏它花头精透，一会儿躲在黄鱼车底下私奔，一会儿被扫地出门。一会儿是蛀坏掉的棉毛衫，一会儿是隔夜的茶叶茶，随着一张张陌生面孔上一双双惊异的眼睛，从垃圾筒的方口里投射进来，覆盖它了无牵挂的身躯，直到眼前这方晃荡的明亮被柴灰的暮色替代，一把炭黑的火钳探到它身边，拿钳子的女人浮肿的脸上释出一抹轻轻的，疲惫的，玫瑰灰色的笑。

她拖着污秽的它，硬绷绷的脚趾在水泥地面上“咯嘣嘣，咯嘣嘣”地磨出浅白细印。灶头间、客堂间、老虎窗，一路里明灯暗火处，十七八双眼睛看着，几句尖利锋锐的话隔空飞过，惊起几只最通气氛的雀鸟，铁铲炒锅的频次也掉了下来，礼貌性地半温不火地炒两下，炒两下，耳朵都跟着那“咯嘣嘣，咯嘣嘣”进了贾太太的绿纱窗。

“咯吱！”曹琳达拧开水龙头，急滚滚一泓自来水砸在模特儿空洞的身上，溅起千军万马轰隆的水珠，将窗外那些耳朵驱得落花流水，神溃形散。

“你尽管恨我，但我不单是为了自己。一天天，看看没什么两样，三年五年，会和今天一样？姆妈，”她掷下那木知木觉的人，任它由水去冲拍，转向贾太太道，“我手上什么都没有，拿什么还给若凡？我要去争，把他的三年五年争回来。不是只有你心里难过的。”她的睫毛，指尖都滴着水珠，躺着的塑料女人，半张脸面浸在水槽里，十五支光的灯下，粼粼着泪痕。

在懊丧的人们于晚餐间各自添补了纱窗后的情节，腹满而意不足地收拾起碗筷，预备卸下这一天的戏幕时，“咯嘮嘮，咯嘮嘮”，更沉重的声响从贾太太的绿纱窗方向传来。那是一块带了三只铁皮小轮的木板，上面搁着一只纸箱，半敞着，红塑料绳扎着冲洗干净了的通白的假人，松散着毛絮的麻绳，一头系在木板车上，一头绕在曹琳达手心里，她的另一只手扶在腰上，一步一步，从视线交织的密网里穿行而过，眼睛里没有半点可供谈论的欢喜或伤悲。

其他的塑料模特儿都一式一样穿着新开封的衣裳互不搭界地站在不透风的地方。没有谁像它这样，在苍黝风地里，让人披上一件她自己穿惯的马海毛开衫，一只一只纽扣细细扣起来，配上她亲手缝纫的半身裙子。她两只手搭在它肩头，无比确信地看着它。风把她来不及扎好的头发吹到它木然的脸上，它觉得，它已经不是其他的塑料模特儿了。

吃过夜饭出来散步的人并不那样多，却多被曹琳达和她的模特儿吸引了注意力，毕竟没有哪个小摊贩是像她这样大进攻的。大着肚子，挽着一只塑料模特的胳膊，两条长长的塑料腿露在风里。“随便看看，料作很好的！”“这算什么裙子？那么短！”“新式样，香港、台湾的歌唱演员都这么穿！”“哟，还有个开叉，这太吓人了。”“阿拉又不是歌唱演员。”“阿拉是弄堂口包生煎馒头的。”年轻的妇人们大惊小怪嘻嘻哈哈，有丈夫陪伴的更是被一票否决："这个穿了要破坏家庭的。"

"好看是好看的。"一个圆脸的女孩子摸着裙边，她的五官很平淡，间或点缀着一片微微的雀点，怯声道："就是穿不出去。""是穿不出去。"曹琳达接道，"她们都穿不出去，只有你可以。"一群眼睛齐刷刷看向那雀脸女孩，她一时间拿着裙子也不是，放下也不好，乱了主意。"小阿妹，你是第一个看相[1]这条裙子的，我新开张，爽气一下，不收钞票，送给你！"曹琳达话音刚落，人群即刻喧扰起来："我也看相的呀，我比她还要先看相，老板娘也送我一条好哦?""我比你还要早来，叫是[2]没有说出来。""第一个免费。"曹琳达高举起塑料模特儿的手，宣布道："第二个，接近免费，只收五块，第三、第四、第五，依次加两块，先到先得便宜，商场里一样料作一样颜色，样式老气得不得了，二十五一条不还价，我只卖十五，第六个开始，一律十五！""第二！这里！老板娘！""第三！""我先喊的，三号三号！"

"短点就短点，生煎馒头不是一样包?"散开的人群说笑着端详手中的战利品，懊悔着没有抢到最前头，赞叹东西是好的，"还是划算的。"曹琳达收着钱，向夜色中消散的人唤道："明朝还有，有要的只管找我！"塑料模特儿的手也依旧高高举着，向她的第一桶金奉献者致以遥遥的敬意。

贾家的饭菜好了起来，贾家媳妇投机倒把的故事伴着红烧

---

1 沪语，意为看中。

2 沪语，意为只不过是。

肉香传遍左邻右坊。

“不是一家人，不进一家门。”关于贾家的闲话，总是以这样一句听似寻常却略带触霉头意味的谶语作为结尾，人们交换一个狡黠的笑，各自烧夜饭去了。

“绝对不瞎讲的，商场什么质量，我就是什么质量，你不放心可以来找我，我天天晚上在这里。”“讲是这么讲，哪天你真的跑了，谁捉得住你?”那妇人边嘟囔着，边从手绢包里数出十五元来。曹琳达笑着接道：“放心放心，我这个人哪，是‘交钱不跑’，你们肯照顾我生意，就是打，也打不走我的。”众人笑老板娘财迷得很。“那肯定的。”她答得斩钉截铁，又引得挑拣着的人忍俊不禁。“老板娘，好像不对!”“不会的，东西都是好的，你们都是识货的呀。”曹琳达低着头往斜挎包里翻找零钱，那人的声音又急了些：“不是呀老板娘，那边几个人，戴红袖章的，阿是来寻你的呀?”她抬头望去，一串黑影从远处迫近过来，不用细看，光是那不紧不慢的架势和横向跨步的姿态就足以表明来意。她将包内的钱急抓了几张，往面前人手上一塞，“阿姐帮忙挡一挡!”便抱起模特儿，拖着破破烂烂的木板车，踉踉跄跄向灯火黑暗处奔去。

在此之前，她觉得这个世界上能让她如此强烈感觉到自己心跳的，只有绍祖。可现在，身后的几条黑影远远超越了他，将她的心跳、呼吸，一并夺去，听不到周围的声响，觉不到纸箱的倾覆，她沉重的肉身腾化成烟云，毫无知觉不受控制地连同臂弯内的假肉身一起，跌进一条嵌在墙壁间的黑影胡同里去。

梧桐树叶落在任何一个地方，小洋楼，石库门，宽弄堂，窄巷子，撑着遮阳棚好吃冰激凌的露台，抢太阳抢到对面人家窗户里去的晾衣竹头，梧桐树叶落在任何一个地方。即使是这样，走过十个人未必有一个会留意到，既无门牌亦无门户的两堵灰墙间，也有一个人间在里面，也有一方小小的院子，几户人家东争西抢，也仍剩下一块小小的空地，够一个落荒而逃的女人躺在那里，于无垠的苍惘苦痛中，迎接一个新生命的降临。

谁家的竹头，为免去第二天再次争抢的重复劳动，索性架在外面，气势昂然。人们横七竖八的欲望，将这块天空割成零碎的小块，缩手缩脚的日子，连天都见不得整。配给到这块天的几颗星里，有一颗是亮的，是这凄暗的夜宇失手流露的一抹慈悲。它颤动的光芒涨满了母亲的眼帘，她的孩子无声无息，像一片颓然落地的砖瓦，只是躺在那儿。隐忍中她痛苦扭曲的手同塑料女人的手牢牢生在了一起，将她的身体和灵魂掷向远处，将她承受不起而承受着的一切，连同她逼仄的世界，一起捏成粉尘，再用滚烫的血将它烧红，用她承受过的每一颗尖刺，去打磨它异样的光芒。“只有它是不会变的，琳达，至少它是不会变的。”钻石一样的星嵌在黑丝绒夜幕里，哑哑的一声，便要将她扣进暗盒，天旋地转。她闭上眼睛，自水泥地面深陷下去，穿透一层，再一层，像一个凄厉梦中下坠的人，来不及抓住上一幕逝去的自己，双耳灌满呼啸风声，直坠出理性的土壤之外，直到她牵绊的所有，远离她亿万光年，凝成眼前浮动泪光间无名的星，留下失重漂浮于万无之境的她，决心不再期待某一颗星将她收留，天地混沌中，她要造，自己的星。

拿着搪瓷缸睡眼惺忪去打豆腐浆，险些被院里横陈的母子绊倒的张阿姨，边绞着毛巾边抹眼泪的曹琳达母亲，紧绷的绣面后面的贾家姆妈，握着琳达塞来的几张分紧张失措的买货阿姐，缴获一地赃物志满意得的红袖章，嚼着甘蔗听壁角的告密者，他们中的每一个都认定，这个女人没戏唱了。

蛀坏的旧旗袍上剪下一段，暗金刺绣缠着深红绸缎，绑在缎子下的脸水门汀一样又灰又冷。“姆妈侬覅哭了，要哭回去哭。”说出来的话也毫无半点亲热，曹家姆妈更涌出泪来：“侬迭个人，非但不太平，还没有良心！”尽管如此，她仍是低着嗓子，不叫隔壁绣面后的亲家母听见，胡乱收了东西，又停下道：“还是回去住吧，屋里总有你一碗饭吃。”“我养得活我自己的。”“你怎么养活？”曹家姆妈又压下声：“百货商店已经晓得，不要你去上班了，你难道还要去摆摊头，让一家人跟着担心事？你现在是有小孩的人了，收收心吧！日子太平一点有什么不好？外头的世界，终究不是给女人去闯的。”孩子缩在蜡烛包里，皱得像个小老头，他的母亲唤他小恒星，而他的嘴唇嘟囔着，很不服气似的，不知是对这名字不满意还是对他新鲜的眼睛里望见的这个世界不满意，可又出不了声。琳达抚着他的唇，替他说似的，回了她的母亲：“假如我不愿意呢？”

“牛仔裤！香港来的牛仔裤！苹果牛仔裤！”“哇！”小恒星大哭起来，曹琳达一抖一抖哄着背上乱踢乱蹬的他，“噢！好了好了噢！牛仔裤！妈妈卖牛仔裤。香港明星牛仔裤！阿姐带一条吗？你摸摸看，摸摸不要钱，弹力足哦？正宗香港货！”“香港大兴货[1]！死人穿过的衣裳！谁买谁魄力大！”马路对面一个瘦高个背对着这边，边理他黄鱼车上的货边吆喝。“不要了，不要了，吓人倒怪的。”女人放下手中刚才还欣欣然摸着的牛仔裤，转头而去。

“你！瞎三话四[2]什么？”曹琳达背着孩子穿过马路，将那理货人臂膀一推，那人转向她来，蓬乱的棕色头发下，闪出一双褐绿色的眼睛，眉毛又浓，又秀，直飞入鬓，野孩子般恣意的嘴唇在不可一世的高鼻梁下不可一世地对着她笑：“哪能？整条马路都是你的？别人讲话的权利都没有？”一口标准的上海话，从这样一张西式面孔里讲出来，形成的奇异效果让琳达背后的小恒星都止了哭闹，大大地睁着眼睛，一动不动盯着眼前这张俊美的脸。“我不管你是什么人，坏我生意就是你不对！”“华亭路就那么长，多一个摊位，别人碗里就少一口饭，懂不懂？”“那你凭什么在这里？怎么不卷铺盖走人？”“我小罗宋，五岁就在此地摆旧货摊头，你在这里才几个钟头？”他看了一眼她背上的婴儿，没好气道：“这小东西又是做了什么孽！”“还轮不到你这个小毛孩来教训我！你假使真有点人心，就不要再搅我生意。”她转身欲回自己摊头，谁知那里不知几时来的几个破衣烂衫的人，正包裹了她的那堆牛仔裤，往自行车尾上一挂，一溜烟去了，连急叫的

1 沪语，意为假货、次品。
2 沪语，意为胡说。

工夫都没留给她。"贼骨头！捉贼骨头！"声带终于跟上心头骤然的紧缩，她跟在后面狂奔，小恒星在背上震着，可怎么也跑不过自行车去，只是徒然。她脸上即将溢出的泪光随着猛然的转身立即化作凶光，手直指向小罗宋："连裆模子[1]！不要走！你个外国赤佬连裆模子！"小罗宋耸了耸肩："我当然不走了，那些人我又不认识。我每天在这里做生意，我走什么？"说罢他又弯腰去理地上的货，接着嘟囔："外面的艰险都不知道，还学什么摆摊头？女人就是天真。"大号归大号，小号归小号，一起码齐整了，抱起转身，正待要扔进黄鱼车，那车却不在面前了，而那背孩子的女人正奋力踩着他的黄鱼车，眼看就要转弯了。"哎！哎你神经病啊！关我什么事啊?!"曹琳达一脚连一脚，任他在身后疾声大呼"碰着赤佬了！"一会儿就将他甩远了。

"满月了，我抱伊到新兴照相馆拍了张照片，你看，眼睛，额骨头，像不像你？"玻璃板的边边角角蒙着灰，唯有中间还算干净，来探视的人多少忍不住会伸出手，几轮探视下来，也就擦干净了。这会儿便是，一张边缘剪了稚气花边的黑白照片贴上这玻璃，左右挪移着，仿佛这样便能使照片的距离离玻璃后的人近一些。那冲印在相片纸上的瘦弱男孩戴着一顶小绒线帽，一看就是贾太太亲手钩的，他对着镜头略歪着脑袋，用一双什么都看不大上又什么都看得下去的眼睛看着相片纸前的人，仿佛他生来便历尽千帆，懒怠洞明。"额骨头，不要像我。"贾小开撑着自己的

---

1 沪语，意为合谋者。

额头，笑着自己的坏运气，脸窝进自己手掌去。“若凡，什么都不用担心，我都帮你想好了，等你出来就知道了，好日子在后面呢。”他捧着自己的脸点头，半天哽出一句：“就是，舍不得你们。”“瞎想八想！姆妈也好，邻居道里也好，哪个不帮衬着我们娘俩？你那么多小兄弟是假的呀？我辣火酱的绰号是白起的啊？你讲，什么人敢欺负我？”

搪瓷饭缸里几根榨菜拌着米饭，除了米里混杂的一些石子儿，便没有别的了。洋铁饭勺不耐烦地刮着，即使加了怒气做调料也不会使它更美味半点，但至少，丰富一些。每一个今日都与昨日一般灰人心，想到这些，勺子刮得更用力了，像要在这饭缸通个空洞，好去到不可去的从前，将所有命数从头重写一样。直到熟悉的手刹声在耳边响起，才将他整个人从这通道里拎出来，他的脸从饭盒后抬起。

搪瓷饭缸被砸在街沿。“站那儿别动！”她喊出了本该属于他的词，“否则我立刻踩了走！”街对面，他的黄鱼车，他的货，被这个背着孩子的女人踩在脚下，威胁他来一场谈判。

“我们是做生意，不是做强盗。我的你还我，你的我立即交给你。”“不是我你让我拿什么还你？那几个乡下人我连看都没看到过！”她踩下踏脚，他急得跟在后面奔：“骗你我天打雷劈！生不如死！”她只管向前踩，他吼起来：“你就仗着自己孤儿寡母，你为非作歹！”“可以啊洋面孔，会的成语还不少。”她停下车，看他喘得话都说不连：“你……是不是觉得世上就你可怜？别人……就不吃苦？不遭罪？就是这车东西，一件就挣两块钱……

为了这，我跟牲口一个车厢，从广州一路到上海，这么着拉回来，还一件没卖出去，碰上你这个女流氓，谁又来可怜我?!”“广州批来多少钱?”“少废话，赶紧从我黄鱼车上下来!”“你不讲，我怎么知道给你多少钱好?”望着他听到“钱”怔在那里的脸，琳达笑道：“洋面孔，中国字会写哦?同你立个字据!”

现拆了包装的花衬衫穿在身上，总有点租来似的不自在，头上自来水饭米粒制成的“定型摩丝”将常年晃荡眉眼前的额发撑成一只勉勉强强的奶油飞机头，将他深邃的五官彻彻底底暴露在人前。“不要抓头！不要说话!”琳达命令小罗宋，眼看有几个附近下了班的女子颇感好奇地向他们的摊头走近来。“小姑娘，看看吗?正宗外销衬衫，花色嗲哦?给屋里带一件!”那些女子害羞地笑着，偷偷瞄那穿着样衣“摆功架”的小罗宋，其中一个笑道：“这么洋气的花头，像伊外国人穿穿像样，我屋里那个，穿出来不知什么样子呢!”“穿出来不知什么样子才要穿穿看，讲不定中国人穿成外国人了呢?”一众人笑起来，说老板娘大兴开大了，又不是变戏法。曹琳达正色道：“谁说我瞎讲?伊就是个中国人，花衬衫一穿变的外国人，不信，你们问他，是哪里人?”“中国人。”小罗宋一开口，把众人皆笑倒了，有几个掏出钱包来：“几钿一件呀老板娘?”

“这是你的本钱，这是你每件要赚的两块钱，剩下都是我的，喏，自己点点清爽。”“你真是个黑心的女人，”他痴痴地点着钱，叹道，“卖得这么贵!”她将腰包一拉，斜起眉毛：“我不黑心，我那些货，你哪天赔得清?你要赚的我都给你赚了，白纸黑字写清楚的，你就是懊悔也没用。”“我的意思是，我很欣赏你。”“谢谢侬！黄鱼车还给侬！再会!”“等一下!”他一把抓着她的手腕，倒使她心下一惊，浮起了一些初冬里的记忆，那时，她手上提着篮冬笋，现在，她背上背着小恒星。“过两天我再去拉一批货，广州的厂家我熟，你看怎么样?”“想贩给我啊?”她收起了那些记忆开始讨价还价，“算便宜一点的话，也不是不可以。”“不是单单贩给你，我是想说，你有没有觉得”，他松开她手腕，去将即将散架的奶油头向后捋了捋，抬起那双原野般的褐绿眼睛，在高昂眉骨下盈起一汪幽深的潭，“卖得这么好，和我多少，也有点关系?”那潭里跃出两弯盈盈的笑意，“在下小罗宋，竭诚为您服务!”学着从未谋面的祖先，他在胸前胡乱划了几个圈，弯下腰去。“曹琳达。合作可以，五五分不要想。”她说。

“梅妹妹来啦?”梅真起身，同左右肩头各挎着一只蛇皮袋背着孩子提着小菜进门的曹琳达打招呼：“哎。星期天，回来看看。我来帮你拿，小心一点……顺便，过来看看贾妈妈。”她帮着曹琳达放下肩头的货物，看着她解开孩子，洗手，换尿布，一气呵成。“坐呀，不用管我。你要不嫌烦，替我抱会儿孩子。”两朵雅致的笑花在梅真两颊细细绽开，她小心接过那孩子端详着，他似乎喜欢她，伸出一只手来，想要够她胸前那抹鹅黄底子米色花样的丝巾。“他把你当成他的娘了。”贾太太剥着莲心，将白胖莲子里苔绿苦涩的一小撮儿单摘下来，存到一只小铁听子里去。“他虽天天跟着自己的娘，一天却见不上几眼，只能瞧着她的脊梁骨。”小铁听子里已存了一些，贾太太言毕将手中的一扔扔进去，新失了怀抱的莲心落在它孤零零的同类身上，一点儿声响与痛痒都没有。“曹姐姐能干，比我强。”梅真抚着孩子的额发，他的额骨头像他的父亲。

梅真走了，贾太太扣上铁听的盖子，叹了一句：“人是好人，就是没福！”“梅姑娘？”曹琳达摆上几盘时鲜的蔬菜，“听说嫁的是郊区学堂里教书的，都是读书人，应该算是合心称意的吧？”“她接过小恒星的时候，你没看见？一双手伸出来，腕子上的乌青。”贾太太起筷。琳达望向窗外已成了一小抹黑灰的梅真的背影，想是要赶班车回那荒芜的新家去了。她娘家的灶间亮起灯来，不知今晚吃的什么，梅真也同她一样，不会知道了。

曹琳达今年过了年，虚岁也要三十了。从镜子里看出来，还是好看的，与一脸要强略有些不匹配的，是她那双大极了的眼睛——近年来似乎又比往年大了些许，多多少少总流露出一些惊恐，不知是因为需要直视的事物太多，还是纯粹由于有些瘦下来的关系。小罗宋就没有那样的神情，他的眼睛是狭长的，像是为了望向远方猎物而长的那种苍茫的角度，总带着些不满意，似乎在这片猎场看不到太多前途似的。正如这会儿他皱起眉头，望向镜中的琳达，抱怨道：“我看不出来有什么必要买下它。明天你是不是索性再买个雕花五斗橱装这些地摊货给人看？”“说不定会的，说不定有一天，我们不用站在马路上拉开嗓子喊，他们自己就会来找我们，掏大把大把的钞票，求我把衣服卖给他们，我还要搭搭架子，让他们跑个空，下次请早。”“这是什么镜子？”

小罗宋伸手摸摸这面发了黄的二手古董镜："照得人神志都不清了。""那就买这面，要的就是这个效果——照得人神志不清！""黄鱼车不要你踏，说得一口风凉话！天天那些货搬进搬出已经很重了！"曹琳达任由他在那里怨气冲天，自顾付了账："就放到门口黄鱼车上好了，当心点啊！"小罗宋一边摇头一边帮着搬，一对长眼睛气向两鬓去。

"对哦？颜色多少衬皮肤！不适合你的我不会介绍的，做生意也要讲点良心的你说是吗？""是蛮跳得出的哦？"那妇人看着镜中的自己眉开眼笑，身后一个孩子坐在货堆上也笑，伸着稚嫩的手掌，嘴中喃喃着"啵，啵"的幼音，她笑道："这么小，倒要开口快了，老板娘福气好得很。"小恒星瘪着嘴，急欲说出什么似的。"是要叫爸爸吗？爸爸，爸爸！"那妇人许是也有个幼小的孩子，这会儿回想起了自己孩子第一次开口喊人的情景，眼中盛着一汪蜜逗他讲。"当妈的天天背着你，你要是开口喊的不是我，就没有良心了，听到哦，小恒星？"也不知是不是听懂了琳达的威胁，小恒星的"啵，啵"最终没能"啵"成"爸爸"。"便宜点。"他说。

自从学会了说话，小恒星的世界就和从前全然不同了，人们不再只当他是一个小小的透明的人。他们，无论男人还是女人，只要听到他柔软嘴唇吐出的字眼，脸上立刻变了样子，一条条纹路在他们的眼角浮起，厚厚薄薄的嘴唇里绽出白白的牙来，再清瘦的轮廓也会登时腾起几分柔和圆润，他们是各式各样的声控玩偶，叫他打心里欢喜，于是便不厌其烦地一遍遍重复这游戏："便宜点。""便宜点！""老板娘，小少爷金口开了，不便宜点讲不过去吧？"他们笑着，很高兴这摊位上出了个向他们投诚的小叛徒。

"我把你养大，不是为了让你拆我台脚的，来，说，再带点，再带点。""再……""再……"琳达鼓励着，"再便宜点。"小恒星说罢笑起来。"梅妹妹，若凡小时候也这样讨人厌吗？"琳达将他从自己膝头放下，梅真俯身去抚他额上新冒的几卷额发，他顺着她的手势倚向她腰间撒起娇来，仰着脸蛋给她一弯透亮的笑眼。"他小时候也是这样，鬼主意最多。大家都爱听他的。""要是人人都听他的，我生意就不要做了。""曹姐姐，你要是放心的话，我可以帮你照看他的。""你自己小家那么多事要忙，我怎么能劳烦你！""不烦的，我喜欢小孩子。"她将他搂进怀中，轻轻摇晃着："那个家，我也回不去了。"

关于梅真前夫的传说有很多种，从像样马路没有一条的泥泞郊区，到足迹纷乱柏油马路也要踩成泥的市中心，路途如此遥远，一句话一路走来精疲力竭风尘仆仆，撑着各家各户的门槛，歪斜着吐露出自己承载的含义。有些是动词，例如奔跑，有些是形容词，例如赤裸，状语有结了冰的夜的深处，还有一些象声词，一些笑与哭声，前者是肆无忌惮，后者是阴惨凄泣。"平时看不出？""教书时蛮正常的呀，一发起来就奔，一边奔一边喊，运动了，运动了！""什么都不穿？""神经病还要西装笔挺系好领带再发？"

上海的屋檐原本就存不住雪，一碗酒酿小圆子的工夫就融得差不多了。风依旧细，漫不经心打在人脸上，透骨的阴冷早将青石板上的人影浸进晚冬的深井里，搅过来搅过去，呼吸也是湿的冷水汽。“两只黄鹂鸣翠柳”，一个梅真哈白气，轻轻念着，她言语间轻腾起的烟幕比她手上的杏仁饼干更让小恒星感兴趣，于是他也学她张开嘴，不好好复述她教给他的诗句，只是欣赏自己腔子里的热气飘散去，飘散去，梅真嗔怪他，她的热气便弥漫进他的来，融在一起，像卖糖人手底下变幻无穷的麦芽糖浆一样，一会儿成了这个形状，一会儿又变那个模样，比吃了杏仁饼干更叫他高兴。

“自己没有么，拿人家小孩过过瘾头也是好的。”扫地的山东大姆妈斜着笤帚在一家门口歇息，她歇息的时候嘴巴从来是不歇着的。那家的阿娘掐着黄叶，悠悠地道：“贾家媳妇倒也放心，梅真和小开……”“她恨不得丢给人家呢！”山东姆妈笤帚一竖，又凑过身小声道，“弄堂外头，我看见的。她黄鱼车上跳下来，踩车的后生，鼻子，那么高！脸，那么窄！长得像佐罗一样！”“山东姆妈你还晓得佐罗呀？”“哪能不晓得！电影院门口画得那么大，我天天扫门口，天天看到！真的，和画的一式一样，掼小开几条横马路呢！”“看样子你是看中这个踏黄鱼车的佐罗了。”山东大姆妈被阿娘笑得恼了，拿起笤帚大力扫起来：“好好跟你讲，一点轻头没有的！地上这点菜叶子你自己扫，我不管你们闲事！”

“梅真！”曹琳达一进门便举起编织袋朝她扬了扬，“一道吃夜饭，我买了好几只熟菜，今天营业执照终于批下来了！”“营业执照?”“有了这个，我就可以堂堂正正在华亭路做生意了，不是违法乱纪，不是投机倒把，是个体户！没人可以再把我当垃圾一样扫出门!”她将一袋子吃食朝桌上一搁，那闷闷的声响也是快乐的。“我虽然做生意不懂，但是真替你高兴。假使若凡知道，肯定也会夸你，这样能干。”“他知道什么？那么多事情，桩桩件件让他晓得，还不吓出个好歹？等他出来，我就把赚的钱，往他面前一摊：从今往后，再不许做糊涂事了，我曹琳达，有赚钱的本事。”梅真听了心中感动，上前握住她的手，琳达笑道：“对了，我带了几件衣裳回来，都是最时兴的，照着你的尺寸拿的，你穿穿看，好不好?”梅真推却，一双手被她按住：“你帮我照顾小恒星，理应要谢的，这是在外；在内来讲，我当你是自己妹妹，这一点东西又算什么？你还这样年轻，这样好看，打扮打扮，心情也会舒畅一些。你若不要，怕是嫌弃我眼光不行，挑的东西俗里俗气，配不上你书香小姐。”说着，便举起衣衫往她身上比去，雪纺的料子，轻烟似的，抓不牢，灰贝磨的纽扣，幽暗诡丽，是余烬中一抹光艳的瘦火苗。

一点都不觉得痛。飘舞的焰轻轻巧巧一个下腰，将她的手含入唇中。灼热到顶点，便成了冰，凝住了被烧灼者的神经，天地失界，重归混沌。飞身而来的黑影，一片暗灰中闪着褐绿猫眼石般的眼睛，怒斥她：“站在这里不要命了？一边去!”他扯开她，脱下自己外套，向橙红的焰扑去，它们惊恐地蜷缩起来，又在他扬起外套时重新仰头，舒展它们无尽绵长的四肢，奔跑蔓延，所到之处，燃烧的货物扭曲起来，它们的笑声噼啪炸响，密密黑烟是嫉妒，是诅咒，是一些龌龊灵魂的怨恨。一些轻跃而起的火花舞到了他的外套上，嬉笑撕咬着，将他的希望彻底啃了个干净。“哦哟，要烧过来咪！”四邻的铺位老板们捧着意思意思的水盆铅桶姗姗来迟，一边嗔怪一边将水扑向这大局已定的新铺面。

黑灰色的死灵魂从窄小的门面你挣我拥地挤出来，头也不回地四散进城市可怜见的天穹，叫电线、竹头、毛毛头的尿布割了个七零八落，分配到四周人家炒菜的油烟气里去了。“哟，烧焦掉啦?”准有不止一家这样惊呼起来。“啊？没有呀！”那质疑的人凑近闻闻，许还夹起一筷尝了尝：“蛮好的，没有焦。大概外面什么地方着火了吧。”“哎，是有点烟，难闻咪，窗门关掉！”，“嘭”一声，这外面的不幸便彻底与今夜的小菜隔绝了开来。

谁也不会承认自己与这场失火有关。“香烟屁股烧起来？谁知道呢！华亭路每天来来往往多少人?”有这样冷着脸的，也有满脸堆笑的：“烧烧么炀[1]呀！对哦曹老板？罗宋老板？”罗宋人此刻一脸焦烟，俨然一个非洲人，正捏着琳达手腕往扑火剩下的小半盆凉水里浸。烧红的手在冷的刺激下终于开始痛，太痛太痛，痛得趁机滴下泪来。“这算什么?”小罗宋说，“你算是福气好，寻着我这么一个搭子。你以为一把火烧光我们就翻不了身啦？我跟你说，哪次批货我不揩你一点油？四块批得来的，我跟你说五

1 沪语，烧一烧，生意旺的意思。

块，有时候实际只有三块，你晓得哦？你不要觉得都烧光了，真的，没你想的损失那么大，我藏了一批没有摆出来，本来想自己做私生活的。喏，我现在拿出来，阿拉这种罗宋人，大路来兮的，对哦，你不相信，等下就跟我去拿，藏了交关[1]来！”曹琳达浸着伤手，仰脸大哭起来。“哭什么啦？我揩油的钞票都给你，你福气不要太好噢！”

曹琳达的福气直接剥夺了另一个未曾谋面的女人的福气。她自己也想不到，铺子未开张就烧了个干净的新闻早她本人不知多少步来到了娘家楼里。几天后，阿大的师傅介绍给他的女朋友上门，阿大娘三层绢头里一层层剥出只扁扁的锦盒，满眼欣喜相对而视的四只眼睛，随着盒子的展开冰凝在了一起——盒是空的，角落里的阿大抓着头。

一米八几的阿大，被阿大娘提着鸡毛掸追得满楼道跑：“我怎么知道你来不及要献宝，不过第一趟上门。”“我的东西，我爱给就给，要你小赤佬给我掐日子？翅膀硬了是哦？翅膀再硬也是我的儿子，你今天不说清楚东西哪里去试试看！”“当了。”阿大娘的鸡毛掸发狠抽上去，一边抽一边老泪潸潸。“今朝就赎回来！”阿大赌咒发誓，阿大娘泪不停：“拿什么赎？当了的钞票用到哪里去了？你说，你倒是说啊！”阿大不响。“还是你拿我老骨头寻开心，当当白相相[2]？我白养了你，白养了！”“当了，想拿钞票给菊芬，她不要。”阿大低下头，阿大娘看他这副样子，气得掸

1 沪语，意为很多。

2 当当，指典当；白相相，沪语，意为随意地、不当回事地、寻开心地。

子乱舞，也分不清哪里是阿大，哪里是墙壁，哪里是掸子，总要把心里气打出打尽才算数。掸子终于掉在地上。“阿大，你就是个贱骨头。为了她，气走你自己未来的媳妇，她会领你情吗？她正眼看过你几次？她要的若是一只金镯子便够的，我又何苦拦你这些年？你就没有这个命！”她的哭声自然是引来了四邻，曹家姆妈也不好意思地来扶，被她一把抓着，倚住大嚎：“曹家姆妈，我哪能会和你做邻居的啊?!”

华亭路窄窄长长，一条到底，川流不息。平时人们流动着，也没有觉得哪里特别，今天人都不走了，一条长队排起来，直穿出路口，码到淮海中路上去，瞧着便尤为可观。上海人嘛，喜欢轧闹猛，越是人多，就越是人多。仿佛别人都在排，自己不排是要吃大亏的。拎着搪瓷盆里两客锅贴的袁万元被这人龙惊到，“哟！出去买个锅贴的工夫，啥事体？罗宋夫妻的店面又着火啦?”“人家不是夫妻。”附近摊位的人扒着冷饭纠正他。“这谁讲得清楚。你讲得清楚?”“我不清楚。”那人笑起来，“但是真的又火了，你自己看看去，一帮人吃错药了一样，排队买她的衣裳，哦，还不是衣裳，‘衣裳认购券’，嗨！新鲜!”袁万元听罢皱起眉，他的眼睛本来就小，一皱，更缩到一起去，留下四周宽阔而灰黄的面庞，富裕得很不恰当。“大火无情人有情”“慈善认购，爱心特惠”，由粗粗的板刷蘸了石灰刷在烧得乌黑的铺面周围，铺子门口摆了一张幸免于难的高凳，小罗宋站在上面，扬着手中一沓券，俊美得像一尊雕像——落魄的雕像，不知怎么投胎到这窄街陋巷，来捕捉面前一排急切的目光。“爱心七折券，倒数第五张！谢谢你小阿妹，下个礼拜记得来拿。”曹琳达一边收钱一边唱票似的宣布剩余折扣券的数目。“我们排了那么久，多少有爱心！七折券再多发几张呀！”人群中眼看快要拿不着的人喊起来，引起前后一阵附和与骚动。“连裆模子。”袁万元用鼻子轻蔑地哼出他的结论。“曹老板这是，收了钱准备跑路咯?”他横锅贴立马，向整条华亭路亮开嗓子。曹琳达只瞥一眼他的架势，便笑道：“万元阿哥讲笑话了，谁不知道你是华亭路第一个万元户，我们只是刚刚冒出头来的小虾米，就是想跑，一分钱还没赚到，赶我走我也不走的。”“一张纸卖十几二十块，你还一分不赚么，那才叫笑话了。”“没办法呀，喏，原先的货你也看到，都烧光唻。那新的还在路上么，这两天就到了，我总得抓紧赚两个粉刷铜钿，不然难看相哦，新开张的。正好，大家也捡个实惠，对不对?”“她推黄鱼车的时候都天天在这里，现在开了店了还怕跑?”人群中有人帮她讲话。袁万元哼道：“你的跟班倒不少。”“哎哟，不好这么讲的，都是我的老客户，财神菩萨，怎么叫我的跟班?我把他们供起来才是。”“菩萨叫你再发几张七折的!”有人起哄起来，袁万元看形势全不占上风，沉下嗓道：“曹老板，既然想做得长远，就要懂规矩，少出花头。要知道枪打出头鸟，政策谁都说不好。”落难雕塑小罗宋突然在高处发话：“那就来啊，枪口在哪儿?社会主义小阿哥的胸口在此地!”“枪毙鬼。”袁万元定义了他，夹着一盆锅贴，在众人的哄笑中摇向自己铺面去了。

“安全隐患，停业整顿”的封条没过几天就贴上了曹琳达铺子的门，门口聚了一众要退款的人。小罗宋带着钱去广州进货了，而他揩油的那些货也早在“慈善特卖”上作为第一批优惠现货被一抢而空，曹琳达手上什么能给的都没有。说来奇怪，她自己都是清早到了店门口才看到告示，那些买了预售券的女人们何以消息比她更灵通？她指着一路提来的漆桶：“我要是准备跑，还提这个来做什么？大家不要急，等我摆平，一定给说法。凡是买了预售券的，衣服绝少不了，顶多顶多，晚个几天开门。”“你讲得便当，拿了我们钱，去存银行，生利息啊？”一个粗壮的女人跳出来，眉眼看着和袁万元的老婆倒有几分神似，衣着粗劣，中气十足，像是领着使命而来的某个穷亲戚。“再晚下去啊，都穿不着咪！”有人这样抱怨，引起一众哀叹：“就是呀！放到明年，谁晓得还时兴不时兴？”“退掉算了，下次再也不买这种了，出花头！”“没信誉！”“我们相信她，她倒好，喇叭腔！”眼见墙倒众人推，她放声道：“我曹琳达，不是只做一天生意，你们相信我，过两天一开门，你们来取，我每人再返百分之十五现钱，当作赔礼道歉！”众人面面相觑，思忖着是否可行，那粗壮女人进一步跳上前来，伸手便去抓扯她的衣领：“听你的才是傻，没得给就把你身上的衣裳先给我！”琳达伸手将她一推，她顺势跌坐地上大嚎起来：“不得了啦！姓曹的昧了良心黑了钱，还打我老太婆啊！”两边开了铺的，间间都探了脑袋出来看这场热闹，先前迟疑着预备接受曹琳达开的条件的女人们顿时失去了耐性，想与这事趁早撇干净才好，纷纷上前要求退款。“现在真的难调头，就这两天，好不好？体谅一下。”“没钱？”粗壮的妇人一个打滚爽利起身：“那这是拿什么买的？”语音未落，墙角的漆桶便被她一把抓起，朝曹琳达扑去。

一直到很多年后，华亭路拆除，所有店铺和它们曾经承载的传奇烟消云散再难寻觅的时候，曹琳达铺子面前那些斑驳的漆痕仍旧星点在那日渐空荡寂寥的路上。因为岁月的冲刷淡去那许多，碍不着任何人，无须费心铲除干净，没有人再读得出那些仓惶形成的图案所代表的意义，意义本身又有什么意义？新一代人的苦痛与喜悦，踩在上面，将它模糊在岁月里。

突如其来的袭击本就唬得人群向后退了一圈，眼见那白得瘆人的女人朝她们转过身来，下巴，发梢，裙摆，所有属于她的肢体或衣物的末端都向下流淌着白色的漆泪。她向她们伸出手，泪便垂在她指尖：“还有谁？”人群又不自觉向后一圈。她手掌向上转开，仰起头来，横扫眼前每一个：“一样来了，不要白跑一趟。”人们别过头去，嘴里小声嘟囔：“只要不是骗么，也就算了。”“店不关门，晚两天就晚两天。”“风向不对了，我衣裳还没收回来。”“哎哟我的也在外面呀！”嘁嘁地向后散了。粗壮的女人亦将漆桶竭力一摔，算作一个对得起观众的收场，返身去了。浑身刺鼻的漆味里飘进一丝面食炕焦的香气：“政策嘛，什么人说得好呢？”袁万元今天买的是生煎，底来得脆。

豆绿的窗纱一个夏天晒下来，褪成掺了冰牛奶的绿豆沙，在人脸上打下温柔的浅绿影子。曹琳达坐在木盆里，脸低伏在自己膝盖上，由梅真为她擦洗后背和颈项的漆水。梅真从娘家灶间倒来了油，又拿出一瓶一夏天没怎么舍得用的花露水，没有咋咋呼呼地问东问西，只是将它们轻手轻脚涂到这受了欺侮的躯壳上去。“头发上还有一点，稍微抬一点起来。”曹琳达直起背，怔怔地看着窗纱一角，蜘蛛在结一只新网。半晌，道：“我现在晓得，若凡为什么喜欢你了。”她在她身后倾下半盆涓涓温水：“瞎讲什么，若凡喜欢的是你。”

“曹琳达眼睛闭起来！”小罗宋一踏进铺面就眯起眼睛摆出一个神神鬼鬼的表情。“就好像谁要看到你一样。”她放下手中的账本闭上眼睛。“手伸出来。”她抬起手背，一股奇异的柔滑袭来，睁开眼，手上摆着一圈黑色的毛皮，并着一只动物的头，玻璃小眼珠油亮亮地望着她。“小罗宋你作死啊！”他看着她的样子笑得前俯后仰：“乡下人乡下人，这可是我这趟觅得的宝！”拾起她挥开的毛皮圈，他按下那动物的下巴，让它的嘴去轻咬自己的尾巴。“瞧，就这么，往任何一件外套上一围，不就有了皮草的腔势，又不要皮草的价钱，顶适合你们这些又要出锋头，又要省铜钿的上海人。”假领头是很风靡过一阵子，曹琳达暗暗同意他的看法，拿过那毛皮假领头试着往脖子上系，毛锋油亮革里柔腻，做工不错。过两个月，西北风一刮，钞票就刮进她账簿里了。她笑道：“难道你不是上海人啊?”“我么，大兴来兮的。”“大兴上海人，同你讲，那个袁万元，你我都要当心一些。”他轻飘飘的笑容被她一句话收了大半，心里立刻领到了意思。

“哟！这是什么呀?”越是稀奇古怪的东西，在需要新鲜感的都市人眼里就越有意思。终于开了张的店门口摆了一只玻璃柜子，皮草假领子和一些贾小开往日淘的旧货：一把拆信刀，几张黑胶唱片，散落的英文书页，娇弱的绢花朵，摆在一块儿，竟也在局促简陋的空间中辟出一方久违的精致情调来。“喏，小罗宋呀，叫他不要批他偏要批，他到底是个外国人，眼光和我们不一样的。我么担心太洋气了，卖不出去怎么办？还好，总共也没有多少，就这么一批货，卖掉也就没了，你气质好，你倒是可以试试看的。”说着她哗啦啦取出钥匙，煞有介事打开那看似戒备森严的玻璃柜，小心翼翼捧了到人面前：“要是别人我还不高兴拿呢，有的人就是打扮不出，东西再好也没用，对哦？”说着她将毛领连同吹捧的话一块儿滑溜溜地朝人围去：“一江春水向东流，王丽珍。”“像坏女人呀？”“坏女人都好看来兮的，不然凭什么坏？”那顾客笑了，端详着镜中坏女人腔调的自己：“这肯定很贵的哦？像阔太太一样，早几年这样打扮还了得？”“所以你运道多好，年纪大一点的，年轻时就是想打扮也不敢打扮，现在不一样了。价钱你放心，再怎么也不会比一件皮草贵的呀，但是效果出来了，你说划算不划算？”

“算咪，何必生这种闷气，犯不着的。我们也是赚着过的。”袁万元听不得这样的话，将筷子一拍，反驳道：“你以为有了一万块这辈子就不用愁了？”万元家主婆只好赔着笑脸往他碗里满满夹一筷响油鳝丝，“我是讲，整条华亭路，你是第一个做出水的。论资格，论能力，我们再赚一万，两万，十万！还怕做不到呀？我是一点也不急。话讲回来，世界上钞票那么多，也不可能都被我们赚了去，我们赚大钞票，让他们赚点小钞票，也不影响的。”“妇人之仁。”袁万元仰头尽了盅内的黄酒，余光中飘进一个弓着背的人。“噢，来啦。”“哎。”老余头捏着一顶鸭舌帽，为示敬重，将他为数不多的几缕斜跨头顶心的发丝展示人前，这于他是很稀奇的，毕竟华亭路上无人不知他是三伏天也严严戴着帽子的。万元家主婆知道他必是来谈什么要紧的了，便招呼他坐：“我再去炒两个小菜噢！”“不忙不忙。”他推让着入了座。

“同你讲的，考虑得怎么样？”“就是……哎！”老余头皱紧了眉：“就是担心，这早晚要知道的，到时候，他们寻到我，那不是一样难办吗？”“至少他们还找得到你，对哦？如果你自己吃下来，这一分钱卖不出的东西，恐怕你华亭路的铺子出让也赔不起吧？到时候就是想被人找上门，都不知道上哪儿去找，要么，到黄浦江去寻你。”“我是真的没办法了，但是袁老板，我也不好吃官司的呀！我家里上下都靠着我，你是晓得的。”“我问你，卖货给你的人，吃官司了哦？”“我也想寻他们，但是证据不足，怪我自己黑心，以为贪到便宜货，不签合同就不签合同，现在就是寻他们也没用了。”“是呀，此地是讲法律的，法律么，样样式式是要讲证据的，你听得懂哦，余老板？”袁万元斟了一杯酒，向头顶心冒汗的老余头移去。

“梅真，你看这个颜色好吗？还有这件，你拿去翻翻行头。”曹琳达手上两件马海毛开衫，一件鹅黄，一件雪青，确实很衬梅真的肤色。“料子那么好，你留着做生意吧。我又不大出门，用不着的。”“怎么，不当我自家人呀？”“不是的。”她仍推脱。“没有你照顾小恒星，我都不知道怎么顾得过来。受了你那么大的恩惠，一点马海毛算什么？”“梅孃孃好看。”小恒星指着那开衫，琳达笑了：“听到没？快穿给我看看！”

五岁之前，小恒星的世界是日复一日有规律的运转：早上跟着恩奶，吃饭，听收音机里的京戏，看恩奶手里渐渐变出锦绣的花来；下午，恩奶睡午觉，梅孃孃来，陪他堆积木，认字块，听她说出许许多多不懂含义却很好听的长短一样的句子，偶尔，她还会带他去弄堂口进行一番小小的探险，看那做吃食的小贩，看四岔路口的红绿灯翻来翻去，还有那灯下手臂一会儿左挥挥，一会儿右挥挥的脸藏在帽子底下的人，他一吹哨子，小恒星就学着尖叫一声，手脚挥舞，十分高兴。也许不过是不值一提的童年，但放到以后想起来，还是会怀念。到了天黑时，姆妈就会回来，一会会儿变出好吃的来，搂着他小口小口喂，一天就这样过去了。没有什么忧虑地，嘴巴牙齿一天天伶俐起来，腿脚步伐一点点稳健起来，人们说些什么，好的坏的，渐渐也听得很懂了。

一样是静得只有鸽子翅膀扑落声的下午，恩奶睡着了，小恒星趴在梅真膝头，翻看《山海经》里手手脚脚那许多，头上也会长眼睛的怪物图画。他指着一个要梅孃孃给他讲，抬头却看到她一脸愁云，望着墙上的挂钟，细而淡的眉毛皱起来，眼睛也比平日深远。他扯扯她的袖子：“孃孃哇哇啦？”“孃孃没什么，是担心你妈妈……”她一把捧起他的脸：“孃孃现在要去找你妈妈，你在家不能乱跑，不能划自来火，不好碰电线插头知道吗？”紧接着她又叹道：“你当然不知道，就是知道我也放不下心。”

静得只有鸽子翅膀扑落声的下午，小恒星出了远门——梅孃孃抱他去了华亭路。这条路上走着那么多人，每个人的眼睛都左右横扫着，两边相对的店铺，大开着门，密密麻麻的衣服裙子从里面墙壁一直挂到外面门板，连店招都快挡住了，形形色色，各具杀伤力。或者，是夺目的色彩，或者，是稀奇的款式，或者，是减价的横幅，又或者，是“最后一批”的立牌，在相距不远的半空中相互过招。路过的人每走一步，一场断杀便跟随着眼波的流转立决高下。窄长的一方天，隐匿着有别于这座城市上空任何一方的风谲云诡，没有永远的输，亦没有永远的赢，未来无可探知，只有现时现刻。路人眼神的去向改变着店内人的脸色，虽是固定的铺子，却像气球一样悬在空中，没有人猜得出下一秒的去向。

琳达的脸也一样，在皮领头和马海毛开衫的映衬间变幻着。小恒星看到，起先它是很甜的，像一勺干嚼的麦乳精一样，招呼梅孃孃，整理他的围嘴，问他们怎么突然想起要来。梅孃孃轻轻将她拉至一角，因为心焦，薄薄的唇将句子切得很碎：“想等你回来，等不及，不放心，想想还是来。就是，马海毛开衫，你送我的这种，卖出多少了？”“昨天到现在，几十件了吧，怎么了？”小恒星看梅孃孃的脸又青又白，压着声音道：“我应该早点洗的……今天中午快，我拿出来浸，颜色全掉盆里了。琳达，你快收起来检查一下，是不是都有问题，看能不能退还给批你的人。

已经卖出去的，恐怕也要追回来，不然，我怕会像上次那样……哎，我应该早点洗的……”她不断责怪着自己的通知不及，仿佛一切都是因她而起。小恒星再看向曹琳达，她按着一堆扎得整整齐齐的马海毛开衫，缓缓坐倒在货堆上，也不说话，眼睛透过密密的人和铺面，望向极远处的天边去——假设城市有天边的话。

回家的路上，有卖氢气球的小贩。赤橙黄蓝，脚踏车龙头上绑着一大把，懒得吆喝，只是对着小恒星笑眯眯做鬼脸。梅孃孃问他喜欢什么颜色，小手指向太阳下山般的橙色，梅孃孃便用角子换了这小太阳到他手心。“绳子抓牢了，别让它飞掉。”红色塑料绳，滑溜溜地绕在手上，有些危险的快乐。“孃孃，什么是马海毛？”“马海毛是一种很松很软，像棉花糖一样的羊毛。”“像棉花糖不好吗？”“像棉花糖好啊。”“那姆妈为什么听到棉花糖毛不开心？”“因为……因为生意不好做。”“我帮姆妈做！等我长大一点，孃孃你带我去比今天还要远的地方，做很多很多事情，姆妈就不会不开心了。”“孃孃觉得你今天已经长大许多。”她将下巴贴在他头发上，搂紧了他。小恒星去环她的脖子，一根滑溜溜的绳子从手心轻倩而上，他们一齐抬头，看到他的小太阳迎着太阳，随风而上，飘飘荡荡，撞在一家人家屋檐的破瓦上，“砰”一下炸开了，又软又无力地坠落在深灰的旧瓦面，没能去到他们以为的远方。

“你老老实实告诉我，这批货哪里进来的？这种质量都不能去寻他们？”退回了买衣人的钱，腰包瘦了一大圈，轻轻松松就拉上了。曹琳达将数目记在本子上，沉着脸合上，小罗宋眼睛埋在额发里，一齐低垂着："一个生面孔，讲他乡下刚刚上来，想做点小生意，亲戚厂里拿的货，卖了两天，被纠察追着跑了两天，不敢卖了，想三钱不值两钱转掉，我看价钱实在便宜……""你跟我讲是广州进的。""别的都是广州进的，我就一道讲了呀。""多少钱？不是账簿上的进价吧？""一半。"他将额发揉得更乱了。"所以我们亏得还不算很大。"他抬起眼睛来，又被她的眼睛看得低下去。"小罗宋，我们现在不是马路上摆摊头，这里不好，换一个地方。我们现在有店了，好不容易有了店了，信誉起来难，失起来便当啊！人家现在是看我们门牌号来的，看你，看我。为了这个门牌号我们每个月多出那么多成本，不是为了贪一点便宜，揩一点油，自己砸自己招牌，你懂不懂？""算在我头上，不够先欠着，反正我们不是合伙一天两天，一年两年。琳达，我以前没想过要有搭档，以后也不想有别的搭档。""如果找不到那个卖劣货的人，不要说一两年，就是一两天也许也撑不下去，现在我们的门板外面说不定就贴满了耳朵，他们恨不能看我们跌下去！"他不响了。平日忙碌时觉不到的疲乏趁势爬上心头，她摆摆手，试图将它们挥开："我也没有想过自己会跑单帮[1]，在马路上哇啦哇啦叫，抢你的货，被人追被人打，没有想过。我想的只有一件事情，不可以就这样败掉。"他缓缓抬起头："那个人讲，亲戚从厂里偷的货，不好让人看见，是晚上偷偷送来的。琳达，我想我们这次很难讲得清楚了。"

1　旧时指做异地贩运的小本生意，也可理解为从事个体经营活动。

贾小开出来的时候，马路上的人和前些年很不一样了。接小孩的妇女顶着硕大一颗爆炸头，眼皮上抹着于棕黑眼球极不相称的蓝色眼膏，手上的小孩好像早已习惯自己母亲这种怪异的装扮，一路笑着，也不感到害怕，自己手上戴着小小的彩色塑料电子表；三三两两的男青年也烫起了头，宽大的淡黄色塑料框眼镜架在鼻梁上；喇叭裤不见了，人人的裤腿都紧贴起来，年轻一点的姑娘踩着黑色踏脚裤，在人群中显得格外轻灵，脚步也比别人轻快些的样子。其实人哪一刻不在变？不过身于其内，视而不见罢了。真空了这些年，终于踏回其间，眼鼻口耳像婴孩一样盈满好奇，要捕抓空气中每一丝不同：街对面卖麻油筛子的香气，脚底下新铺的柏油路，眼面前一个不是顶年轻的女人，穿着一条窄身裙，向他一步一步走来。

“喏，这个叫一步裙，就是一次只能走一步，稍微大点的步子是跨不了的。”琳达挽着小开的胳膊，一边走一边告诉他。“万一碰到强盗不是跑也跑不快？”“碰到强盗么，我就高跟鞋子一脱，尖头朝伊敲过去！”“那假使乘公交车呢？跨不上台阶车子开掉怎么办？”“所以我今朝才穿呀，现在你回来了，不怕没人抱我上台阶。”曹琳达一个转身，双手勾在贾小开脖子上，看面前这张终获自由的脸庞，对他放出一朵无忌的笑来，紧接着身子一倒，整个人叫贾小开横抱在了手里，路人们的眼睛也是横着看过来，管他们呢！

梅真挽着小恒星等在弄堂口。她给他穿了一条新买的背带裤，头发上抹了一点发蜡，打扮得活脱一个小小开，事先关照："等一下要喊人的知道吗？""爸爸怎么这么慢？我都会背那么多诗了，每次都说背出一首就回来了。"他嘟起嘴抱怨。"爸爸一直在回来的路上，路太远了，他走走歇歇，走走歇歇，一直走到今天。我们不怪他，好不好？"她理理他的鬈发，直起身时看到贾小开提着包裹站在南货店门口看向他们，眼泪汪汪，琳达在店里同老板娘讨价还价，称得了一块火腿肉。

梅真比从前更瘦了，眼里汪着两汪清愁。无论她怎么轻唤，小恒星都不开口。"在家里不是吵着要爸爸吗？"他低头看着自己的小皮鞋尖，一声不吭。琳达提着纸包在他面前晃："香吗？不叫人的小孩没有吃噢。"贾小开也蹲下身来，握起他的一双小手，他忽然尖叫一声："我又不认识他！"一把小刀一样划在三个人心上，挣着身子要走，被小开紧紧抱入怀中。对街的商场又换了人家，新的灯箱上"黄河"两个字做得尤其醒目，小恒星看着，想起先前梅孃孃教他念的等爸爸回来可以背给他听的诗，却一首首在脑袋里打架，只呆呆重复着那店招牌："黄河，黄河，一去不复返，白云千载空悠悠。"

想象已久的父亲，原来不过是个会把眼泪掉在人脖子里的普通男人。

和平时一样，揿掉收音机开关，贾太太开始睡午觉。与其说是睡午觉，不如说是她闭上眼睛，在漆黑的银幕里过她这一生的电影。人老了，记性反倒好起来。从前不曾在意的事情，现在回溯起来，桩桩件件别有深意。“一样是贾家的孩子，我养的几个，倒都没有小少爷好看。”奶娘小心翼翼将蜡烛包递到大太太怀里。锦绣绸缎里裹着的贾小开望着眼前的女人，正如望向自己一无所知的未来。“哟，在看我呢。”大太太回头对孩子的母亲笑道，又端详起来：“眼睛长得真好，汪着一泓水，是个知情晓暖的孩子。倒不像老爷，看着，倒像个唱戏的，你们看是不是？小少爷，唱的是哪一出呀？”她逗着小开，没有看他的母亲，话锋却直扫过来。孩子的母亲奉上莲子羹，道：“眼睛像他娘家舅舅，太太大约没见过，活脱似像的。”“是，我差点忘了。”大太太笑道：“你是轿子打侧门来，娘家许多亲戚我们都不曾见过呢。如今见了他，倒像是八竿子打得着打不着的亲一下子都见着了。回头等过年呀，得封个厚厚的红包，不然哪儿好意思见我们小少爷，是不是？”她轻轻晃着贾小开。

没等过年，老爷便去了，作为“像个唱戏的”孩子的监护人，贾太太自然是分不到几钿。好在因为他，老爷私底下给过不少，也够娘俩儿单独落地生根。可他五岁那年高烧不退急慌了她，这点体己钱又转到了洋医生的口袋里。他终究是她的福还是祸，贾太太每每闭起眼睛问自己，总没有答案。此刻，他回来了，立在门口，不敢进来。她仍闭着眼睛，由他站在门口。

假如说她曾经要的很多，后来就全不是那样了。后来她要的不过是长久，太平。那些有海外关系的，多少人吃了轧头，倘若为了本就无意认他们的香港那几房受牵连，困在此地吃苦受罪，才真正称了她们的心！她精心渲染了那许多“被压迫”的故事，将叫人赶出来调整成了主动出逃，是与旧社会资产阶级的决裂。担惊受怕着，好歹避过所有风头，眼看最好的日子就在前头，她那总算长大成人的孩子却为了一个女人，一个不忠诚的女人，将她这么些年的心血轻易断送。她没有去提篮桥看过他，哪怕这几年心里的惦念已来来回回横跨她的额头，在那上面深深刻下条条哀怨。

小恒星想，爸爸真是好奇怪啊，一回来就哭，还跪在恩奶房门口。“爸爸是不是挑肉吃，不肯吃菜？”他抬头问他的母亲。“爸爸像你呀。”“那他是不是画地图？”“大人不画地图。”“那大人做什么，才能让恩奶生那么大的气？”琳达默然，轻抚他：“爸爸是因为，喜欢妈妈。”“我也喜欢你，恩奶会生气吗？我还喜欢梅孃孃。”“你呀，以后真正会喜欢的人，还不知道在哪里呢。”

“姆妈讲的那个外国人……”“你说小罗宋？”“靠得住吗？”“明天你自己看了就晓得了。”她从抽屉里拿出一沓账本和一张存折本子：“比我原想的要少，生意不是那么好做，站着的人人看得见，倒下的没人知道罢了。不过还算有这么一点，照姆妈讲起来，抛头露面挣下的，你收好。现在不是从前，湖心亭吃二两开洋葱油面，笃悠悠等，自有生意上门，你过去那些老朋友，是不能指望的了。”她握住他的手：“会比从前辛苦，但不是没有奔头，小罗宋帮得上你，他人聪明，活络，就是有点……罗宋瘪三脾气，账要同他轧清爽。现在你回来，我总算好喘一口气，要靠你了，贾老板。”贾小开手边一盏茶，还是下午回来时沏的，叶子早沉了底，深重的黄褐汤色，像一块流动的琥珀，相隔的时光终于将他们融进同一方空间。“这些年，什么都没为你们做。你看我，是不是和从前两样了?”“当然两样了。你现在是老板了。”她和他的手握在一起。

“你不好说不管就不管的!”到了店里，一听到她的话，小罗宋顾不得贾小开在场，急得跳脚：“上次那批踏脚裤，一大半都还堆在那里，我叫人去袁万元那里买了一条，拿来一看，一式一样的！料作，弹性，一式一样！他还开价贵两块，凭什么天天门口排得像抢供给粮一样？我倒不相信！曹琳达，我看中一只立体声录放机，就等这批清了好买，这种时候，你别想撂摊子!”“你自己牌子做坍掉的时候忘记了?”小罗宋听了这话眼睛一横，又气，又不得不服气。“我们现在不能一次进太多的货，哪怕拿价低也不可以。要知道，一样的东西，别人就是愿意从姓袁的手里买。一定要做得和他不一样，才有出头的日子。”“你讲得便当，我腿都跑断了！厂里出的都是大路货，我要进别人家进不到的，还要数量少，哪家厂会特为我们做生意?”他没好气地看看贾小开：“你说是哦？大新老板?”“下次我同你一起去谈谈看。”贾小开有些无措。“不用。”琳达道。小罗宋将手上转了半天的帽子往台面一扔：“就练我一个人对吗？反正做不好都是我错!”“小罗宋你有没有想过，有一天我们不用再去外地进货，想卖什么，都有人及时做出来，每次都和别人进的不一样，他袁万元出多少钱都进不到一样的!”这计划在她心里盘旋了那么久，从嘴边说出来，像一个养鹰人放出她的猎鹰。“你想做什么?”小罗宋在她眼里读到一幅险峻的图景。“你有多少亲戚?”她笑着问道。

小罗宋这样父母都踪迹难觅的人，指得上什么亲戚？几个野狐朋友处略借了一些，自己拿了些，加上曹琳达和贾小开的，在郊区租了间小小的平房，雇了几个人，置上几台缝纫机，“咯嘮嘮，咯嘮嘮”就在那里头开起了工。小开监工，小罗宋看店，琳达照着电影杂志找裁缝师傅“驳样”，时不时再出些新鲜主意，这里裁短那里收腰，一个个让袁万元看不懂的新式样就这样纷纷地挂上了店门。

这个夏天日头特别短似的，一早起眼睛一眨便忙到天快黑。每一天都累得已经不觉得难熬，也许也是挣着钱的缘故，一睡便睡得着，一醒便向外跑，汗津津，兴冲冲，是初生孩童的天真劲头。

墙脚下的西瓜子，长出了小苗。小恒星每天都要蹲在那里痴痴地看几回，再回去报告：“恩奶，它又长高了！等西瓜长出来，我给恩奶吃。”西瓜还没长出来，恩奶手上的杏仁饼干、冷饮水倒已骗得不少。边吃着，边坚定着要养好这几只西瓜的念头，一只给恩奶，一只给爸爸妈妈，还有一只给梅孃孃。

这天傍晚，他又打开水龙头，捧了一手心水，急急地向墙角奔，没留意那头窜出的小女孩，一撞，将她的玻璃纱蓬蓬裙浇湿了一大片。“呀！哪里来的野小鬼!”那女孩尖叫起来，将他一推。小恒星倒在地上，愣愣地看她擦拭自己的裙摆，那裙子有好几层，外头几层是半透明的，倔强地蓬着，像一朵气鼓鼓的莲，莲心里的女孩是个生面孔，莲子一样小小的黄脸，脸上的眼睛忽地抬起，朝他一瞪："看什么?"是一双不好对付的眯细眼。"你是哪里来的?"小恒星反问她，"我怎么没见过你?""你眼乌子瞎掉了，当然看不见!"她放弃了对那些莲瓣的摆弄，挺直身子宣告："我上个礼拜开始就住在这条弄堂了，再过两个礼拜就要在这里上小学了。你呢，野小鬼?鬼兮兮在这里干吗?""我不是野小鬼，我是小恒星。那个是我家，这，这是我的西瓜!"他指着那几棵孱弱的苗，宣布着他在此地的主权。"哦，你的西瓜。"她蹲下身，仔仔细细打量着那苗儿，忽然伸手将它们一拔，举在自己的眯细眼旁观察："我怎么看不出来这是西瓜?""恩奶!"小恒星急哭起来，被她将"西瓜"们朝面前一甩："娘娘腔!"

不出两个礼拜，整条弄堂的男小孩都被她惹哭了一遍。"到底是哪家小姑娘啦?"家长们一头雾水。"就是眼睛这样，脸这样。"某个男孩比画着他仇敌的形状："就是，洋细米一样!"他恶狠狠地总结。从此，洋细米便成了这个面黄目细脾气硬朗令人闻风丧胆的女小孩的代号，在整条弄堂流传开来。

很快，洋细米的娘便成了曹琳达的回头客。她倒是不同于自己的女儿，是一张"新大米"的面孔：白白的，有些微胖，眼睛虽然不大，位置却嵌得蛮好，笑起来弯弯的，让人总忍不住多看几眼。"所以讲孟母三迁，这次总算给我迁对地方了。有你这样眼光洋气的邻居，阿拉囡囡慢点不怕打扮不出，小姑娘么就是要打扮的呀，对哦?"她心满意足地比着一件给秋天预备的丝绒裙子："打扮了好么，福气也好呀，你说是不是这个道理?"她现在这个丈夫是个海员，见过的都说高大英俊，就是见不大着。

琳达每过两个礼拜总要带着小恒星和一堆时髦行头去洋细米家“做客”。一堆行头里必有一件是送给洋细米姆妈的，其余的是“你帮我看看好不好？裁缝最新翻的行头，我也吃不大准。”洋细米姆妈被人一捧，新大米面孔就发开来，成了一只小圆子。“哎呀我的眼光也就这样呀，哪能好同你比？咦？这件衬衫倒是料作好的，重磅真丝，一看就吃价钿。”“我们这种小生意，敢开什么价钿啦?”“几钿啊?”洋细米和她姆妈一齐挤出一刀意味深长的笑眼，曹琳达笑着接过了她此行专等的话锋。

夏风是绵绵的，吹在脸上有丰润的温度，吹到小人的脚踝上，裙摆裤脚便短瘦一些，吹到大人的脚踝上，裙摆裤脚便肥大一些，血缘亲情，相逆而行。尤其在夏的明烈光影间，万物生长，势头极猛，茂盛的茂盛，颓败的颓败，都在行进。

啫喱在花瓣塑料模杯里凝成粉嘟嘟一朵樱，颤颤巍巍捧出来，一走进乘风凉的人群便成为焦点——不是家家都有冰箱可以做这个的。“姆妈，这只给你。”小恒星走向他母亲摆在家门口的躺椅，她坐在上头忙着从盐水里捞杨梅，抬头道：“这个给你的小朋友去，喏，在那里。”洋细米穿着风凉裙，头上绷着宽宽的相拼色松紧带，跷着脚坐在一只竹椅上，听见在说她，眼睛只往树荫下的小野猫看。小恒星大不情愿地向她走去：“这个请你，反正，有很多。”“哦?”她接过那朵果冻花，眼睛一眯：“谢谢你哦。”说着舀了一小勺，向荫头里的小野猫扔去，“反正有很多嘛。”小猫“咪咪咪”地叫起来，开心得很。

夏总是纷忙的，忙着向死而生，忙着向生而死。梅孃孃不大来贾家了。倒是贾太太，常常带着小恒星中饭吃好去梅家坐一会儿，在梅家姆妈病床边讲几句宽慰的话。自她父亲前年腊月里肺病去后，她母亲便精神沉郁，见人也常常恍惚，不知道打招呼。旧时夫妻里，他们算是情深意笃的，享过旁人的羡慕，如今一一还回去："还好我们不像他们，不至于这样去了一个折煞另一个。"种种身心之痛，只当是自然，等查出症疾，已无计可施。她说："整整齐齐来，整整齐齐去，我一点也不怨。"缓缓的字句从枯槁的唇间送出，时光倒流几十年，那是和梅真一样细薄红润的嘴唇，是一朵初放的玫瑰悄然扬起的一卷新瓣，时光收了它的水分和色彩，让它更近于终将归落的泥土的色泽。小恒星不感到害怕，因为她和梅孃孃是相似的，也因为身边的祖母此刻像神明般，对病床上的老妇人诵出他听不懂的语言——她为她念经文。

将死之人什么都不需要，唯要一点安慰。去吧，前路并不比来时更难，来得及了的，来不及了的，一去，便也都了了。贾太太握住梅真娘的手，道："过房女儿，嫡亲女儿，是一样的。放心好了。"她已无力流泪，一双皲裂的手，也曾罗缎里伸出来，伸到袖套、补丁、蓝粗布里去；伸过风雨数十载，打过爱着的人也抚过原该恨的人，此刻握在邻家妇人的手中，指指节节松软下来，不再去想明天是什么天，吹什么风，宜什么，忌什么，如何安分，怎样忍耐。求什么平安，什么长久，都用不着了，此刻便是此刻，不再有往后。梅真捧着熬得的药进来，看见小恒星抬起眼，黑瞳仁里抖动着苍茫一宇星斗。

天热，什么都存不住。贾小开冰箱里赶制的冰大块大块送过来，滴滴答答，眼泪一样淌了一客堂间，梅真缩在孝衣里，是蒲团里跪着的一枝霜叶，暑地里升起无边悲凉。来的人不多，哭过，拜过，也就走了。“恩奶，梅孃孃怎么哭得这样厉害?”贾太太没有回答，小恒星望着滴滴答答冰块融化的水滴，他的恩奶缓缓摇着蒲扇，眼皮渐渐沉下来，在迷迷糊糊的伤感中，他们相互依靠着，守了一夜。

该去的，去得很快，不该来的，来得也不迟。西餐馆里端端正正坐了四个人，梅真的系带衬衣是奶咖的颜色，蝴蝶结领带上的脸是奶咖上那抹漂浮不定的沫。小罗宋临出门头上叫人塌了一刮子“金刚钻”发蜡，胡乱揉了，很不均匀，犹自在那里散发着不情不愿的奶油香气。贾小开低头看餐单，被曹琳达一把从他手中夺下：“让小罗宋点，他吵着要来多少天了，难得梅妹妹得空，总算大家坐下来，正正式式认得一下，我们不好抢风头的。”“我也无所谓吃什么，你们看就行了。”话音未落，小腿上就吃了曹琳达一皮鞋尖，眉眼更挤到一处去。“小罗宋的意思是，最主要对梅妹妹胃口，他么，一个外国人，中国话表达起来总是差点意思，但是他的心是好的。梅真，来，你看看这个好哦?”她拿过餐单比比画画，邀梅真定夺，小开与小罗宋交换了眼神，在彼此瞳孔里相互叹了个无形的气。

“让若凡阿哥送你，我店里还要跑一趟。”她笑着拍拍梅真的肩膀，目送他们远去，随即扭头低吼一声：“小罗宋你给我站住!”

他立定，转身，朝她欠身：“还有什么吩咐？”“自我感觉不要太好，要不是看你现在挣点钱，我还不介绍梅真给你呢！”“我自我感觉好？曹琳达，你根本不晓得我现在感觉有多糟！”“觉得她嫁过人，介绍给你，亏待你了？”“我喜欢一个人，根本无所谓她嫁人没嫁人！”“那你今天的脸是摆给谁看？”“谁不喜欢我摆给谁看。”“你不接触一下怎么知道她不会喜欢你？”“我已经接触过了。”“就打的几次照面加上今天这点挤牙膏的话？你也太不当人一回事了。”“谁又当我一回事？我算什么？譬如不如，香烟屁股[1]！”他扭过头去，向前疾行，曹琳达气急，冲他背影喊道：“走，走，走，好像谁要管你一样！”小罗宋转过身：“曹琳达，你知道你今天特别像谁吗？”“说说看。”“你们弄堂口扫地的老山东。一脸管闲事的讨厌相！”说罢，随手折下身边一段飘扬的柳枝，用力捋下枝叶，拗成小段，地下一扔，径自去了。暮光下，投下长长的影来。她脱下一只高跟皮鞋，朝那影恨恨掷去：“缺西[2]！”

“都是为我好，我心里晓得。回去，千万别和曹姐姐生气。”夏柳依依，在行走的奶咖泡沫上抚出浅浅花纹。“只是……结婚，并不一定从此顺心如意的。”她垂下眼来，香槟色风凉皮鞋怨着青灰街沿。“她性急，姆妈提了一句，就立刻去安排了，角角落落，没想周到。”“不是不周到，是待我太好，全当自己人一样。想不到我是这样没福的。哪有人会为我，像你为她？”贾小开望向尽头的四岔路口，正熄了绿灯，澄澄的黄跃上谁人家晒的一

1　譬如不如，香烟屁股，上海俗语，意为不当回事，不受重视。
2　沪语，意为傻瓜，缺根筋、不识时务的人。

展棉花胎，像从前，她递给他的酒酿里，撒的点点蜜桂花，不一会儿便在眼里闪烁起来。“假使是你，我也会的。”黄灯愈闪愈快，模糊了眼帘，直到梅真的声音将它转红：“若凡，其实你不会的。”

手里拌着馄饨馅，曹家姆妈的眼睛却在自家女儿的脸和她手上的信件间拌来拌去，良久，见她放下信纸，终于得了开口的机会：“准备回信吗?”看琳达怔怔的样子，她小心翼翼问道：“这个香港人……过得怎么样?”“蛮好的。”说着她走过来帮忙擀皮子。“一天到晚，忙也忙死了，哪有空回什么信?”“是呀，幸亏小开回来了，好帮上忙，我看，现在这样蛮好，要大富大贵做什么?”“做什么？我不好大富大贵?”她停下擀面杖：“总有一天，做出名堂。”她姆妈又心揪起来，说吃淡点好，往馅里加了一点清水，搅了半天。

回去的公交车乘着夜色，开得轻飘飘，风从两边的窗口交织进来，给坐在里面的人穿上一件月色小背心。他的字迹，一个个，随着车轮颤动：“在给你写这封信的时候，露西娅正在收拾东西，把我和她，我们的家，仔仔细细打包成一个个皮箱。我结婚了，琳达，和露西娅，有一双孩子。我一直没有给你写信，是因为即使此刻，写下这些近况也是我自认识你之后难以想象的情境——我们有了各自的星。我每天亮起的灯里，没有你。我曾经憎恨我自己，还有你，日日在这憎恨里苦行。后来，露西娅走进这路途来，我才渐渐看明白，是什么使我们相离。你现在的生活，无论好坏，都是我对你的祝愿；我如今的日子，不管酸甜，都是你赐我的礼物。这就是，我们不得不分开的缘由。原谅我的后知后觉，原谅我从未给你写过信，直至今天。我和露西娅还有孩子们就要启程，放下这里的一切，去她父亲在印尼的橡胶园。离你，我是又远了一层。尽管，即非如此，我们也不知何时再见。我把照片寄给你，如果我没有想错，如果这是你愿意看见的，那么我让你看见。琳达，我这一生无关紧要，只愿你能按照你的心愿而活。”全家福里的绍祖眉眼比以前沉重了些，倒是两个孩子，继承了他早年无忧的神情，一个骑着摇摆木马，一个抱着球，棕黄色的露西娅长着一张太妃糖般光润圆溜的脸，笑出一排细白的牙。不算坏，总算，他找得不算坏。曹琳达不知道橡胶园是什么，但橡胶园主的女儿，听起来就不会让他吃亏受冷眼，比长途汽车驾驶员的女儿好。

一个急刹车，刚才还慢悠悠的司机暴躁起来：“寻死啊！”地上趴着一个四十出头的男人，戴着一副眼镜和一身过时的悲怆：“不是寻死，我是寻活，重新投胎，重新做人！”他每吐四个字，司机便按一下喇叭，很不耐烦这表演。见他毫无动作，“嘭！”一声打开驾驶门跳下去，一把抓起这男子：“要装死，上街沿装去！”男子抓着驾驶员的工作服：“重新投胎，像你一样，无产阶级，根正苗红！”司机不耐烦地将他甩开，返身上车，踩动油门，他还跟在后面奔：“阿哥，老婆讨着了哦？”“你认得他？”邻近的乘客问。“谁认得他？触霉头！西康公园窜出来的神经病。”一蓬黑烟将男人隐在后头了。“什么年代了，还在冤枉鬼叫！”他一推挡，向前头加速行去。一车人摇晃着，各有所思。曹琳达将手上的信纸和照片收进皮包。管它过去是何因缘，不懂时过境迁，便鲜有人可怜。

开始千难万难，一旦起了势便挡也难。电视电影里难得放一部日本片、法国片，女主角穿的裙子前后片各打几只褶，摆围多少幅，粗花呢还是千鸟格，不出几天便尺寸齐全高度还原在琳达的店面。店门口新加了块招牌，贾小开托了老法师手书的，曹琳达嫌不够时髦，小罗宋嘻嘻哈哈说可以可以，以后再换，择了吉时便挂上去了。以后，买了曹琳达的裙子衣服穿出去被人艳羡的女人们便不用参差不齐地描述："喏，就是华亭路进去，第五六只店面吧?""有个外国面孔的那爿。""人最多，最闹猛，就是了。"如今她们可以清清楚楚地告诉别人："华亭路星裳买的呀。"尽管她们中的大部分不过黯淡无光地活着，但谁也不能阻挡她们所费无多一沾星辉的微小愿景。前弄堂，后马路，一批批的时髦妇女由星裳输送出来，一批批的新机器、新工人输送进郊区作坊，准确地说，这里已经初具一座厂房的规模。

"都说是哩是扫帚星，哩倒争气。"苏州阿娘端出一碗凉白开，"咕咚咚"倾进山东大姆妈的军用水壶。"阿够?""够了。"山东大姆妈塞上盖子，往身上一挎，她男人是参过军的，抗美援朝，人没回来，壶回来了。"三十年河东，三十年河西啊。明天什么天，谁说得好?""气象台咯。""气象台还没我一身老骨头准，讲讲今天不下雨，关节已经痛起来了。你看好，过一会儿云就飘过来了。”“哦哟，梅干菜要收转来，谢谢傣！”苏州阿娘奔进去，在老虎窗捧着一竹匾梅干菜，探出头来：“个么明朝乃？”“明朝天晓得！”山东大姆妈提起扫帚又大挥大舞起来。

从克夫典型到旺夫模范，曹琳达在这条弄堂将各种型号的脸色都集齐了。“回来啦？生意好哦？小人越长越好白相了！”弄堂口扯着闲天的妇人们一脸笑意，将小恒星的脸捏来捏去，以示亲热。即便是小孩子，也能在苹果肌被搓揉的手势轻重里感知到自己家经济地位的提升。对小孩子来说，即使全部财产不过一些玩具，而抽“贱骨头”[1]、香烟牌、小人连环画、塑料小兵人、变形金刚，林林总总摆在一道，阶层高低立即显现——能拿出变形金刚的小孩毕竟没有几个。于是往往拿不出的联合起来讨厌拿得出的，谁让拿得出的总是少数呢，小恒星就不幸是少数拿得出的那个。

正因如此，当他看到小皮匠的儿子与三五个孩子聚在侧弄堂刮香烟牌子，便扯扯琳达的衣袖，表示自己想加入。“什么好玩的啦。”她看看水泥地上猫着的一圈男孩子，皱皱眉头，嘱咐他：“不要皮得太晚。”放他去了。

不知哪一家的知了笼吊在那窗口，小家伙对自己被缚于方寸之地的命运安之若素，居高临下地望着这群半大小孩埋头竞赛。赛到紧张处，它便“呀呜嗞，呀呜嗞！”地叫起来，为男孩们焦灼的心情更添一份躁动。小皮匠的儿子结了一头汗珠子，一颗

1　抽“贱骨头”，抽陀螺的民间说法。

颗汇起来，在脸上爬出一道道痒兮兮的湿痕，他斜地里一飞手掌，势极猛，香烟牌乘风而起，向前一跃，仍原式原样盖在地上，抬起的手倒搓红了。“哎！臭！”孩子们惋惜地叹骂。他握起拍疼的手掌，不甘地看向小恒星手上已赢得的一把，喊他来试。小恒星一手捏着新得的牌，另一手撑着地面，仔仔细细看面前这张牌的弧度，屏气凝神，举起手掌。“呀呜嗞，呀呜嗞！”那知了扑着翅，原本计划施的劲这会儿也走了神，忽然忘得干干净净，手只轻轻一挥，牌面竟翻了过来。“厉害！”孩子们瞪大了眼睛，连同小恒星自己也觉得相当诧异，那边握着拳的男孩大叫一声：“赖极皮[1]！”便冲上前，一把扑倒了他。“手碰到了！”“我没有！”小恒星死死抓着手上的牌子，小皮匠的儿子抢不到，急道：“一百零八将差几张就齐了。不还我，你就是贼！跟你爸一样！”小恒星又惊又气：“瞎讲！”“你爸要不是贼骨头，警察为什么抓他！”“警察没抓他！”“哦对了，你还没养出来，你爸就吃官司了！劳改犯！枪毙鬼！枪毙鬼！劳改犯！”他翻来覆去咒骂着，引起一众孩子应声呼喝。小恒星一头朝他胸口撞去，奈何人小体轻，被小皮匠儿子一推便摔倒在窗底下，香烟牌子散了一地，几个孩子迅速上前瓜分了，交到小皮匠儿子手里，他仰起他的大额头，张着鼻孔宣布：“有钞票又怎么样，做坏事，一样吃枪子儿！走！”洋洋洒洒带着跟班的孩子们转身而去。小恒星撑起身来，衣服裤子都是灰，顾不得拍便往家走，脑袋里“吃官司”“劳改犯”“枪毙鬼”

1 沪语，意为赖皮。

嗡嗡转着，只觉得前面的横弄堂人来又去，白茫茫一片，忽然不知是哪一个转返身来，往他领子里头塞了把滚烫的小东西，顺着脊梁滑下去，那人将他向墙边水沟一推，尖叫着跑远去。毫无防备，划炮噼啪炸响，震耳欲聋，小恒星眼前灰影重重，瘫倒下来。终于，一串清脆的小皮鞋声从横弄堂折进来，一只柔软细瘦的手抚上额头："不要动，不要哭，不要娘娘腔，我去喊你姆妈，马上回来。"洋细米的小皮鞋奔远了，身后窗框上挂着的知了又唱起来："呀呜嗞！呀呜嗞！"一如每个凄丽血染的黄昏。

黝黑的河流在城市的呼吸起伏中游曳，夜降了，稀了行人，一切弥漫升腾的烟火都沉下来，结成一颗颗黄黄的小灯珠，在一重接一重的屋檐下闪耀，一片连着另一片。河两岸的屋子，成了河身两侧鳞鳞的鳍。涂抹了柏油，同样黝黑的一座桥，隐匿在河上方，夜为它上了一层幽幽的光，带着它的慈爱与忧伤，星疏月朗。历经风霜的手牵着初涉艰难的，一高一矮两抹黑影，在那桥上，冲着流水远去的方向唤："星啊！你回来啊！恩奶在这里唤你啊。你回来吧，我的星啊！你听到就回来啊，恩奶在此地候着你。"贾太太的声音一把把炒米粉一样，干得呛人，洒向城市有限的辽远处去，眼泪从岁月抽干了的脸颊磕磕碰碰一路滑来，顺着桥面木板的缝隙，滴进哑然无声的河床。一个撑船的老人使了把劲，卖尽了蟹的船身也归巢心切，一行，便过了桥，从浜南漂向浜北，留下一片深暗的水声，渐远，渐远。拉着恩奶手的小恒星，是这暗影画里唯一苍白的景象，低头看脚下空流的河水，不响。

小恒星不晓得讲话了。

一碗地梨沉在汤底，白腻的手指伸进去，黑乎乎一只捏出来，银灰色一阵乱舞，削出同手指一样白的肉来，落进碗里，再一只，再一只。“够了，他人小，吃不了那么多。”贾小开按住她手，去取那削皮刀。“欢喜吃，就多吃点。”琳达挣开他的手，捡起一只新的来，“那时候，他刚刚开口，像只小八哥，天天喊‘便宜点，再便宜点’。我气啊，嫌他话多，不许他讲。”斑驳了的地梨在指间抖：“我……不给他讲。早晓得就好了……早晓得，我就讲你讲呀，你欢喜什么讲什么，姆妈不讲你，真的不会讲你。”月亮高起来，再高起来，像只去了皮的地梨，孤零零嵌在它稀稀落落闪烁着的同胞手足间，云来了，它们披上灰黑色的外衣，面目不清起来。

即使有铲平整条弄堂的小鬼头的心，无奈没有目击人，也没法正大光明定罪。洋细米说，路过时只他一个伏倒在那里，并没瞧见是哪一个做的促狭事体。问小恒星，只是低头，视线嵌在石砖缝间，无论琳达问“小皮匠的儿子?”“水泡眼的双胞胎?”他都不响。学堂也没有办法上，说建议转去聋哑学堂。琳达揪着那建议的老师又是一顿大闹，闹也闹不到从前，最是丧气。整整衣领，该上课的上课，该听课的听课，该离开的离开。一场长跑刚刚枪响就摔出跑道外，全场的冷眼摆着，断没有干等着别人来扶的道理——也没有人会扶。

这样一个蝙蝠衫横行的年代，人人都大展双臂迎接未来，好的坏的，蠢蠢欲动，静不下来。车间里一件接一件蝙蝠衫堆叠起来，在贾小开的眼睛里，是一天又一天小恒星衣食无忧的未来。虾有虾路，蟹有蟹路，是他同曹琳达结婚这些年悟到的最实惠的道理。哪怕是他这样半辈子没有过正经形状，且莫名其妙"上过山"的"假小开"，心里怎么不晓得，既然做了人家的父亲，再羊肠九曲的死弄堂，披荆斩棘也要辟出一条路来，才对得起这个额骨头和自己一式一样的，好不容易谋了面的，无声的小孩。照理讲他不是个心急的人，这一回却不等同琳达商量，便签下了老余头介绍的一万件蝙蝠衫加工合同，"咯噔咯噔"连夜开起了工。"就是因为加急，所以价钱好。"老余头笑的时候，短短的酒糟鼻向上挤着豆眼，眼角流淌的几缕细纹，同他隐匿在鸭舌帽里的几缕地中海一样，稀松无力，仿佛早已不属于他自己。

等到老余头慌慌张张来报丧："外国人逃脱了！"纯棉蝙蝠衫已经堆满了车间角角落落，以一种扑空的姿势，庞然的双臂落寞地展着。

"是我不会做生意。"损失汇报会的最后，贾小开给自己做了这样的定义。"一件事不能够太好，太好了，就有一个不好要寻上门。"琳达愁眉不展。"老棺材请我们吃药！"小罗宋骂着跳起来向外面走。"哪里去？"琳达唤他。"拆他铺面去！""等我一起，省得你闯穷祸！"贾小开愣愣地看曹琳达抄起合同，披上一件马海毛披肩，疾步追上小罗宋去。

三两根头发，疏到抓都抓不住。头发的主人合着手心向这个洋面孔抖道："真的不晓得，是真的不晓得呀！罗阿弟，阿哥，爷叔！""大家讲道理，谁违约，谁担责，合同写得清清爽爽！"琳达推过合同去，老余头却只看着天花板痛苦地嚎了一声："前世做的什么孽啊?!"等于什么都没讲的一句话，却把什么都讲了。"小罗宋，不要抓牢人家头发！"曹琳达嗔怪着命他放开，欠身向老余头："余老板，有什么苦衷，讲出来嘛。"

"根本就没有什么外国人！"琳达进门，将皮包一扔，新买没多久的豪华沙发摆在这小小的客堂间，走错人家似的。贾小开一惊："怎么，姓余的瞎讲?""倒也不是，你想，合同是他出面签的，何必给自己下套？他到现在还以为，赖账的是外国人，而不是袁万元。""袁万元?""正是袁万元，讲有一笔外销的急单，一时寻不到人加工，晓得我们可以做，因为同我们不合，托姓余的出面，引你入局，哄姓余的，让他拿一成介绍费，现在又说外国人赖账，一出空城计！""把我们逼上绝路，这个袁万元，到底为什么?""隔壁阿倪最喜欢斗蟋蟀，他爹爹鸡毛掸子打断都没用，你说，他到底为了什么?"两人相看一眼，又彼此将眼睛挪开去。

夜很深了，一切外部的声响将人的心事压了下去，天像是蒙了长远的尘，月亮在灰扑扑的云里缓缓爬着，落下一片朦胧的窗影，给睡不着的人看。在里面的时候也是这样，贪望着一点点光亮，计算着重见天日的时间。现在呢？自由了吗？应该算是的。如果没有这自由，小恒星大约还叽叽喳喳讨着人嫌，琳达又能存一只新的存折。如果不是因为他这自由。云聚起来，夺取了月的辉影，将醒着的眼睛浸进墨里。墙角一只蟋蟀"唧唧，唧唧”地唱，单调又快乐，大约是立了意，趁黑逃出人给它安排的竞技场，独自经过此地，炫耀它自由自在的徒步旅行。

再密不透风的日子，太阳也从不缺席。清早，日头有些阴惨，曹琳达飞快收拾了屋子和自己，一如往日，利索得怕人。虽一字未提，但在贾小开眼里看来，她畚进畚箕的，细细碎碎，全是袁万元的尸骨。“我今天不进厂里。”他说。“不去厂里去哪里？”她问他的语气自带了对他决定的否决。“去同袁万元谈一谈。”“你不晓得他的。”被她一回头，他说不出话来。昨晚被扔在那里的皮包此刻被它的主人一抓，摇摆着上了征途。“我贾小开，要么不找朋友，要找，就要找个弹眼落睛[1]，带得出去的。”缓缓套上汗衫背心的时候，自己当年的豪言壮语恍然耳边，拉下软塌塌的背心，圆领头里现出一张仓惶的脸。

其实她哪里又晓得袁万元？不过不想他再碰灰罢了。袁万元这个人，就算是他自己的老婆，又晓得他多少？袁万元的老婆，那个手里无时无刻不拿着炒菜铲的女人，忽然进入了曹琳达乍现的灵光里。一个成天在厨房间杀生的女人，听说倒是吃斋的，这样一个人，若给她一个积德的机会，她会不要吗？编织着软人心的说辞，琳达手里皮包摇摆的线条愈加硬朗起来。

“我想他不大会吧？”万元家主婆一双手往围裙上搓搓，曹琳达眼睛看着她，不响。“老头子发神经病了。”她拧开龙头，自来水哗哗冲击着铜水壶，诉说着她心底对曹琳达所言的肯定。琳达

1　弹眼落睛，沪语，意为引人注目的。

接着说："我总想，不要做得太难看。老余头你晓得的，就是请他吃官司，他能摸出多少？何况都是在这条路上做生意，谁是容易的？"她对琳达的话点点头，继而转过一脸愁容："但是曹阿妹，这个事情我一是没听讲，二是他也不听我讲，我恐怕……""这是大事情，哪有阿姐你讲不上的？我倒是想了一条大家好走的路。阿姐你想，有没有外国人，搭什么界？譬如你，我，老余头就是外国人，再多寻几个，袁老板路广，这都不是什么难事。衣服做出来了，都是好的，大家一齐销掉它，不就什么事都没了？我也知道，袁老板之所以这样，总也有我们晚辈做得不是的地方，我来先赔不是，以后大家在华亭路的日子，还长呢。""道理是不错，就是……""就是只有阿姐帮忙才做得成。不然打起官司，大家面上不好看，伤筋动骨，何必呢？""让我想想看，不急哦，阿妹，你不要急。"豆芽掐得头尾全秃，只剩中间一小段，曹琳达晓得掐豆芽的人急了，捏起一丛，帮她掐起来："男人家做事体，冲劲足是好的，就是呢，后劲足起来，没有我们做屋里厢的帮忙缓一缓，总是不行的，阿姐你讲，我讲得对哦？""晚一点，吃好夜饭你过来，我同他讲讲看。""哎。"曹琳达冲她笑着，将手上几根豆芽尽数扔进竹篮里。

这一天的夜晚来得格外迟，落日赖在云头，迟迟不下，灼着人的心。吃了半日西晒的桌面同背后人的声音一样，温温热热，平添烦躁。"你坐下来，不要急。"小开劝她。"我自己的钞票，我怎么不急？""急也急不出。"贾小开话音未落，曹琳达一眼已横扫过来："你倒会讲风凉话，好像我不知道事到如今急也无用一样。可怎样才有用呢？像你这样坐在此地，掼大少爷派头，钞票就回来了？”小开不响。可惜他不是一个真正的少爷，没有里外几进的厢房可供气急之时拂袖而去，只好坐在原地，偏了偏头，将视线转至没有曹琳达的房间另一角去。

不知是哪户人家的红烧肉烧过了头，一股焦香，夜色里游荡。好端端的毁了去的懊恼蒙上弄堂内家家户户的心头。别人也许会，我是不会的，好端端的，绝不能毁了去，这么想着，踏着焦烟气味，忍着一肚子火气，曹琳达轻手轻脚潜进袁家后厨房。不想，有个长手长脚的黑影先她一步蹿上楼去，引起万元家主婆一声急叫：“闯穷祸哉！”她赶紧三步并两步踩着尖叫声奔进门，却看到一个上半身赤膊精光的小罗宋横刀立马在厢房口，一排排雷管跟着胸膛起伏。

“要死一道死，谁怕谁是王八！”“有种。我倒要看看你敢怎么样！”袁万元将手上茶壶一拍，向前逼近小罗宋。两人眼睛睁得那样，仿佛等不及下一秒就要即刻吞噬对方，万元家主婆急得话也说不出，曹琳达一个箭步蹿到袁万元面前，一把将他挡在后头，令在场的人始料未及。“小罗宋，你要发神经可以，我今天就挡在袁老板前面了，你要他死就是要我死，随便你！”“曹老板这是演的哪一出？”袁万元冷笑着从她背后走出，一旁的万元家主婆急叫起来：“你去寻死啊！”一边死死拉住袁万元，向小罗宋哀求道：“小兄弟我求你，你千万不要，千万……千万……”曹琳达上前对着小罗宋就是一个耳光：“滚回去。回去和你说。”“曹琳达你脑子有没有问题？我在帮你啊，我搏了命地帮你啊！”“用不着!”“可他不让我们活！他在一天就一天不能让我们活!”“不想让我们活的人，你一条命拼得过来吗?”“拼一条是一条。”小罗宋说着，嗓子抖起来。琳达伸出手，抚摸那叫她抽得火辣辣的面颊，凉凉的眼泪滑进她手指缝。

“我和老袁说过了，万事有商量，是不是老袁?”万元家主婆将袁万元的胳膊狠命掐着，生怕他说出什么挑起火星的话来。袁万元愣在那里，他原想着谅这罗宋人也不敢真的怎么样，不过是演一出双簧给人看罢了。可瞧眼前这情形，竟不像是事先串通了的。他慌了神，像所有说惯了慌的人那样，没想到毫无设防时听着一通真话，只觉两眼昏花，措手不及。

“都先出去。这好歹还是我家。”他对他们挥挥手。曹琳达按住小罗宋，朝袁万元转过身来，一字一字道:“过去今日，多有得罪，不过袁老板，你心里也明白，这次也好，上回也罢，多少与你脱不了干系，我只全当不知道。我在这条路一日，总喊你一声阿哥，人要寻死，还不简单?可你我，都是得活下去的人。走了，阿哥。”说罢，她拾起地上的衣裳，扔在小罗宋身上，拉着他下楼去了。

夜已彻底沉了下来。一路上没有什么声响，他们两个也是一样，谁都没说话。不是回家的路，也不去过问，只是跟着她的脚步。小罗宋闻到一点她头发上的香气，还有她走动时甩动的皮包，时不时地，打在他的腿上，像是责骂，却又带着难言的温柔，默默的苦痛。偶尔驶过的汽车，像一具又一具大大小小的棺，奔赴着它们各自的前路。他也许会成为躺在里面的人，他早晚会是个躺在里面的人，早一点，晚一点，又有什么分别？对一个孤儿来说，反正，活在这世上，向来都是稀薄不过的情感里翻滚，早有些厌了，还不如在他人生的牛尾汤端上之时，酽酽地喝上一碗，挥手告别未来所有可能的寡淡，彻底，彻底，不再看见，死在，也活在，最浓烈里。

前面的亮光渐渐多起来，这边还是深暗的。黄浦江未到之处，是泛着气味的苏州河。这边是仓库码头，那头是洋行大厦，短短一程路，有的人，一生都走不过去。在几个集装箱高高掩映着的地方，琳达停了脚步。“这里差不多。”“曹琳达，你要杀我灭口吗？”“我没那个本事。快把你身上的东西卸下来，加上石头，裹个麻袋扔下去。”说罢，她便弯身去捡地上的砖块，不一会儿，又寻到了脏污的麻袋与绳索。“你是不是经常干这种事？”“闭嘴。”她迅速解了他的纽扣，胸前的雷管露出来，“自己解。怪吓人的。”小罗宋低头解着，她又问道：“里面是什么？点了会怎么样？”“会死。”“好好说。”“会死。”

他的头，就那样低着，由着她看。眉毛眼睛，被什么洗淡了一样，不是从前深邃凌厉的样子，看起来软弱极了，像个婴孩。他的唇角向下坠着，是一朵开荼蘼了的花。她感到心上酸楚了一下，这很不妙，她侧过身去，不拿她的心对着他。偏偏他话多了起来，以前没讲过这些，以后大约也不会再提：“收养我的，是个老光棍，从前打过仗，教过我这些。呵，教一个孩子怎么做炸药。我就是这样长大的。”“你的父母呢？”“不知道。别人说我是育婴堂里的孩子。他说我的母亲多半是个妓女。而我的父亲，自然也不是什么好人。也许他们回到了俄国，也许他们还在这里，也许，也许他们早就死了。”“不管怎么说，你总不能拿自己的命开玩笑。”“我没开玩笑。”小罗宋忽然抬起了头，“你没看出来吗？我从来不开玩笑。”

没燃成的炸药扔进了苏州河，它的涟漪是漆黑的，一圈又一圈，一会儿便散开，再看不见了。可又似乎随着它的消散，落进往后岁月点滴里去：当他们一搭一唱叫卖时，当他们一个收钱一个记账时，当一双眼睛望进另一双，其实为的不过是一点生意上的彼此探询，眉眼探讨如何应对眼前的状况是好。可这一包炸药投进苏州河的涟漪，却每每于这些时刻，再度浮现起来，一圈又一圈，漆黑得，如同最隐秘的爱恋。

贾小开一回到家，就看到他的母亲和苏州阿娘一左一右并坐着，像是专等着他。果然，苏州阿娘见了他即刻起身笑道：“转来啦？倷姆妈有话同倷讲。我先回转去了。”她朝贾太太挥挥手绢，含笑而去。“什么事情？”“喏，伊同我讲，有个专看喉咙的外国医生，来此地坐诊，听说厉害得很，生下来不能讲话的也能看好，我想，你是不是带小恒星去看看，这拖不得，不久人家就要回去，是外国医院很有来头的专家。”“那是要去的。”“就是呢，”贾太太搁下绣面，“就是价钱，蛮大的。”“多少？”“多少也要看。你忘记你小时候生病的事了？都说发展下去，即使命保住，也免不了落下病根。我手绢里包着小黄鱼，托了多少人，好不容易请着一个外国医生把你看好了。所以若凡，这个钱我们要花，无论多少，抓紧时间，你晓不晓得?”“晓得了。”他晓是晓得，就是不晓得怎么拿出这个钱来，不由得在心里叹了一口气。

“再等一等。”曹琳达回他。“说是那个专家很快就要走的。”“那也会有别的专家来。”“不是，你这个人，怎么心这么狠?”贾小开心里原本有的犹豫被曹琳达替他做了决断，反倒不高兴起来。“你心软，你告诉我，我们现在拿得出多少钱?”“我们……”“那批蝙蝠衫的料子钱，工人的工钱，赶工的加班费，一笔笔付出去的到现在还没有一点收回来，你要我拿什么钱去给外国医生？我难道不想自己儿子好？但是我们活在这个世上不是心里想，就能手上有的。”“袁万元不是答应和我们合作了?”“那也没有这么容易，我们眼下损失的，不是一朝一夕能挽得回来的。你也不要急，只要这关我过了，再贵的医生都带他去看，我飞去国外抓医生来都要给他看。”她边说，边去开樟木箱，将秋天的衣服拿出来，夏天的叠好了放进去。那箱子是他们结婚时置办的，经了这些年的日光与潮气，油漆的颜色愈加深重起来，像一个时光盒，开开关关，便将四季腾挪，他们的脸色也像铜锁一样暗淡了下来。可这只樟木箱与别人家的樟木箱又不同，那里头有一件世间最为光耀的事物压在底下，因此它显得格外神秘而又充满距离。无论是新婚燕尔时还是久别重逢后，这里头的那一小颗光，总让他感到，她不完全是自己的，她有着一颗独立于这个家之外的蓬勃跳动的心脏，她有时使他感到恐惧。

小恒星的手术没有成功。洋细米和她的姆妈来看过他一次，洋细米带来一只蓝色的小布熊，放在他枕头边上，静静看着他，陪着他不说话。大人们在门外诉说着他的情景，压低了声音，听不清。小恒星看着洋细米的小眼睛，看得有点久，大概眼睛酸，就流下泪来。外面洋细米的姆妈喊她回转去了，洋细米说："你放心，你会好的，等你好了，我还要和你吵架。"说完，她踮起脚，将他脸颊上的眼泪轻轻亲掉，转身走了。

曹琳达和贾家的这一场争吵，惊动了整条弄堂，无论是扔东西的动静大小还是争吵的激烈程度，在很长一段时间里都举弄堂无人能够超越。自此以后，索菲亚·罗兰·辣火酱的寻相骂[1]功力成了这一带受气媳妇们争相模仿的对象，她叫他们晓得，原来一个女人脾气可以大成这样。可怎么能怪她呢？听壁角的说，是小开当了她的什么要紧东西，贾太太也是晓得的，母子两个单瞒了她一个，结果找的外国医生根本就是骗钱来的，胡乱开了一刀跑路了，白白苦了这孩子。"我的星，你们谁也碰不得！"战到尾声时，她紧抱着孩子，声音叫人撕开了一样。"他也是我的，我也是……""谁跟你说的？"她眼里放出怒火来，贾小开呆住了。"你是说，那个香港人……"两排牙齿咬紧了，偏不解释，偏不让他们心定，偏要将他们在乎的，切成碎末，放到油锅里爆，从什么时候起，他们之间的关系，已经坏成这样了。

蝙蝠衫的钱一收回来，曹琳达就去将钻戒赎回，好在价钱太高，还没有被人买走，只是在当铺里光芒耀眼地展览了几个月她的地下私情而已。贾小开搬去了郊区工厂，说路上太远来回不

---

1 沪语，意为吵架。

方便，其实是什么原因没有人不知道。小罗宋买了一辆簇新的脚踏车，时常停在弄堂外面接曹琳达，说有脚踏车方便，其实方便了什么又有谁不知道？贾太太不太出门了，小恒星有时坐在门口孵一会儿太阳，过了一阵，聋哑学校收了他，就也不大看见了。梅真寻到一份幼儿园的工作，她到底是喜欢小孩。

这一天，华亭路出现一个洋面孔，不是小罗宋，是个不会说中国话的陌生面孔。这个洋面孔眼睛很尖，一个人钻来钻去，东看看西看看，看到柜面上的计算器，示意老板拿给他按，按出一个价钱，又指指牛仔裤。卖的人一看，竟比平日开价要高不少，于是不动声色，买的人更是仿佛占了天大的便宜，彼此心满意足。这个外国“洋葱头”的故事不到饭点就从华亭路这头传到了那头，越传越奇，什么外国落难王子这样佐饭的故事都叫人编出来了。没过多久，这样的洋面孔渐渐多起来，有时一天能见到好几张。那天结完账，曹琳达将腰包里的钱朝小罗宋面前一放。“做什么？”“去读书。”“什么？”小罗宋眼睛睁得那么大，叫她看了好笑。“读书，读英文。”“不是，我……”“你不是外国人吗，外国人不会讲外语你不觉得你自己很奇怪吗？”“曹琳达，你想干吗，直接说。你这样我害怕。”“我想做大。”她把钱向他一推：“帮我做大。”

在别的老板忙着和外国人掰手指头计算器按来按去的时候，星裳的小罗宋已经会用一句“What can I do for you?”将人家到手的生意活生生抢到自己碗里。他又是一张外国面孔，天然的亲切感，进到他们店里的“洋葱头”很快络绎不绝起来，别人就是恨透恨透也只能干看着。没多久，曹琳达又摸到了这里头的门道，外国人最想买的，是“大卡”名牌。她立即去隔壁美美百货下血本买了正卡的回来，和打样的师傅钻研一番，大肆动工起来。

不单是外国人，本地弄堂青年们也在星裳的引领下渐渐知道了，什么叫名牌。即便是郊区加工厂赶制出来的大卡货色，又怎么样呢？上面的标识是一模一样的，价钱么，是美美百货一个零头，反正又没人看得出来，再说了，真要是横下心去美美百货买了，自然是万万横不下心穿戴着去挤公交车的，仍是一场空。这一件事上，无论东西中外，人都是追求实惠的。眼红琳达的自然很多，各路的大卡货色也渐渐多起来，不过总也有好有坏，也分A货B货，曹琳达手里出去的，定规是一丝不苟以假乱真，买的人称心如意，卖的人同样眉开眼笑。潮流就是一阵风，来晚了只能看别人在风中舞，她步子快，乘上了风口，哪怕是一阵邪风。

“哎哟不要客气呀，都是自家人。来来来，拿好，哎，多拿点。”曹家姆妈喜气洋洋分着长生果花生牛轧糖，窗外是零星噼啪鞭炮响。“曹家姆妈，你现在笃定啦，女儿这么会赚钱，你福气真是好！”“哎哟，哪里的话，不过是时代的春风。”“哎哟曹家姆妈，你现在讲话也不一样了哦，像领导人一样的，我们都不好和你比了。”“不要瞎讲，我除了买汏烧[1]，晓得什么呀？来，吃

1 沪语，意为买菜、洗菜、烧菜的家常事务。

糖!”小孩子们开开心心抓着过年的糖，过道里奔来奔去，互相争抢着，吵吵闹闹。听着这吵闹声，曹家姆妈的心忽然又沉下去了。邻家妇人们看出她的心思，纷纷表示要回去准备年夜饭了，说着又抓了几把曹家的长生果，四散而去。

“妈你跟她们瞎说什么?”曹琳达拉上门，将人们探究的目光关在外头。“怎么是瞎说?你现在是好呀，做娘的还不能高兴高兴?就是……就是要是女婿也……”“小恒星，吃奶糖好不好?”小恒星点点头，接过甜甜的奶糖，露出一个甜甜的笑，曹家姆妈望着外孙，满眼疼惜道:“还有没有什么办法想?”“看下来都说恐怕是心理问题。这就不好说了，也许他哪天就开口了。对不对?”她捏捏孩子的脸，孩子不说话。“其实上次的事，你也有错。什么都能胡说，孩子的事怎么能拿来赌气?”“他们这么做，就是欺负我!觉得我没有做母亲的资格?我要叫他知道，他才没有做父亲的资格!平白的，凭什么让我孩子吃这种苦?!”“他是心急啊，才给人骗了。”“他给人骗的还少吗?我这些年东奔西跑，豁出命去挣的那点，差点全毁到他手里，我又说过什么?”“哎，你们生意的事我说不清，就有一条，我总觉得，小开他，人还是好的。你自己想想吧。”“不要再出花头，女婿我认一个就够了。”曹家阿爸缩在沙发里发了一句声音，沙发是曹琳达新买的，今天刚刚送到摆好，深棕色的真皮厚实绵软，在蜡油混合皮革那奇特而簇新的气息里，曹家阿爸又沉默下来，只听到小电视机里扭扭捏捏一个播音员的嗓子诉说着除夕团圆的套头话，曹家姆妈叹了一口气，去拌四喜烤麸。

难得不用开张，难得不用在贾家忙，曹琳达回到自己曾经住过那么久的地方，梦游一样。推开衣橱，还是她当姑娘时的那几件衣裳，一件件摸过去，多少也落了灰，白的泛了黄。那么她自己呢？是不是也同衣裳一样，颜色不再饱满鲜亮？她关上橱门，检查一下镜子里的自己，好像还过得去，可自己常常瞧见自己，是不作数的。得要一个不常见到她的人，忽然地见了，得出的评价才准。更何况，连镜子好像都开始花了，照出来的人仿佛都不太直了，难道她凡胎肉身能比镜子更坚固吗？窗外的树丫光秃秃的，风把曾经柔嫩的蓓蕾都吹不见了，到了明年春天，看似干枯的枝杈又将抽出新芽，重新茂盛起来，只要它的根扎着一天，它就不能不放肆生长一天。曹琳达关了灯，想把那棵老树看得更真。走向窗口时，窗下的路灯还亮着，有个人站在那下面，仰着脸，看向这忽然暗去的窗口。隔着疏落的树影，她仍旧能认出那个人，还和从前一样，就是背弯了一点，头依然那样无望地抬着，嘴角露出似乎不屑实则苦涩的一点点笑，朦朦胧胧地，融进路灯的光晕。阿大呀，他还没有结婚。曹琳达忽然知道了，也许她变了一些，也许她变了很多，但至少在阿大眼里，她永远是一如当年的。

临回贾家前，曹琳达又派了一圈利是，让四邻的孩子们高兴高兴。阿大也站在门口看她。她走过去，塞了一个厚厚的红包在他手心。“这是做什么？”“你忘记啦？从前问你借的，总算连本带利能还你。”阿大推回红包，笑了笑：“过年不作兴讨债，以后再讲。”“这不是讨债，是我自己要给你的。再说你也总有要用钱的时候，要用大钱……”“用大钱做什么？”“成家。也该成家了。”他苦笑一下：“算了，我命不好。”说着，走向小恒星，将他放在自己肩头，向前走去：“阿叔带你骑大马，骑大马，我们回家家。”

“曹阿妹，忙呀？”这天傍晚，袁万元收了铺子，皮笑肉不笑地踱到曹琳达店里来。“袁阿哥来啦，坐，一会儿就算好了，小罗宋给阿哥倒茶。”小罗宋将茶碗往他面前重重一搁，他举起来，眼睛眯着看曹琳达算账，缓缓抿了一口茶，道：“生意炀呀？”“一般性。”曹琳达笑笑。袁万元也笑起来：“跟阿哥就不要说外头话了，阿哥现在是赶不上你了，也不敢赶，毕竟，这个生意好赚，就像山芋好吃，但总归，有点烫手，你说是哦？”曹琳达抬起头来：“阿哥今天是什么风吹来的啦？”“我么，没有什么事情，就来看看你。我不放心你，你要晓得，外面妒忌的人是很多的，虽然现在不大管，但是总归当心点好，小心驶得万年船。”“是的，阿哥你讲得很对。”“哎，我么，还是有几个熟人的，万一有点什么事，我还是说得上几句，这点你放心。不过呢，”他将茶碗盖轻轻在碗沿上转，“你也晓得，亲疏远近，还是很要紧的。人家不认识的，总归帮起忙来，不会太上心。再要是有存了坏心的人，举报一记，那就很讨厌了，你说是不是？所以呢，我想想还是觉得，你现在的处境，有点叫人担心，这才特为过来，关照关照你。”她听了不响，转而笑笑，道：“那要是阿哥出面，事情啊是好办多了？”“我么当然。”“那就这样，”曹琳达朝小罗宋看看，示意他先别响，“我这个生意，最近势头不错，正好也需要有人入股。我这里的货，定规是比外面做得考究，成本也还好，阿哥你加入进来，我们成本还能做低，有钞票，阿拉一道赚。”“爽气。”“厂房不用阿哥操心，我来管，成本对开，只要卖出去，你四我六。”“也没错。”“就是万一有什么，招呼我们一道打，阿哥看怎么样？”袁万元饮尽了杯中茶，“敲定。”他搁下茶碗，神清气爽。曹琳达冲他笑道：“一句闲话。”

“我们自己的生意，凭什么分给他？”小罗宋满不服气，乒乒乓乓关着门板。“你不要看现在我们做得热闹，这个不叫作自己的生意，你晓得哦？”“怎么不算？我外文读得头也要落下来了，你寻面料寻得董家渡比娘家还亲，你自己说说我们容易不容易？外国人还不是冲牢我，冲牢我们货色来的？他姓袁的做过什么？”“我们是大兴货，大兴的，总归是大兴的。”“大兴归大兴，赚进来钞票是真的不就好了？”“小罗宋，你沉住气，总有一天，我们会有自己的生意，到那个时候，他姓袁的只能干看着。”曹琳达朝他挤挤眼睛，他忙跟上去，“讲了半天，到底什么是我们自己的生意？你倒是讲讲清楚。”“现在不和你讲。”“你这个女人可恶得很，快讲，不讲我等下就炸掉铺面。”“神经病，那是你自己的钞票。”“我讲讲的，那你讲呀。”“下趟再讲。”她把他急得眉眼挤成一团，一路气冲冲走出华亭路，她看他这个样子心里暗笑，拿皮包斜地里砸他一记：“回去背英文！”说罢便走开了。

贾小开回来取衣服，这一向天凉了，郊区房子泥墙漏风，有点吃不消。贾家姆妈沉着脸，曹琳达自顾自吃饭菜，小开想说点什么，想想又没说。贾家姆妈先开了口："闹，也要有个头。若凡，这不是别人屋里，你就待在此地。""是他自己要出去的。"曹琳达夹了一筷鳝丝到小恒星碗里。"工厂事情多，我住在那里，省得一趟趟跑，便当点。""你是便当了，别人更便当。"自己的母亲将外头的风言风语一句话扔到眼前，贾小开垂下头，脸涨红起来。"你一天天在外面，我看着心里也烦闷，索性我也随你去，地方要腾就腾腾清爽。""妈也不用说这话，等将来赚了钱，我去雁荡路买一套新式房子孝敬您，再请个娘姨服侍，总归比我服侍得好。快了，先吃饭吧。"贾太太放下筷子，脸和外面的天色一样沉。又起风了，有乒乒乓乓没关好的窗户敲打着的声响。"琳达，你出来。""我在吃饭。""我有话和你说。""工人的账对过了没?"她说了这一句，就没再说话，和她身边的小男孩一齐看着他。他们有着相似的眼睛，两副即便不开口也变幻着千言万语的眼睛，在贾小开面前一高一低排列开，寂寂无声。窗外有孩子疯闹的声音，大概是受了大风的鼓舞，想象自己是一个海上扬帆的好手，一路在风中奔跑怪叫着，那么快活，快活得毫无理由。他想起他为她，为他自己肆意过的那些日子，那里面的两个人，不知去了哪儿，他们面对面相望着，却在彼此生命的热情里彻底缺了席。

雁荡路的房子没有影。也没有娘姨。生意越是闹猛，曹琳达手里流出去的钱越是少起来。往年时节里该添的衣裳用具一样没添，样样式式方方面面都想尽办法克扣。为这个，小罗宋早存了一肚子怨气，几次要和她争，都被她一声不响混过去，直到那天早上，被弄堂口烟纸店的老板吵醒，他慌急慌忙踩着拖鞋奔出去听电话，听到是她，喊他立刻去新开的光安百货门口碰头，要穿最好的衣裳，冲势要足，不知又卖的什么药。挂了电话，急忙奔回家洗脸换衣，发蜡打出一个奶油包头，踩上脚踏车奔赴光安百货。

“等下你不要说话。就稍微笑笑，不要一直笑，看情势，晓得哦?”“不晓得，我不晓得你又要做什么。”“你想不想发财?”“当然。”“那就不要响。你等下一踏进光安百货，就是意大利成衣制造商皮埃尔先生，皮埃尔先生是不会说中国话的，他们万一问你，你也不要多说，最多点点头，yes，yes，听到了哦?”“曹琳达!”“好了不要说了，人来了。”曹琳达将一个拷克箱递到小罗宋手里，他手上一沉，立刻昂起首来，对远处转角而来的人露出浅浅的微笑。

“当心点！不要吃到衣服上!”曹琳达边嗔怪边将一条手绢扔到小罗宋膝上。小罗宋嘴里叼着油炸小黄鱼的面皮，很是不满。“我发现你这个人越来越虚伪了。你以前不是这样的。”“所以我以前给人欺负。”“曹琳达，你知道刚才你谈的那个柜台有多贵吗？这个钱我们可以在华亭路吃下好几个铺面，市口最旺的那种!”“小罗宋，眼睛要往远处看。”“我就是看得远才说这话！那样的柜面，得卖什么价钱才能回本？卖不动，要不了几天，我们这些年就白忙了!”“现在和以前不一样了。以后还要不一样。”“能有什么不一样？我在这里的时间比你长多了，这里一直都是这样，人也一样，他们口袋里掏不出你想要的那些钱！”“那我让你冲势足点，你为什么挑这件出门？”“这件价钱大。”“就是，价钱有时候是可以摆布一个人的。”小罗宋筷子上的小黄鱼停在半空，忽然悟道了，“以后……”“以后，人们会想有钱，也会有钱，而我们，想在前面，走在前面，会比他们更有钱。”她微微笑起来，给他添了一点啤酒，添得有些太满了，雪白一片泡沫，白日梦一般，溢出来。

曹琳达又阔了。这回，她阔得人们心服口服。谁也没想到，看惯了窄弄堂，穿惯了大兴货，习惯了使出浑身解数讨价还价，买回去自己吭哧吭哧剪线头的人，有一天也会开始别起苗头，留心起彼此胸口的品牌标识来。更没人想得到，光安百货这个柜台，她是怎样浑水摸鱼骗到手的。哪里有什么皮埃尔先生，不过脸皮一厚，为了卖正宗货，开个大兴罢了。一样是郊区漏风厂房出来的货色，按电影画报里时新的外国式样设计了，烫烫好，线头剪干净，往冒着冷气的店堂里一挂，标签一贴，灯光一打，踩着高跟鞋子的售货小姐对着来人似笑非笑地唤出一句“欢迎光临”，那么，管它什么出身的衣裳，此时价钱不好好翻几个跟头，是讲不过去的。

见她这般，袁老板也没了意思。这天，许是喝多了两口，他踱到了她的门口，依旧是只有小罗宋在那里招揽生意，她已经有日子不盯这一摊的事了。“哈喽！”袁万元对正还价的外国人喊，笑眯眯拿过对方手里的计算器，按了个20，摆了摆手指，“No, no, no!”，紧接着又按了个 200，笑道：“Yes, yes, 这个价钱才对，人家现在不一样了，you 有所不 know 啊！人家现在是，这个！”他比起一个大拇指，又朝下比去，哈哈一笑，酒气冲头，把个外国人吓得扭头就走。“哎，Mr，哎，Mr 你跑什么呀。小罗宋，”他扭过头去，看着两眼冒火的小罗宋，“我是帮你哦，你晓得的，我是帮你呀。生意呀，要做大，对哦？怎么能贱卖了呢？呵，此一时彼一时。彼时，谁不知道我袁万元是这个！”他对自己比起大拇指，又颓靡地垂下来，“现如今，算什么？万元户？呵。吃利息都吃不过来？呵，这话你信吗？要么，叫人家吃掉，对哦？”他身子一软，扑在他们的货堆上，嘟嘟囔囔：“谁吃谁，还不晓得呢。”小罗宋上前一把抓着他，要往外扔，被袁万元忽地按住了手腕上的脉门。“小赤佬，什么时候轮到你看不起你袁爷爷，啊？我跟你讲，三十年河东，三十年河西，路还长着呢，我有的是时间，有的是耐心，我陪你们，我倒要看看你们。我这块姜……”话音未落，小罗宋已经挣了出去，袁万元失了重心，身子歪斜，撞倒了一堆货，于是索性瘫坐在上头，怪声笑起来，脸色棕里透黑，像一只火候过了头的生煎底子。“袁老板，”小罗宋说，“我原也是要找你的。你也晓得，我们两边要都顾，也难。琳达的意思是，你的生意，我们今后怕是难供了。不过呢，我们也会找个好的加工厂，两边牵线，你去谈。这要分家了，钱上头，我们一定公道。这些日子，也多亏你。这些都是她的原话。她要是在，自己也会这么和你说。从今往后，咱们彼此，互不为难。”袁万元看着他两片嘴唇翻出曹琳达提前关照过的话，木木的，也不笑了，也不发狠了，反倒让人难请他走。看了一会儿，他静静道：“小罗宋啊，你这些年，脑子里过的念头，有几个是你自己的？我有时候，很佩服你。”说罢，他便起身走了出去。

一天的生意又到了快要关张的时刻，这扇门他也许不会再开开关关很多次了，正因心里晓得，关起来，就好像门也变重了一样，赖在手上不愿走。“乒乒乓乓”，四周的门板纷纷关上了，空气里照例漫起了炒菜的香气，他肩上被人一搭，回过头去，看到一个女人热炒小菜般活色生香的脸，这个女人一路急急走来，气息未定，脚步未稳，便等不及要播报她的最新消息：“你晓得哦，刚刚小恒星同我讲话了，他能讲话了！”“哦？他讲什么？”她高兴得胭脂颜色混着本身的血色飞霞满面，“他讲，can I help you?”“他讲什么？”“Can I help you? 他会讲英文，肯定是平时听你吆喝，就和毛毛头时候听我吆喝一样，知道学舌了！小罗宋，你得帮我个忙！”她眼睛里放出这些年来他熟悉不过的光，让人很难回绝。“什么帮忙？自家人，戆哦。”他回道，笑也同门板一样，有些重。

华亭路上袁万元又成了独一家。他酒醒想想，这样也不差，暂放她一马。曹琳达又扩了厂房，请了专门负责广告设计的师傅，去戏剧学校找来几个漂亮姑娘，带到照相馆去拍宣传照，印得一面墙那么大，张贴在门面两边，一路忙得有声有色。小罗宋也没闲着，除了帮忙打点生意，还负责起小恒星的英语辅导，从早到晚不得闲。贾小开人也不大看见，工厂扩张后，要管的人和事就更多了，如今都配起了BB机，不在眼前，也没什么大关系，反正有话，机器一响，彼此也就知道了。梅真偶尔来看看贾太太和小恒星，不是不想看琳达，只因她四处飞奔，应酬多了好几倍，要见着实属不易。自从小恒星开了口，尽管不知出于什么缘由，仍是只说英文不讲中文，但这各自疏离着的一家人，也总算是得到了一剂安慰。哪怕那些疙瘩还是没解开，哪怕也许真的再解不开，凑在一个屋檐过了这么些年，日子总也有些行进下去的惯性。

这天曹琳达难得回了一趟娘家，为的是房子的事。她听到风声，公房可以花钱买产权，立刻让小罗宋抽了现金，去和家里人商量这个事情。说是商量，不如说是通知。曹家姆妈有些惊慌失措，平日给她添些衣裳、家具、电视机，她已经心满意足，忽然间说要花那么一笔钱在她原本就住着的地方上，她怎么想都觉得是上当。“菊芬啊，你做生意，冲冲杀杀不容易，我看，还是算了。我们住在这里，又没有人会赶我们出去，这个钱花得看都看不见啊！”她两只手在围裙上擦擦，摆上碗筷来。曹家阿爸仍旧坐在他那只很是满意的皮沙发上，附和道：“要我说，有这个钞票，不如去买金条。你买一个纸本子，阿是钞票多得用不掉了？”曹琳达不管他们，坐下来开始吃菜：“这个钱我反正是出了，你们不要，那么写我的名字。”“做什么？”曹家阿爸跳起来，皮沙发弹性好，人一下子冲出去，显得很是着急。“你有了两个铜钿就了不得了？要改朝易主把我们两个老的赶出去了？”“谁赶你们了？”“你是我养的我会不知道你？你连自己男人都能赶出去，你还有什么做不出来?”“哎哟少说两句!”曹家姆妈忙上前将他按回去，又赔着笑脸回头向琳达道：“菊芬啊，姆妈不是说你。你这次赌气，也差不多可以了。这都多长时间了，你不心疼，我都心疼，小开人真的不坏。再说，小恒星现在也能开口了，那是好事呀！虽然说的话，我也听不懂……但是，往后……”“往后我挣够了钱，自然会给他寻条路，谁也别想瞧不起我的孩子。我听说，外国人来这里，他们的小孩也要上学……”“你又不是外国人!”曹家阿爸打断她。“什么都能变的。公家的房子，出了钱，就是私人的了。将来，只要出钱，学校也好，国籍也好，方方面面，什么是不能变的?”“菊芬!”“我老早就不叫菊芬了！户口本上就没有这个人。”“发了一点财，连自己是什么人都搞不清楚了。你这个财，不如不发。”话说着，曹家阿爸站起来，走进内屋，关上了门。门缝里透出一点收音机的响声，伶人咿咿呀呀，唱着台上的悲欢离合，给台下悲欢离合的人听。“我主意已定。这房子，你们还是住着，可这房本，我必须得改过来。爸爸姆妈年纪大了，有的事情想不明白，就不要想了。和小开，我也有我的打算。放心好了，总归让你们享福。”曹家姆妈叹了口气，去五斗橱里拿了户口本。

办好交易手续出来，天还早，一桩心事已了，她想偷个懒，换个不一样的身份去商场。平时去是老板，今天做回顾客，一个不准备算账，只想花钱讨自己开心一阵的女人。

她来到珠宝柜台，和以前清一色的赤金足银不同，现在也辟了一片地方专卖款式时髦的珍珠钻石，一排排射灯下白得耀眼。星星散散有几个女人凑前看看，瞄到价签，又故作镇定地走开了，售货小姐露出一个习以为常的微笑谢谢她们的光临，见到曹琳达，又训练有素地一笑，看她能坚持几秒。

曹琳达唤她拿出一只来，灯光下转了转，问她净度多少。售货员棋逢对手，将一排戒指的净度颜色都报了个遍，她挑了一只D色的，郑重其事套进无名指，自语道："就是，小了点。""不小的。更大的也有。"售货员提着钥匙麻利地拧开柜台，摸到一只，"F色，VS，颜色净度稍许差点，但是克拉数大，价钱反倒便宜点。""不要，就要这只，小一点，东西好。"她褪下来，递给售货小姐："给我一个丝绒盒子，包得好一点。"

到郊区工厂要一个多小时路程，定洋洋[1]望着车窗外，看天光一点点消散，路灯一盏盏点起来，又一盏盏稀疏起来。树木开始变多，矮矮的灌木丛，泥地里挣出来，竭尽全力生长着，一片野花挤压着另一片，无人修剪，却有着异样的茂盛。天越暗下去，月光越清明。这是一个云朵稀疏的夜晚，一切都那么安安静静明明白白。她把皮包放在膝盖上，一双手按着，那只小小的戒指盒就在她手心，在车辆的颠簸中，显得那么安稳，好像把一切飘忽不定的，都落到了她的膝面。她感到一阵轻松，就快到了，她拼了这么久，想要的东西，就快拿到了。

厂房的灯还亮着，也许是在吃晚饭吧。她知道自己一向有

---

1 沪语，形容目光愣愣地。

些霸道，争吵分居也好，久违相见也好，都由不得他做主。他的世界，她说来就来了，哪有什么道理可言。何况这样一个清明的月夜，生来就是供旧人们话衷肠的。

“还以为你不来了。”“路上车子堵。”“最近是不是太忙？好像瘦了点。”“还好。”“小恒星好吗？我姆妈呢？”“都好。小恒星现在外文学得很快，你姆妈看着也高兴。”“好。”说罢，他又不响了。又是那个疙瘩在作祟吧。她也沉默了一会儿，又道：“我带了你要的东西来。”从包里翻出来，他看了看，长叹一声：“有时我真觉得自己不晓得是怎么了，昏了头，真是昏了头。”“怎么这么说呢？”“原来不该是这样的。原来，原来我该照顾你的。现在却成了你照顾我。”“若凡哥哥……你不要这么想。”

她立在门边，听到这里，胸口已经灼得没有一片好处。她才是昏了头，想什么破镜重圆，人家才是破镜重圆，叫她打破了的。她转身要走，包里隐约咯噔一下，是首饰盒子挪动身子，她这才想起了它，耳边嗡嗡的，像掉进了蜂巢。小一点就小一点，小一点有小一点的好。可是曹琳达，即使到了今天，即使是你自己亲手挣到的精美世界，你竟也不配？她这样问着自己，尘封的伤口沥出血来。该走去哪儿？去一个僻静的地方让年岁流空她的血，还是去急救病房让人给她打上一剂麻药再剪开这伤口瞧个明白？不，她都不要。一路都这么走来了，此刻，她不想再狠心控制自己的感受，去做那个打不倒的曹琳达。不做老板，只做顾客，不准备赔笑，只想把脸色如此刻月色般明明白白挂在脸上。

“梅真，你过来一下。”她从暗影里走出来，将眼前两人的讶异与窘迫尽收眼底。“琳达，我……我想你误会了。”“是我托她带东西来的。”梅真刚开口，贾小开便向前一步，挡在她前头。呵，琳达心中冷笑，这么多年，竟像是陌生人一般，用这样市井悍妇的路数去想她。也好。正好。她上前几步，看着小开，从包里摸出那个首饰盒来，向梅真道：“我没有误会你。是你们误会我了。我一点不怨，原该你们怨我，不是吗?”“琳达……”“这里头的东西，是我自己一分一毛赚来的，送你了。挡在你前面的这个人，今后，就由你照顾了。”梅真哭着去推，被她强握在手心，贾小开愣在那里，看她转身，快步离去。空荡荡的工厂大门，月亮刚刚走到高高的气窗上，原本该是明朗的光辉，可气窗太高，很久没擦，月色也模糊起来。

如今自己造得了星，又怎样?世间花草再纷繁，又如何?始终没有一件是自己的。回去的路上，她依旧把皮包按在膝头，车身颠簸，掌心空空。路边的景色体贴人心般的，从荒芜，渐次转向了热闹，行人和灯火一多，她的眼睛就满了，原该眼泪的地盘，这会儿又应接不暇起来。上海，好在热闹，不过，还是不够，要更多的高楼，更多的人声，更多世事更迭的喧哗，才能抵得住她心上轰然裂开的峡谷。这么想着，想着，她想到了另一个让人眼里挤到容不下半滴眼泪的城市。

回到家中，一切安宁。有那么片刻，她觉得刚才下的决心全不作数，只不过是去看一场戏，想不到一个追光灯打到观众身上，不由自主站起来，配合那剧本发挥了几句，为的是说得过去罢了。等到坐下了，收了光，一切又和从前一样，不过戏一场。小恒星睡在他恩奶身旁，手里抱着他的蓝色小熊，那是洋细米送他的吧？这个小姑娘，人不漂亮，倒蛮会笼络人心，和她姆妈一样。可是假如刚才不是一场戏，认了真，下一幕怎么办？不知道。后面的台词她还没想好。也许小恒星不能再和蓝色小熊的主人做邻居了，很多事情都要变，很多事情本来就在变，一直没有停下过，只是人没有去看。看着眼前仍旧寂静安宁的一切，她胸口升起一股冷气。她的过去是死了，她的未来还要活，不仅如此，还要活得姿态昂扬，她一向是这样。唯一不变的，是她自己的主张。

静悄悄地，她趁着夜色出走，去弄堂口打了一个电话。烟纸店老板一脸倦意又不失好奇地望了她几眼，她别过身去，压低嗓子对寻呼台说："告诉机主，让他回来，我走。"挂掉电话，硬币没拿稳，顺着玻璃桌面滚落下去，烟纸店老板弯身去捡，看到她高跟鞋上沾着泥草，像是刚打哪片荒芜田地一路走来。鞋的主人说"不好意思"，声音也是田野上的薄雾，轻轻抖动，模糊了时空。话音未落，鞋跟抬起，她就离开了这里。他拾着硬币立起身来，眼前还是黑漆漆的夜。

原是为着她身体好，讨的她。结果她身体如贾太太预想的一样好，只是没想到，自己的身体却被他们这一场离异气伤不少。身体好，不见得就白头到老。不过是她自己丈夫早亡孤苦无依的心结，找了这个年轻女人来解。如今的曹琳达也不年轻了，臂膀粗了一些，说话的语气也不似过去那样娇媚，手上有了自己的钱，看人的眼神，走路的腰身都直笔笔起来。即使在闹离婚的那些日子，她的委屈看起来也是理直气壮，不太动人的。

都说算啦，这么些年啦，孩子这样大了，多少事都过来了。曹家姆妈和贾家姆妈也难得地同声同气，这令她们彼此也感到有些不习惯，不过为了共同的目的，暂时的结盟是必须的。毕竟结婚这种事，在老派女人眼里，是宁可错结一百，不可放过一对，离了婚还了得？仿佛她是一只动物园的猛兽，须得关在狮虎山吃家养肉鸡天下才太平，一旦失了管控，不如击毙。

只有小恒星什么也没说，也许是和从前一样，不愿意评说这个世界，只看着，看他们热闹纷呈，人来人往，你一言我一语，好像这样就能改变什么一样。他抱紧蓝熊在胸口，像是知道有什么要发生，又懒得去管，一个孩子的内心往往是最澄澈冷静的。

一个夏天七零八落就这么过去了，一家人心猿意马，那一点热度终究随着窗外的气温一点点飘散，消失在秋天清冷的星月里。贾太太近来咳嗽得紧，中西医都看过，总不见好，以前也没有过。贾小开守在边上剥杏仁，越听心越堵，将原先摆在那里的一点歉意与旧情赶了出去，求她的话也不提了。就是小恒星，也没有怎么同她争，这叫她彻底寒了心。

曹琳达收拾了一箱衣裳，拖到弄堂口，看到小罗宋踩在黄鱼车上朝她招手，白他一眼，奋力扔了上去，长叹一声：“这么多年，我还坐在这短命的黄鱼车上！”小罗宋笑道：“怕你东西多，差头[1]放不下，还是这个老家伙实用。怎么，发了财看不起陪你发财的了？”“我能看不起谁？现在我回娘家，多少人准备着看不起我呢！”“你会怕那些？坐稳了吗？”“行了，走吧！”“哎！”车子随着小罗宋的背脊扭动，向前行进起来，眼前的街景一点点加速，逆着她的方向而去：拎着小菜与孩子的妇人，躺椅张在弄堂口的老人，临街门洞里写作业的学生，太阳底下摆修鞋摊头的匠人，他们一个接一个，在她的眼里按下一张张快门，咔嚓，咔嚓，也不知是黄鱼车的链条绞着轮盘，还是眼前图景绞着碎裂的心，一声声怪响着。她不喜欢听，便闭上了眼睛，扔下脑中只会记录过去的照相机，不再预备拿去冲洗。

“阿大，乃么侬福气来了。”这么嬉皮笑脸说的人，都叫阿大请客吃了头塌，于是不大敢说，只是笑，笑总是可以的。阿大心里也想过他们寻开心说的话，想起来脸上也浮着一点笑意，也就随便他们去了。

他远远就听到黄鱼车停下的声音，冲下楼去帮忙，琳达看见他，倒似乎很诧异似的：“阿大，你怎么晓得我在这里呀？”“我……”他有几句想了好多天的话，这时候看见了握着笼头的小罗宋，一下子说不出来，恨不能请这个外国面孔也吃个头塌。“正好，你帮我一道搬搬，小罗宋，你可以回去了，那个设计商标的人，盯一盯，这个钞票我们出了要看到效果……”“晓

---

1 沪语，意为出租车。

得了，又不急这一会儿，我帮你搬上去。”小罗宋停了车，提起她的行李，朝阿大瞟一眼，跟着她上了楼。一路里两人商量着图形要怎样，颜色要怎样，阿大跟在后头吃着脚底下的灰，心里吃不准他们两个到底怎样。

“爸爸，姆妈，小恒星，我回来了。”她额头细细出着汗，她阿爸低头看报纸，她姆妈笑得有点尴尬，小恒星把蓝熊放在桌子对面，假装是个对手，正在静静地和自己比赛玩游戏棒。“这是小罗宋，你们都看见过的，他帮我把东西搬回来。小恒星，喊人呀。”“Uncle.”小恒星挑到了一根二十分的，脸上有了一丝笑容，很快又灭了。“你现在帮手很多。”曹家阿爸说，曹家姆妈上前招呼：“来，进来坐一会儿，喝点茶，一路拎上来多少吃力。阿大，你也进来。”“我不吃力，他吃力。你们喝，我先走了。”阿大说着，撤出了曹家姆妈勉为其难的邀约。曹琳达朝小罗宋横了横眼睛，意思是“这是你自己作的”，便率先进了屋，小罗宋也只好硬着头皮跟进去，勉强看了一阵曹家阿爸的鼻子眼睛，又陪小恒星玩了几盘飞行棋，复习了上次教给他的英语对话，终于在开饭前借荫头[1]溜了出来，松了口气跑到楼下，黄鱼车却被不知哪个赤佬放了气。大约，也知道是哪个赤佬。

楼里的人看到曹琳达总是笑笑，不管结婚离婚，她总归今非昔比，至少足够让人沉住气，将对她的挑剔关上门去再讲，这就可以了。没过多久，就是中秋，曹琳达说，一家人团圆不新

1 沪语，意为寻着借口。

鲜，要家家户户一道团圆，才热闹美满。这话她不白说，相熟一些的人家都收到了她的邀约，去外滩边上新开的餐厅吃自助餐。这是一件楼里老老少少没人经历过的新鲜事，往日进馆子，点的菜总是有限，至多遇上吃谁家的喜酒，菜色满满一桌，已经令人满心欢喜。有消息灵通的事先探得，那簇新的自助餐厅里，不是满满一桌的问题，是满满一厅，应有尽有，中西合璧，全不限量。这描述中的满汉全席还没吃到肚里，人们已经展开了无限的遐想，立誓要将自己平素最爱的菜色吃个够本，何况这个“本”，本来就是曹琳达出的，那么此时对店家的不客气便是对请客者的客气。本着这样的想法，中秋自助餐宴的前一天，楼里便传起了哪几家的青年已经开始饿肚皮专等这一顿的新闻来。

到了这一天，楼下人头攒动，阿大帮着在路口拦出租车，一车车往自助餐厅送，轮到的人家笑着推让，边推边来不及地向外走。尽管谁都知道是假模假式，可是若不摆一摆样子，未免太不礼貌。琳达提前到了餐厅门口，笑眯眯迎着，仿佛来的不是一个个人，一张张要吃她的嘴，而是一沓沓钞票，一车车未来。

“戆大！色拉里面都是珍珠米，值几个钱？”有人拍拍阿大的肩膀，“喏，看到哦，像这样才吃回本钱！”那人将一盘子牛排在阿大下巴底下晃了晃，又凑近，压低了嗓子：“你们菊芬，哦，琳达，这次大开销了，说不定，是想请你吃饭，不好意思，捎带上我们。等一歇吃好，外面月亮这么大，黄浦江边上荡荡，对哦？你也争气点，早点两个人请阿拉再吃一顿，圆台面的。”他敲敲阿大的胳膊肘，给他一个神秘的微笑，又意气风发地向那头的鲜奶蛋糕进军了。

阿大端着满满一盘珍珠米，在就近的椅子上坐下来。琳达在眼前不远处的冷盘区同邻人们打招呼，夸夸这家媳妇的纱巾好看，捏捏那家小孩的脸。他叉起一勺珍珠米，金黄的珍珠米从银光闪闪的叉子缝隙纷纷掉落回盘子去，叉上不剩几颗。琳达在笑，像是望向他，又像是望向这一片所有的人，她独有的那种，对眼前一切了如指掌似的笑，微微的，却足够笃定，眼睛又黑又沉，放出一个锚，将眼前这艘船牢牢定在自己身边。他低下头，一颗接一颗叉起他的珍珠米，怕她不是单对自己笑，朝她看的眼睛成了笑话。

“喏。”一个盘子摆在他面前，里面是各色冷切肉和奶酪。“我倒不晓得你这些年做起和尚来了。”一个身影袅袅地在他对面坐下。其实和过去比，还是缺失了几分姿态颜色，不过在他余光里，什么都没变。

“我不抢，抢的不香。”“不用抢，端到你面前。”她轻轻一推盘子，他抬起头来，一向倔强的嘴角忍不住向上了几度，“你怎么想起来大请客的？我看这里，这点灯光，这点音乐，这么些吃的，你要卖多少件衣服才能请这么多人？”“看不出你倒也会算账。放心，我现在衣服卖得出价钱，不过呢，成本开销也大，人又不够，要扩张，要请人，一动，都是钞票。”“那你还……”“我新看中几个柜台，价钱都不小。”她好像很饿似的，很快将自己面前的盘子吃空了一半。“菊芬……你如果缺钞票……”听到这话，她抬起头，饶有兴致地看着他：“我要是缺钞票么哪能？”“我这些年……”她笑起来，打散了他鼓起的勇气。“你又要拿一只存折本子给我？阿大，我是做生意，不是拦路抢劫。”他又进嘴里的冷切肉混着奶酪，在齿间绵密混裹着，一时说不出话。“多吃点。”她将自己盘里没有动过的牛排叉到他盘子里。“吃了我的饭，就是我的人。”那抛出船锚似的笑又在她脸上浮现起来。奶酪复杂的香气有些阻塞了他的呼吸，他常年干燥的眼睛因为一时的气息停顿竟有些酸楚湿润起来。“这里坐着的，都是我的人。”她说道，又起身，去拿食物了。

这一晚的月亮如人们所愿的那样明亮，那样圆。夜风徐徐，吹来江水潮湿的气息，贴在人面颊上，像一剂镇静剂，僵固了过去的懊恼与未来的心焦，月色下流动的，只有此刻。人们在这里，左边是百年前辉煌灿烂的浦西建筑，右边是尚漆黑苍茫的浦东田地，生在此地，长在此地，也将终于此地，没有来由，没有因果，没有关系，他们只是自自然然的天地间一抹挨着一抹的流光，有的依偎在情人堤，有的独步在时光里，还有的，腰间撑满了新到来的食物，脸上满溢着饱足后的慵懒，一个跟着一个，散步在这月亮底下。他们是这样一支奇异的队伍，散发着神勇气息的游兵散将，时而歌唱，时而说笑，在亘古不变的月光里行进，仗着畅饮低度酒精赋予的豪气，去争一个朝夕，曹琳达许诺的朝夕。

“黄万国[1]！我四眼今天不睡觉也要排到你！”平日话最少的

---

1 指上海广东路上的万国证券黄浦营业部，是第一家全国性证券营业部，率先开办异地买卖深圳股票业务。

人也不禁对着月亮许下了誓言。

广东路是没有夜晚的。聚集在这里的人和他们口中热烈的言语一起，充斥着这一方空气，异样的气息，兴奋剂的气息。人、板凳、书本、砖块，在这里地位相当，都是用来占据空间的物件，区别在于，人更牢靠，他们因为彼此相斥，形成了一股阻力，反得以相互牵制，于漆黑天地间，一心一意固守这片街角。

小木匠和老光棍排的地方刚好有只消防栓，他们背对背靠在那上头，不大觉得吃力，便有一搭没一顿地聊起来。“我就晓得，这个饭不好吃。”“小木匠，你这个话就没良心。刚刚我看你吃得不是蛮起劲？一盘接一盘，像闹了饥荒一样。”“我那是……捧场呀。现在好了，吃了人家的，回头的话也说不出。”“有什么呢，譬如荡荡马路，乘乘风凉，消消食，顺便么，赚点外快。”老光棍一只手搭在坟起的肚皮上，仿佛里面装着什么宝贝，他自己就是自己的宝贝。小木匠眼中忽然闪过一道尚未被食物消磨的光，扭头对老光棍道：“哎，你说，我们一样排了，自己买不好吗？”“我看你真是吃饱了。”老光棍冷笑一声，“这是股票，本息不保。你口袋里多少钞票经得起折腾？”“我藏了一点铜钿。”“此地排的是深圳股票，深圳，你去过吗？那里的公司，你晓得什么情况吗？”小木匠摇摇头，老光棍感到满意，继续发表他的演讲：“告诉你，前阵子跌得屋里寻不到！呵，广播里喊了多少遍，入市需谨慎！现在又发神经一样要排队领委托编号，这叫什么？这叫赌。明天哪，哼，我看也说不好。”小木匠听了不响，周围不相识的却不服气了，转过身来：“哎，朋友，排队归排队，不要触霉头好哦?”“哎哟，朋友，不好意思，我是劝他，没有说你的意思。”“股票市场，自由交易，小兄弟，你不要听他的，万事自己主张。”小木匠眼睛又活起来：“那么你怎么看呢?”“涨啊!”那人道，“别的不说，你看看这里多少人要往里冲，宁愿睡马路也要排在这里，你说，大家都冲进去，涨不涨?”“听到哦?”小木匠兴奋地朝老光棍斜斜眼睛，仿佛刚才是他本人发表的高见。“不过呢，”那人又说，“委托额度一般人也达不到，只能看着人家赚钞票。”“额度多少?”那人冲小木匠伸出一只手，晃了晃。“五百?”“加两只零，小兄弟。”“多少?!”小木匠和老光棍的眼睛被这数字里一串零挤得鼓起来，心底倒吸一口冷气，甜蜜蜜凉丝丝的秋夜的冷气，有点桂花香。

“你刚才不是还说生意上缺钱?”阿大给排队的邻人们发了汽水，走到琳达身边坐下。“做生意，哪有不缺钱的。正是因为缺，所以要去博。”琳达拿起自己的汽水，也不是喝，就是心神不定，咬着吸管看“黄万国”招牌上的灯，一双眼睛映得锃亮。“问人借钱了?”“不要你管。”“刺溜溜”，她吸起汽水，无数气泡轻轻炸开。“菊芬……我，我就是想说，现在这样，也蛮好的。你生意也蛮好，房子也买了，就是那个人让你不开心，现在也一个人了，你大可以做些稳妥的，哪怕钱少一点的，至少我帮得了你的……”“你现在就在帮我。他们都在帮我。阿大，不要瞎操心了，输赢是我自己的。你们帮我排队拿名额，不管买到是涨是跌，这个辛苦费我不会拖欠的。”他也拿起汽水，不出声了。她离开他住的这栋楼很久了，颈上那点头发卷了直，直了又烫卷，发梢枯萎，又剪去，是寸寸光阴。他还认得她吗？蜕了一层又一层壳，总还不满意眼前的样子，全身心要向外涌，再蜕一次，再一次，也不晓得疼。他坐在她边上，陪她看那块招牌上的灯，和从前一样，想买一块粢饭糕，挂在她门把手上，热气腾腾，省得她出门。“万一跌了呢？”他终于问。她愣了一下，笑笑，安慰他道：“不会的。”

曹琳达抵押房产并上生意的钱买的深圳股票，不到年底就翻了一个跟头。她当机立断卖出手，又扩了工厂，租了新柜台。为她彻夜排队的，除了阿大，如今看见她，无不笑得咬牙切齿，阿大总算替她松下一口气来。就是小木匠看不大到了，听说十月份他终于七拼八凑借够钱冲进去，涨得眼冒金星，没能及时逃出来，后来人就躲起来了，也不知去了哪里，只有讨债的隔三岔五要来楼里泼一遍油漆。

入了冬，贾太太的病眼看重起来。说想看看孙子，说着说着，眼泪滚下来。小开守在跟前，知道再怎么请人开方，大约也是没有用了。“你就去，说是我说的，让他来住一阵，陪陪恩奶。”顿了顿，她又道，“她要是不愿意，你就跟她讲，不是为我，是为她自己。享了福，也要积善积德，譬如她做善事。也麻烦不了她多久，我能有多少日子……”“姆妈你不要瞎想。”梅真伸出手，轻轻搭在贾太太日渐枯槁的手上，她无名指上的钻戒，闪着光。

只是隔了一个秋天，再回到这条弄堂，却好像有些认不出了。过去总和她打招呼的那几家媳妇，如今看到她只是笑笑，不出声，上下嘴唇抿得那样紧，像是怕有话突破防线似的，一转身就进屋去了。山东大姆妈横着扫帚坐在矮石凳上撕一只柿子的皮，一抬头望见曹琳达拎着小恒星的手往这边走，“哎哟，小小开回来啦?”她伸出手向小恒星招呼，手指上挂着几丝柿子皮，和她脸上的褶子一样疲软温柔。以前还没有这样见老，以前她舞起扫把像舞一阵风，谁都见不到风，风却窥见岁月匆匆而过的足迹，那些脚步不管不顾地迎风而来，又垂头丧气随风而去。“山东大姆妈，好呀。”“好，好。”她笑起来，露出开始稀疏的牙，曹琳达心酸起来，倒不是为她，她是想起她自己，她牵着小恒星，一边走，一边想起了自己。在很多很多的时间里，有很多很多的事布满了她的思绪，唯独没有她自己。她想到了她的脚，她的脚在夏天叫风凉皮鞋磨破了，因为有那么一场要紧的展销会，须得来回奔忙，现在还留着淡淡的痕迹在后跟上；她想到了她的脖子，每天夜里算完了账又去画K线图，吹了凉风，落了枕，几个月了，没有时间去看跌打医生；她想起了她的手腕，一个没有领到委托编号的陌生男人拧了她的手腕，想抢过她刚到手的来泄恨，她死死攥着，来不及觉得疼。她呀，她在她的路上狠命消磨着自己，如同每一个出身平凡的人。

山东大姆妈给了小恒星一把枣，他手小，任她再怎么热心也握不了几颗，小心捧了，跟在自己姆妈身后，往那熟悉的从前走去。一缕鹅黄的丝巾从那扇门里飘扬出来一点，紧接着是一张素净的鹅蛋脸，脸上两股清泉似的眼睛流过一丝凉凉的闪光，垂下去一点，一种沉默的致意，梅孃孃和她的丝巾又消失在了门后。

恩奶剩了个壳。像夏天结束时，从树冠落下的虫子那样，四肢枯萎，还能动，还朝来的人们微微张扬着，但每个路过的孩子都晓得，它的日子不长了。小恒星朝她走去，她的手从绣着凤的丝绸被面里伸出来。“过来，过来，我的孙，过来，恩奶看看。”他不说话，走过去，看着被面上的凤，伸出手去，轻轻摸着，好像它是恩奶柔软的翼。“叫恩奶。”琳达轻声催他。他不响。“不叫。”贾太太微微抖着一双手，捋了捋自己的头发，“他不想说话，就不说话，对不对?”小恒星点点头，把脸埋在金线绣凤的羽翼里，抱住了那一双逐渐消失了筋肉的腿。她刚刚捋进耳后的发丝，因为情绪的波动而张扬开来，在她苍老的脸颊投下几缕温柔的影。“好看，对不对?”“嗯。”她的手抚在他的后脑勺，眼泪扑簌簌向下落，“以后呀，等恩奶……睡着了，会有很多很多，红的呀，青的呀，紫的，金的，各种各样的，绣着花儿呀，鸟呀，龙飞凤舞，你想得到的，顶精致的，他们都会给我送来，那才叫好看呢，恩奶呀，都给你，都给我的小恒星。”

冬天和冬天照理说是没有什么不一样的。万物一样萧瑟，路上行人一样缩着颈脖，厚厚门帘一样打着来人的脸，北风一样地不由分说，缺乏感情。小恒星坐在那里，手里抱着小蓝熊，洋细米坐在他边上，她姆妈和他姆妈讲话，她手上摆弄着小黄花。“你再和我说说，刚才那个单词，怎么念来着？呆，是呆吗?”他不接她的话。“怎么了？又发呆啦?”她小小的腮帮鼓起来，表示对他的不满。“不教就不教，反正你回来这段时间，我已经学了好多了！期末考试，我英文拿了第一呢。姆妈说，拿了第一，就带我去‘凯司令’。我要吃那么大的栗子蛋糕，像月亮那么大，那么圆。我还要买一条谁都没有见过的公主裙，那么白，那么轻，转起来，就好像月亮，我就在月亮的中间……哎，你说，我在月亮的中间好不好?”他呆望着眼前一方水泥地，有一排蚂蚁缓缓路过。忽然，一只小棉皮鞋踏上那排蚂蚁的头顶，将它们捻了个干净。“No!”他举起蓝色小布熊，蒙在自己眼前。“小恒星，和你说话呢！怎么不理人呢！你恩奶死了，你又没死!”“哎哟囡囡!”洋细米的姆妈听声，赶紧冲过来拉开她，连连赔不是。“人总归要死的!”洋细米还不服气地尖叫着，“菜也死，肉也死，你和我，月亮，太阳，都会死!”她一路怪叫，一路被她姆妈拖远去了。

冬天，已经是冬天了，停放恩奶的灵柩下还是摞着冰，幽幽寒气和人嘴里的白气，一起搅成轻烟，从一张人的脸飘散到另一张，一张都不放过，在他们心间投下一抹霜白。当人们日后回想起贾太太，别的印象也许疏淡，唯有她一辈子油光水滑的鬓边，永远叫人忘不了，她拿它提醒了人一辈子，她也是大户人家出来的。各色绸缎累成小山，琥珀，秋香，鸦青，姜黄，织龙绣凤，花草烂漫，和她许诺的，一模一样。于是她便变轻了，在这个世上，没有什么相欠的了。

冬天，冰也会化，因为有祭奠她的活人，腔子里散出哀痛的热气，在这宇宙洪荒的寂寂一方。

一切妥当。临行前，梅真唤住小恒星，抱在心口，脸贴着他的，像一块缎子，在他脸上揉过，又松开了。她是真的喜欢这孩子，大概她的东西，她都喜欢。这念头蓦地闪过，又扔到脑后去，琳达对若凡说：“我会让他时常回来的，礼拜天，只要我有空。”他腰上还系着白麻，眼睛还红着，两肩下坠。从前，他们去照相馆，租一件白纱来证明彼此的约定，那时他的眼睛是清亮的，盈盈的，都是向前望的气力。他个子高，她偷偷在裙摆里踩着一块儿木板，想与他比肩。拍照的人说，新娘子，要矮过新郎官一点，才好看。收去木板。她又匆忙找了一双高跟鞋换上，总算不比他低几分。这个不是顶如意的男人，叫她心里怎能不较着几分？可如今，昔日的新人，成了故人，那故人，又成了身边的新人。不较了，有什么呢，不过是匆忙而过的人，竟也为他痴笑痴恨一阵。“爸。”“哎！”他忽地蹲下身，捏着这个孩子，那么近，那么近看着他眼睛，灰棕色的眼眸，里面长着细细密密小树林。像他呀，怎么不像？他觉得自己在那丛林里走失了，把一切都搞混了，太阳不再升起，泉水忘了叮咚，他双脚泥泞，行囊散落，找不回初入这片绿影的心情。这片绿影，随着日头西下，渐渐失去了它温润的色泽，发灰，发黄，发苦，发涩，像他母亲的身体那样干瘦下去，成了一小把灰棕，起先还有余温，后来也就凉了，再也触不到了，他的前半生，就这样离他而去，真想紧紧将他埋在胸口，从此不放手，无论他是真实，还是幻影。“Bye.”他说，睫毛用一种略为惊异生疏的表情眨动着。“你说什么？”“他说再会。你听错了。”琳达回答他。那树林一丛接一丛，在他面前合上，即使伸手，也抓不回什么，一段旅程，告一段落。

她牵起孩子的手，向若凡和梅真点点头，她看见梅真的鬓角梳得很光溜，忽然就安心了。好像这里，一切都未曾改变，只是她这个人，不讲道理，不论先后，入侵了一阵。贾太太没有死，她就在若凡身边站着，以更年轻的形态，她会永远在他身边。琳达笑了笑，带着孩子走了。

“我凭什么走啊？一个月八百块硬碰硬摸出来！朋友，你当是锡箔灰？”小罗宋索性将脚一抬，翘到电脑桌上，横竖是不走了。“我说这位朋友，大家发点财都不容易，您多包涵，我们这儿实在是中午要做生意……”“什么生意比我看盘要紧！”“这不是中午收市了嘛，我们饭店……”“哎哟，我说是什么人呢，原来是这位少爷。”一个熟悉的声音打断了工作人员的解释，小罗宋斜眼看去，果然是他。“袁老板，你也在啊？”“我是赶不上你们喽，跟在后头，随便看看。”袁万元新配了一副眼镜，大约是为了看数字更精准，金丝边和他笑起来两眼尾的纹路夹杂在一块儿，显得他的眼神更矛盾而莫测，圆滑中带着尖锐，是一种后退的锋利，老道的蓬勃。他这一笑，仿佛在宣告，姓袁的，从未离场。“随便看看？”“随便看看。”“袁老板就是袁老板，随便看看一个月八百块洋钿。生意炀啊！”“华亭路怎么炀得过高档商场？还是你们小青年有魄力，有冲劲，我老了，拼不过了。”“两位大户，可不可以请外面谈？我们此地要做午市生意了。”袁万元对工作人员的打断感到不耐烦，挥手道："我知道你们的生意，问你们饭店借的地方嘛，这样，我们两个就在此地吃饭，吃饭总可以谈天吧？"那人听了连连赔笑，"可以可以，我领二位入座，二位慢谈。"袁万元转头对小罗宋微微一笑："怎么样，小老弟，陪阿哥喝一盅。"

"这些年，你的不容易，自己不觉得，我一个旁人，替你看在眼里。"袁万元给他斟上一杯，小罗宋摆手："中午就算了，一会儿还要看盘。"袁万元愣了一秒，眼睛往下耷的眼皮里后退几分，用一种仿佛事不关己的口吻道："盘么，看不看都不会由着人的眼睛走，它有自己的道理。""袁老板，你不看？你不看的话，一个月八百块大户室的钱不是白白丢进黄浦江？""我反正赚到了，我自己的钱，爱怎么糟蹋怎么糟蹋。人就是活这一份底气，你晓得哦？"他自饮了一杯。"还有人专和自己的钱作对的？"小罗宋嘴角一斜，开始吃菜。"你说到点子了，小罗宋，自己的钱，最关键是自己的钱。"小罗宋嚼着红烧肉，不抬头。"你们两个，究竟是合伙，还是一个给另一个做长工，说实话，我是看不懂。"小罗宋拿起刚才推开的酒杯，一仰脖。"不过呢，你自己懂就好。阿弟，你是聪明人，好酒好菜摆在面前，不要白白浪费了。"袁万元又给他满上一盅。"什么事情，都要做在别人前头。就譬如说，别人不敢做个体户的时候，我敢，别人不敢买认购证，我买！你看看楼下那些蚂蚁一样的人，为什么他们不能坐在此地而我能？道理我懂，你更懂。做大事，要有点狠心。占先机是一，更要紧是这双脚，"袁万元从砂锅里夹起一只鸡翅膀送到小罗宋碗里，“绝不站在原地一动不动。”

“袁老板，”小罗宋啃了一口翅膀，又去夹菜，“吃饭就吃饭。”“吃饭，”袁万元笑笑，“谁说不是吃饭。”

回去的时候，小罗宋单点了一份糟三样，带给曹琳达。“给阿爸过老酒。”“喊得这样亲热，你自己送给他去。”“我不敢。还没走到门口，先来个门神给我挡住，你们庙里佛多，我气门芯少，惹不起。”他眉头一皱，她便笑起来：“这又是胡说，你几时怕过什么?”“拿好。”他将打包盒往她手里一放：“别的都不怕，只怕一片好心白白丢进黄浦江。”这话旁人听着淡，于他们却不然。几年前的那颗土制炸弹，历经了岁月的冲刷，没人知道它是在苏州河底生了根，还是缓缓移到了黄浦江，只有两个当事的人，眼睛里隐隐埋着几欲点燃的火光，经年不灭。“丢它做什么，我向来小气。”曹琳达接过那盒子，往胸前一捧。

“借给她做什么？你傻啊？挑她发财挑出瘾了？我们自己去！”四眼的妻也是近视眼，每每人说他们两个人有八只眼睛，她都要立起她的那四只来，唬走那些寻开心的人，这会儿也立得很是昂扬。“你晓得什么，去深圳的火车票都炒上天了！”四眼翻出了自己身份证，又去翻她的。“我倒奇怪了，我嫁的是个男人还是纸糊的玩意儿？炒上天说明什么？说明这认购证有得赚！这点道理你都看不明白？别翻了！”她整个身子挺过去，挡着他，“我告诉你，你不去，我自己去！靠你那点死工资，这辈子都别想有出头的日子！”“三百块。”“什么三百块?”“火车票。”他从来不和她吵，他晓得怎样在火苗上泼冷水。“火车票不是十几块，二十块吗？”“有三百块也未必买得到，还得有边防证，不是你想的这么简单。这还是眼前的情形，到了那里会怎样，谁能打包票？”“三百块。”她坐下来。“我一个月工资才多少？现在身份证借给她，小半个月工资立刻就能拿到，赚点小菜铜钿，不好吗？”他观察着她的脸色。“曹菊芬，这个女人，”她忽然笑起来，“有魄力。真的，比你们男人还有魄力。”“那我送过去了啊。一会儿就带钞票回来。”他赶紧拿了她的身份证，并上自己的，准备出门去。“四眼。”她唤住他。“做什么？”他回过头，四只眼睛懵懵懂懂看向她，她摇摇头：“你是个老实人。”

搜集了楼上楼下一沓身份证，曹琳达又派出小罗宋，从华亭路头花[1]到华亭路尾，多多少少缴获一些，凑在一起，也有上百张，灯光下一字摊开，各色人头像对着未知的前方客客气气地笑着，谁能知道前头是什么呢？总是笑笑再说。“我都打听好了，一张身份证可以买一张认购证，一个人最多拿十张身份证，我们两个，是二十张，这里还有许多。”“叫上阿大。”“他？”小罗宋眼睛往天花板飞去，脊背贴在墙上，拿起一瓶冰镇汽水吸起来，“火车票可贵得很。”“他靠得住。”他继续喝汽水，不接她的话。“就和你一样。”听了这话，他搁下汽水，索性走远了。

三张火车票，被汗津津的手捏得发皱，火车站的人，与其说是远行，不如说是出逃，争先恐后要跨越眼前境地似的。那些

1 沪语中，“花”有花言巧语说服人之意。

拖在地上的，驮在肩上的行李，大大小小鼓鼓囊囊，失了原有的形状，一个贴着另一个，无缘无故，挤在了同一片沙场。嗡嗡的人声，和刀光相接声是一样的，他们背后流淌的汗，和血是一样的。身子尚在后头，脖子已伸向前，要超越被双腿与身躯所局限的空间，先一步涌进这沸腾的洪流去。人人都这么想，人人不甘示弱，谁也无法彻底地超越谁，终是挤成一堆，呼吸困难，举步维艰。假如广播喇叭有眼睛，从它的角度看去，此刻的火车站就像一座管理不善密度过高的鹅场，鹅儿们你推我搡，扇不动那些本就不懂飞的翅膀。于是它发了调头[1]，用金属的嗓音告诉他们，去往深圳的火车尚未到站，请各位旅客耐心等待。

这话就是破坏人耐心来的。小罗宋听了第一个开腔：“前面动起来！都吃了铅球了？”话音未落又扭头向琳达抱怨：“我就说吧，人不宜多，到了那里再看，你还怕深圳马路上没有人？”说完气呼呼要扭回头去，不巧被前面人的一根扁担阻挡了去路，只能依旧偏着脑袋，朝曹琳达和阿大的方向看着，阿大也正没好气地向他看过来，他立即眼神放空，只当自己看到的是一件大型行李。

“看来这趟不简单。”曹琳达看着前面密密麻麻的人头，心里思忖着这里有多少是要和她一道去抢名额的，能不能顺利抵达，到了又是什么情形，都是未知……想着想着，手上捏的票忽然遭遇一股凶蛮的力气，瞬时回过神，喊起来：“做什么?!”阿大将

1　沪语，意为发号施令、给出指示。

那人一推，只因人群太牢固，那人纹丝不动，死死抓着票不放。“松手！听到没有？讨打是吗?”阿大边唬着他，边护住琳达，小罗宋去拔那票，那人只是不松，眼看要撕碎。“阿姐，阿哥，我求求你们，你们人多，让我一张，就一张！我老娘瘫在床上快不行了，进口药贵，我是急愁钱啊！你们救救人，你们行行好，让我乘上这趟车，你们就是我的再造恩人，我……我给你们磕头！”那人说话要跪，然而也因人群太牢固，只是站在那里滴泪。

“朋友，搞搞清爽，”小罗宋皱起眉头，“我们不是黄牛。喏，大门口，戴茶色眼镜那几个，你去问问倒是真的。”“我都问过，我，我是带了钱的，两百块，我跟你们买。”那人松开票去翻皮夹，被小罗宋制止。“不是我说你，行情不拎拎清爽就出来，要被人吃耳光的晓得哦?”“不是……我是买……”“我这个到手都要三百一张，门口的眼镜恐怕还不止呢，呵，装老实吃吃我们咯?”“不够的，我……我可以打借条。”小罗宋给了他一个说再多也无用的眼神，那人泄了气。阿大道：“小罗宋，要么你的让给他，我陪菊芬，你放心。”“我放心谁我也不……”他话说一半，看看琳达，她一声不响的样子，倒将他的心“噌”地提了起来。“你不会……”“你说的，到了那里不怕没有人，我想也有道理。”“哎，曹琳达，你昏头啦?！这人是个骗子你看不出来?”“我不是……”那人欲分辩，“闭嘴！”小罗宋堵了那人的话，一把抓住曹琳达捏着票的手，“走到今天，是谁一路陪你？我哪句话，哪个念头不是为你?”“赚钱的机会……”“不是天天有！你最清楚，我是怎么挤破头才让我们走到这里！”“我们到了那里，阿大可以……”“不可以!”他眼睛里的火，也是绿油油的。

“开往深圳的K026次车即将到站，请各位旅客在站台依次检票后上车。”广播喇叭说它自己的，鹅儿们如何会听？什么依次不依次，恨不能一个从另一个身上跨过去。鹅潮瞬间翻涌起来，没有任何一个单独的个体可以控制自己的行动，它们被浪潮推挤着向前冲，意愿在此刻是失灵的，唯有顺势向前，才不会被后面涌动的潮跨过自己，粉碎当地。小罗宋拉着的琳达的手很快便同他离散在人堆里，他试图扒开那些人，那些人也试图扒开他。阿大高喊着，“跟上！跟上!”很多很多个阿大这样的人高喊着，站台成了一口爆炒的大锅，人们面红耳赤企图飞跃腾挪。那个人，也想赶上他们，再央求一番，尽管心里知道，为时已晚。终于，他们被彻底挤散。尖叫呼喊声不绝于耳，而这一切在火车关上门阀，汽笛鸣响的那一刻终于告一段落。有票的人挤过人群与同伴再次相逢，没有票的，望着他们离去的方向，眼神空洞，只是站在原地，自感离这时代已遥遥千里，一切都在向前，抛他而去。

找到了他们的位置，曹琳达与小罗宋、阿大坐定下来，谁也没想说话，分头听着枕木的震动，想着各自的心事。“喝不喝水?”阿大问。“肯定排队。”琳达说。“我去排。”阿大说着拿起三人的茶杯往茶水间走去。小罗宋坐在她对面，看风景加速甩去自己身后。沉默了半晌，她缓缓道：“我刚才……是想到了小恒星的恩奶。一个人，争了一辈子上游，到最后……”“到最后谁也躲不过。”他的眼神从那些杂草荒地上收回来，落进她眼里去：

“一个人有一个人的命。曹琳达，你从来也不是什么活菩萨。”

“当心!”阿大捧着杯子过来，“开水，烫!”

深圳的夏天，和别处的不同，空气里的热度，又长，又挤。因为长，又因为挤，它们不得不延展开来，四处弥漫，见到什么，便包裹住什么，每个在这热度里行走的人，和尚未凝固的松脂中挪动的蚁虫是一样的。它过于长，又过于挤，索性挤走了春天，挤剩一点点秋天，舒舒服服展开了自己的手脚，横七竖八躺倒在这座城市里，呼出心意满足的气，陪着里头的人一块儿闷湿茂盛。

一火车接一火车，人被人淹了，成了微尘，在这热烈流动的欲望中，他们失去了自己的手脚和控制自己手脚的东西，只能跟着其他人，向着同样的方向相斥相依，蚁行而去。小罗宋买的火车票比正式发售早了两天，可一切仍是出乎了他的预料，这会儿火车站出口处迎上前的不是手举住宿招牌的人群，而是售卖塑料布、蒲扇、阳伞、毛巾毯的贩子们。“旅馆？没有没有，你到哪里问都没有。你们还算运气好，要是晚一天，从广州到这里的火车都停了，想进特区？呵！你们看看，这里有多少人？我实话和你说，就是这塑料布，整个深圳都快抢空了，十块钱，我也不多要你们的，往地上一铺……”“十块?!”“深圳嘛，消费水平本来就高嘛，再说这几天什么日子？那边还卖十五呢！我真没挣你们的钱！全国都在往特区跑，几天前就开始在门口打地铺了，那一路，好家伙，就为了几张纸！喏，加上这个扇子，一共十块，你们老远来一次也不容易。哎，可别犹豫，一犹豫地铺都轮不上咯！”“多买一点的话，能帮我办件事吗？”琳达发问，小贩饶有兴致地看向她，“说说看。”“我要找几个人，帮忙一起排队。”“这个事啊，不瞒您说，这一天打听这个的可多了，我这儿能联系的都已经让人雇了，不过您要是愿意出高价，指不定还能拉来几个，这可不是我讹您，您出去多问问就知道了。喏，这是我的传呼号吗，这个数，”他伸出五指晃一晃，“十只手。您要是问一圈觉得我这儿价钱可以，就给我打电话，立即送人。您呀，赶紧先去售表处把位占了，我清早路过，那儿已经脚都插不下了！”琳达接过那粗制滥造的名片，胡乱挑了几样打地铺的物件，小罗宋付钱，阿大忙不迭塞进包裹去，三人还没挤出站已心慌意乱汗流浃背。

贩子没有夸张，售表处门口密密麻麻，凳子、席子、锅碗、板砖、纸箱，一切能占据地面的都张牙舞爪上场亮相，街道不再是街道，热气与人声轰轰而来，让曹琳达又想起了小时候，那个老人手中转动的黝黑炉子，而她从一个远远看着的孩子，渐渐走近了它，太近了，不知不觉，自己就成了炉子里的米花，和其他的米花搅和在一块儿，热力蒸腾，好像随时会从远远天边传来那一声苍老的低吼：“响喽！”身边的小罗宋急得满头是汗：“这要是排不到，不是白跑？”说完他就要调枪头。“去哪里？”阿大拦他。“网点又不止一个。”“你又晓得别处人少？”“我不晓得，但我晓得千辛万苦来此地，不能白等！”“小罗宋，电话给我。”曹琳达无意加入两人的争辩，拿起大哥大拨给贩子，一眨眼就接到了回电："哎，师傅你好，我想问一问，假使立刻雇十个人，送到哪个网点最好？"贩子在电话那头卖弄了一番自己的消息，她一一听着，"好，没有问题，人到立刻付一半，排到付另一半。"贩子那头显然急了，再三强调，要派人来必须银钱付足。"你说那家网点人最少，那就一定排得到。这个钱必然会付。"贩子冤枉鬼叫，最后只得承认，哪里都人多，哪里都打不了保票。挂了电话，曹琳达看看小罗宋，让他把塑料布铺开来，就地坐下。

小罗宋仍是坐不住，出去转了半天，傍晚时回来汇报，果然各个售表处都插不进脚去。跟他一起回来的，有几个脸上脏兮兮的男人，他凑在琳达耳边小声道："四十一个，讲好了。"脸上有几分得意，余光横了横阿大，便去安顿那几个人。阿大打开旅游袋，拿出准备的压缩饼干和大红肠，悉数分了，看样子不够，他望了望四周，准备出去寻地方再买一点。

刚要起身，不远处传来一阵沪语声。本来这也不奇怪，他们在此地坐了半天，耳边从广东话、四川话到东北话，各地方言听了个遍，这里什么来头的人都有，五湖四海，野心勃勃，夹杂个把上海人也是意料之中。不过此刻发出这乡音的人既不在闲聊，也不在抱怨，而是狂风疾雨般地发号施令，伴随一阵乒乒乓乓的踢打声，各地方言霎时收了声，人人都往那方向望去。

这个人阿大不认识，却是琳达与小罗宋的旧相识。"好了，好了，排在后头一样的。"边上有个女人在拦，一点作用都起不到。那些桌椅瓢盆被大队人马扔远了去，"统统丢掉！寻什么开心？两只破碗摆在这里占你爷叔的地方？那个，那边，统统扔出去，马路不像马路！”这个杀气腾腾的入侵者正是袁万元。万元家主婆在一边面孔尴尬，知道劝也没用，不敢作声。那帮扔东西的，倒不像是上海人，一个个眉目深重，像是打新疆雇来的。

曹琳达转过头，不想与他搭界。边上有排队的人忍不住了，“哎，兄弟，这可不地道！我们比你来得早，都还守着规矩，怎么着，你一来就把前头排着的都砸了？”“规矩？谁定的规矩？你倒说说看。”那人被袁万元一问，愣了愣，道：“这里所有人定的，你没瞧见大家伙都好好排着？你再瞧你带的人，也忒多了！怎么不直接带一个连啊？”“我没看见。我只晓得，排队排队，人挨着人，那叫排队。这些东西算什么？你们要被拦着是你们的事，我袁某不认这个。”袁万元看场地清理得差不多，便令那些人铺起塑料布，就地扎营。“哎你要这么说，那你也得在我们后头！你眼里没这些东西也就罢了，怎么还没我们这些人了？”那人嗓门渐响，引起周围一众人附和。袁万元不慌不忙，幽幽地说：“自己不往前，怪得了谁？”“你大爷！”那人像支箭一样朝袁万元射去，顺手抄起个板凳就要砸，万元家主婆冲在前头，死命抱住了这个人的胳膊：“小兄弟，大家出来一趟不容易，有话好好说，你千万别急！”

“这位兄弟，抽根烟。”小罗宋走过去，递上一支烟，那人当然不接，小罗宋悄悄说了一句：“人多，吃亏。”那人看看四下，袁万元的雇工们渐围拢来，手里的板凳不由得缓缓向下，“抽就抽。”接过了小罗宋的烟，板凳一扔，万元家主婆松下一口气。

“哎哟，我当是谁，都来啦？”袁万元朝小罗宋笑笑，又迅速瞄见队伍里的曹琳达，向她点点头，随即甩开一只包金打火机，给两人点火。

“小罗宋，有点腔调嘛，外烟发发。”袁万元拍拍小罗宋的肩膀，向那人道：“我这个朋友，脾气比你还急，你看现在，我们照样是朋友，大家都是出来赚钞票的，不必伤和气嘛。”“你不讲规矩！”“哎，规矩能定就能改，”说着他压低嗓子：“只要我排到，让你一张，不要响。”说完他对那些仰头看向这边情形的人喊道：“各位，我看得出来，大家都是从外地过来的。现在旅馆统统爆满，我们没有住，没有吃，没有亲友可投靠，但是我们有信心！管他三七二十一，我们就待在此地，我们就等，等钞票从天上掉下来，这种事情一百年也没有一次！但是各位，这点破篮子破碗是什么？是那些根本不想出力的人，自己躲在宾馆赖在家里孵空调，让这些砖头矮凳替人出工？荒唐！我们从四面八方来到这里，那是搏了命的，有哪一个容易？我们实打实花钱，硬碰硬出力，我们是人，不是砖头，不是瓦片！这些东西我袁万元今天统统扫走，当为深圳市容做贡献！谁要寻来，就寻我一个，与诸位无关，这个恶人，让我来做！”

“插队说得这么好听！”“要不要叫市政府给你发一面锦旗？”下面仍是人声鼎沸。“阿大，”曹琳达低声唤他，“这捆放在你这里，千万看好。”说着她悄悄将包里的钞票拿出一捆，放进他包内夹层，拉好拉链，想想又道，“恐怕要乱。”阿大将包带收紧，牢牢缚在胸前，“不怕的。”他对她说。

骂归骂，看到对方人马众多，真正跳起来的倒也没有。而不管人家怎么骂，袁万元只管拿他的歪理来挡，挡着挡着，索性坐在地上论起道来，那第一个抢板凳的人抽完了外烟，也顺势在袁万元的队伍里坐下了，那里位置好。

这一夜很长。有的人骂骂咧咧有的人推推搡搡，有人唱起了歌，四大天王。“把承诺交给你，把微笑当作信，却怎么也抓不住你。”“爱得比你深，伤得比你深，与你两个世界如何接近，爱得比你真，得不到你心，我对你爱意却是最真。”“知否，在今夜心声。知否，第四晚心情。知否，在等待一声。今生，让我爱不停。愿你一生的背影，天天伴身边望星。”越唱越提起了周遭人的精神，于是这歌声在苦等的人群中渐次传开，不管是广东口音，四川口音，东北口音还是上海口音，都纷纷哼唱起来。人们脸上汗涔涔，心口滚滚烫，要不了多久，认购证就到手了，对特区人来说也许不算什么，一张认购表能赚一两个月薪水罢了，对内地人而言，几天辛苦就能换一两年也不一定赚得到的钱，如果多买几张，再多买几张……困极了的人此刻梦里也清清脆脆响着算盘，总算来到了这一步，心满意足。

这一晚的星星不多，云层低密，风也静止下来，仿佛要听一听这街角横七竖八相互倚靠又彼此竞争的焦灼的心，好一幅人间奇景。小罗宋混在袁万元那里打牌，阿大看着黑压压的人头，心里想着明天，他一个人的时候不大想明天，只有在她身边，这念头才袭上心头，好像一滴化学试剂落进他惰性的生命，奇怪的作用力，让他感到自身在改变，变得自己也不认识自己。他守着这街角的一小方，静静等着明天将一切改变，肩上渐渐感到有什么啄过来，是他的菊芬瞌睡了，柔软疲倦的笑爬上他的脸。

第二天天还没亮，一场雨就哗地倾了下来。队伍顿时混闹起来，想要收摊头的，想要拿伞的，想趁乱往前再挤一挤的，兵荒马乱。阿大用塑料布裹着曹琳达，自己淋在雨里，小罗宋奔过来，抄起行李，“快，趁现在挤到姓袁的那里去!”说完他头也不回地去了，阿大和琳达只得赶紧跟上，可一个人向前挤了之后，人人都像忽然装上了电池，意识到自己不前就是后退，于是纷纷打定主意向前冲击，队伍顿时不似先前尚保持一些距离，此刻人潮汹涌波动，前胸贴着后脊，尖声叫骂此起彼伏，谁也顾不得什么了。

“菊芬，菊芬，拉着我，你拉着我。”阿大冲在前头，手向后伸去，琳达没有接，她整个人向前扑去，牢牢抱着他的后背，阿大懵了，被人潮推着向前，再向前，他第一次被女人抱着，是此刻这样，和那人中间隔着一只皮包，里面很不齐整地塞满钞票。

“不要踏，不要踏!”一个女人凄厉地喊了一声，紧接着有人喊：“袁老板，袁老板，是你家……”袁万元扭头发现家主婆倒在地上，几个雇来的小伙儿排成一排，臂膀勾着臂膀，用肉身暂时顶住了人群的脚步，而她躺在地上起不来。“起来呀!”“我痛死哉！痛死哉!”“叫你不要跟来！就是不听!”“痛死哉!”袁万元过去拉她，她惨叫一声，看来是伤了骨头了。袁万元急得满头分不清是雨是汗：“你总归要起来的，你要躺在这里被人踏死还是要起来?!”万元家主婆一点一点撑着地，挪动着身体。“老板，送医院吧?”“谁送？你送？我五十块一天是要你帮我排队赚钱的!”那人不说话。“万元，你去排，你管你排。”万元家主婆撑起了半个身子，脸色惨白。“老太婆你听我说，你随便怎样撑住了，回去我就带你看跌打医生，给你请保姆，以后家里事情也不用你做了，但是你无论如何这个时候给我撑住了!”她流下泪来:“我晓得。你不用管我，不用……”“袁万元!”他一回头，看见是曹琳达踮起脚在冲他吼，“你还有人心吗?!”“我没有。”他捋了捋湿漉漉耷拉下来的头发，“你有，那么你行行好，替我送去医院。”“曹琳达!”小罗宋在一边忍不住了，“这是人家的家事。”

那边维持治安的人围拢来了，他们拿着木棍，劈头就朝人打过去，人群急忙躲让，队伍有些松动起来。曹琳达赶紧拿出包里的身份证，塞到阿大手上:“阿大，这里你看着，我去去就回。”“曹琳达，你不要发疯!”小罗宋大声喊着，说话间就挨了一棍，抱着头蹲下来。琳达推着人群，挤到万元家主婆身边，“走，去医院。”“阿妹，我不要紧。”“瞎讲! 我们走!”她搀扶她起身，万元家主婆看看袁万元，他眼睛往外轻轻一撇，意思是你去吧，就转过身去了，也不同曹琳达搭话。小罗宋一把抓住她的胳膊:“好不容易排到这里!”“小罗宋，钞票是钞票，人是人。”他气得眼睛竖起来:“身份证呢?”“给阿大了。”“几时回来?”“再讲。”她甩开他手臂，大喊着让一让，开水来了，一路艰难地挤了出去。

医院倒是很清凉，可一样人多。头上手上擦了红药水，打破了头扭伤了脚一脸丧气候诊的不在少数。万元家主婆心里着急，向琳达道:“阿妹，要么你去吧。我自己在这里等。”琳达将手盖在她手背上，让她心定，“今朝还没到时间，不要紧的。”“我怕耽误你。我们老袁总是和你作对，我心里已经觉得亏欠了，你还对我这样好……”“袁家姆妈，你放心，我也凶来兮的，他不能把我怎么样。”“那么……那么说好，我这里一挂上号，你就去，好不好？我晓得过来一趟多难，我也是，担惊受怕，生怕他惹出什么祸事……”她落了几滴泪，“早知道会这么给你们添乱，我也随便他去了，反正早晚要闯祸，我晓得的，早早晚晚……”

走廊里有人吵着医生怎么还不管自己，得赶紧治完回去排队，有的人和一边不相识的病人分析新股上市后一签能赚多少钱，那不相识的病人像是农村来此地务工的，对这些并不了解，那人就举了例子，假设这个钱换成玉米大豆能换多少，那病人眼里顿时有了光。

曹琳达想打个电话到传呼台，问问那里的情况，但知道打了也是徒然添麻烦，这时候，哪里有工夫回传呼信息。于是她踱来踱去，走到窗边，拨给了自己娘家。响了好几声，没人应，大概出去买东西了？她心里空荡荡，正要挂断，忽然“噗落”一声接起来了。“喂，喂，这个东西我还是用不来，喂？”“姆妈，是我呀。”“菊芬啊！怎么啦？”“没什么。”“我听人家讲，这两天深圳人山人海，你要当心一点。”“晓得的。”“你一个女人家，整天冲冲杀杀，你自己不觉得，我做娘的心一直吊着，你哪里晓得。哎，菊芬啊，换不到就算了，你要钞票嘛，姆妈给你呀。喏，我藏的那点私房铜钿，我又不用，就是一直想买一件料作好一点的衣裳，但是想想我又穿不大着，不买也不要紧，你要就拿去用，不要跟人家拼命，晓得哦?”“什么人拼命了啦！你不要听人家瞎讲。”她感到嗓子紧紧的。“那就好，那你几时回来?”“还不晓得。”“早点回来。”“晓得了。小恒星这两天怎么样?”“蛮好。一个人一边做功课一边叽里咕噜，我也听不懂他讲什么，功课做得蛮快，也不知道写得好不好。对了菊芬，你是打的公用电话还是你那块砖头啊?”“是大哥大。”“哦哟！个么我不和你讲了，你那个东西贵来兮的。自己在外面，要晓得作孽用钞票，好哦？个么就这样。”她还没说出阻止的话，那里已经“咯噔”一声赶紧挂上了听筒，“嘟嘟嘟”的电话声混在病人们嘈杂的话语声中，是一艘触礁的船放了信号弹，除了暴风雨，谁也没见着的寂寞。

“那我也要去排!”那个被玉米数量打动了的病人声音也洪亮了起来。“本金有吗，老兄？发财要本钱的。”卖弄的病人看到对方眼中的失望，感到十分满意，转头又喊了一声：“护士啊，怎么还没到我啊？不要耽误发财好吗?”

及至安顿好万元家主婆，赶到售卖点已是午夜。人们和上一个夜晚全然不同。虽然是天地宽敞的街道，人和人却自动做了沙丁鱼，一条紧挨着一条，弯弯绕绕排起长龙，没人再有闲暇心情唱什么四大天王。无论来时体面与否，此刻的他们全是一副逃荒模样，有被踩掉了鞋，光着脚的；有被淋透了雨又汗透了一身，衣服卷到腋下的；有蹲在路边不知道哭什么的；有拉着老婆吵架的。地面上全是积水与废弃的垃圾，即使是这个点，依然有小贩扛着泡沫箱吆喝着兜售冰冻矿泉水：“老板，来一瓶吗？十块。十块不贵，您要是走出去买外面的水，可就排不回来了。老板，天一亮您就发财了，十块钱算什么，十块，来一瓶吗？绝对冰冻，不冰算九块！”

“后面去！后面去！”“我找人。”“这种话谁不会说？”那个男人头上不知被什么砸破了，淌着血，将琳达一推，后面的人又不满，使出反作用力，一前一后几乎要将她挤出去。“我真的是找人！”“这里没有人。”那男人说，“都是鬼，你看不出来吗？”

“琳达！”远处传来小罗宋的声音，她抬头寻去，看见发售点紧闭的卷帘门台阶上也已经上下几层堆满了人，其中一个就是小罗宋，正朝她大招手，不知他怎么爬到那上面去的。袁万元和他的人马密密麻麻扎在另一侧台阶上，再后面一点，是阿大。“不好意思，让一让。”“不好意思，不让。”人人铜墙铁壁般坚决，好在身份证和钱已经给了阿大，她艰难地朝他们挥了挥手，三个人遥遥相望了一会儿，随即识相地各据一方，等待天亮再寻机会。

不过是清晨，太阳已经毒辣辣穿破云层。人们又渴，又饿，又疲惫，又精神，一个个青面獠牙，虚弱且振奋。仍有不少人企图寻找突破重围的机会，时不时，人群便骚动一阵，巡逻员的棍棒于是扫荡一阵，鼻青脸肿的不在少数，也只是咬紧了牙根，今日只当做牲畜，明朝华服就加身。“钞票，我的钞票呢?!”人群里有个女人喊起来，“谁割了我的包？是你？还是你？我的钞票，我的钞票！”她抓起四周人的衣领急哭，“把钞票还给我！你们还给我！你们不能欺负我一个女人！我排了三天三夜！你们怎么能欺负一个老实人!”“开了!”有人喊了一句，那卷帘门里头轻微一颤，所有人洪水一般前涌，“我的钞票啊!”那个女人的哭声很快就被淹没了，四周呼喊声不绝于耳，全然听不清谁在喊什么，曹琳达也身不由己在这人海奋泳，只晓得向前啊，向前，不向前便要被浪潮踏死。趴在卷帘门上和无数人一起叠着罗汉的小罗宋拍打那门，拍不着门的就拍前面的人，“开啊！怎么还不开啊!”那门终于哗啦一声，放人滚落进去，一捆捆湿透的纸币往柜台扔，后面的人见了这情形更是激动万分，可不过一会儿，他们就被眼前的情形震住了，集体愣在那里。那是一名安保人员，举着一张大字报出来，上书“今日认购证已售罄”几个大字。

“什么意思?”“卖光了?”“不是，这，这才卖了几张?”嗡嗡的人声像地震前低飞的群群蜻蜓。这时，有一个声音在其中游荡，显得尤为刺耳：“认购证，五百块一份，包值保真。认购证，五百块一份，不用排队也有份。”那是几个黄牛兜售的声音，一百块一张的认购证一开售就翻了五个跟头。“要不要买几张?总归还是赚的。”有人商量，黄牛听见立即起哄：“这位兄弟是聪明人，你买回去，一中签，一上市，那是稳赚不赔……”“等等，我倒要问，一眨眼就卖光的东西，你是哪里来的?”“哪里来的你就不要管了，只要东西真……”黄牛尚未兜售成功，他的话却在人群中引爆了愤恨，“是不是他们内部分了?”“还排什么队？守什么规矩？当我们猴耍!”“我的钞票，我的钞票到哪里去了？你们不能这样欺负一个女人，你们不能这样欺负一个老实人啊!”“买火车票的钱都是借来的，买不到认购证休想让老子打道回府！”“别愣着了，那里面一定还有认购证，都往前冲啊！”人群再次扑向那扇门，保安连忙拉上卷帘，可回天无力，那帘闸不出几个来回就被愤怒的人群扯了下来。

“菊芬，菊芬！”阿大在人群中高喊，很快就被周遭的嘶吼声淹没了。他不想向前冲，他知道她在后头，他只想退后，去找她，去护她。可由不得他，任是长一码大一码的男人，在这浪潮中也只能随波逐流，与心中念想散落纷纷。

再毒辣的太阳，也有西斜的时候。一天下来，头破血流、一无所获的人们渐渐散开，可他们的愤怒无处排遣，街边的店面被砸了，他们在这座城里游荡、集结，好像琥珀凝固前的虫蚁一般用尽气力。

“这里！”废墟般的墙边，一个光着脚斜靠在那里咬冰棍的男人朝曹琳达喊，她回头一看，正是小罗宋，连忙奔过去。“慢点，慢点，我又不是认购证。”他同她开着玩笑，脸上全是叫人抓的血印。“小罗宋……”“哎哟，疼的，不要碰呀。哎，给你看个好东西。”他说着拉开腰包一点点，“看到哦。当时你不知道，我冲在最前面，哎你看到我没有？我就一个翻身蹿进去，把钞票朝他们面前一扔！你没看到他们看我的眼神，哎，有钱就是不一样。喏，这根冷饮，我十五块买的，曹琳达，十五块！十五块算什么？我们就要发财啦！那几个人也活络，到底四十块一个雇来的，好几个也买到了，再后面一点点，呵，想也不要想，我看袁万元的那些新疆人都不一定排到！你的那个戆大，就更不要说了，影子都看不到！哎他是不是带着钱跑啦?”“你鞋子哪里去了?”“哦，挤掉了。”她轻轻摸他脸上的乌青，“还有哪里破了?”“就背上疼，他们打，我就不动，一动要给人家挤出去的。”“小罗宋……”“啊?”“我们以后不赚这个钱了。”小罗宋眼睛一下子瞪起来：“干吗不挣？这个钱来得多快！还不用买设备开厂囤货管那么多人，这是钱生钱啊！”“钱是钱，人是人嘛。”她把前一天和他吵架的话又说了一遍，可这遍却柔情万千，满是爱怜。“干什么，舍不得我啊？我反正烂命一条，叫人打死也不怕，有你这话，就行了。”他扔掉棒冰棍子，朝她一笑。

远远地，阿大也寻到他们了，刚走没几步，看见她摸他的伤，听不见他们说什么，只觉得全身原本疼的地方更疼了。好像有什么挡住了他似的，没法往前。他转过身，走开了。

这天夜里，消息满地，说什么的都有。琳达有些心慌，只想找到阿大，三人尽快离开此地。可她给阿大传呼机留的言，似乎没人看见一般，她心里更七上八下。“大概是寻呼机给人挤掉了。”“我倒觉得他是趁乱跑了。”“不会的，阿大不是这样的。”“你放了多少钞票在他那里?”小罗宋问她，她看着他，坚定回道：“他不会。”

“为什么要延后?”袁万元在广场上理性分析，企图激化众人的不理性：“你们想一想，我们都是身份证现金准备好了在这里排队的，一手交钱一手交表，既然已经供不应求，为什么还要延后回收期?”“为什么?”“身份证。他们没有足够的身份证。”众人哗然。袁万元接着道："也就是说，那些开后门的人，连身份证都没凑齐就已经拿到了认购证!"众人沸腾。"股民同志们，排不到认购证我们也就认了，可有一样，我们要公道!""对，要公道!"

看着自己的话起了作用，因为没抢到认购证而感到失落的袁万元，终于迎来一丝欣慰。想要翻盘，靠他自己可不行，得寻几把枪开在前头。忽然在人群里，他看到一张面熟不生的脸，像是前天晚上排在曹琳达身边的那个男人。于是他快走几步赶上，唤住了这个人："兄弟，我没认错人吧？兄弟，你是不是琳达的朋友?"阿大失魂落魄路过此地，见到袁万元，大约也知道他是谁，点点头。"琳达还好吧？小罗宋个滑头，猴一样爬得那么高，想是买到了吧?""应该……大概……我也不晓得。"袁万元看着阿大的神情，又看他孤身一人，忽然悟到了什么。"你呢？你排到了没?"阿大摇摇头。袁万元脸上沉重，心里却笑了。"哎，难啊。琳达这个人我是晓得的，魄心重嘛，女中豪杰，我是不能和她比。不过你不要说，像她这样，其实要让她另眼相看，也不难，就譬如，买到认购证。""怕是抢都抢不到。""是啊，"袁万元长叹一口气，"我也是，费尽心思，千辛万苦，结果呢？呵呵，一个人老老实实，就是得不到公平！我恨起来，真想一把火烧了眼前这些垃圾！什么高楼？什么汽车？都是用来抽打苦命人脸的！真想让那些管事的看看，我们这些人，多少不容易，多么不应该被这样对待！他们要是看到外面乱了，一定会想法子，真真正正把认购证拿出来，你信不信?"他一边说，一边观测着阿大脸上动静，拿捏好了节奏，递上一根烟，“抽一根，解解乏吧。”“我不会。”“男人怎么能烟酒不碰？来，这个打火机送你，哥哥再陪你呀，喝两口。”那边的人们齐声喊起了口号，“我们要公平！我们要股票！我们要公平！我们要股票！”一声盖过一声。他将打火机塞到阿大手心，意味深长地揉了揉他颓丧的肩头。

到了第二天，真的下了命令，再发行五十万张，人们得到消息慌慌张张赶去售卖点排队，而这一次，袁万元早就洞察先机，彻夜带领人马排在了最前边。

小罗宋一路走一路埋怨：“这个戆大！拿了身份证和钱不知道死哪里逍遥去了！现在白白看着别人排队，五十万张啊，曹琳达！我们本来可以再赚一票的！”琳达不接他的话，只在人群中寻找阿大的身影，寻来觅去，却除了袁万元，一张熟悉的脸都没瞧见。“不要出什么事！”她心急如焚。“要么我去想办法借点钱，再借点身份证，把昨天雇的人再喊来……”小罗宋也急，急的是好不容易来一次，却眼看要浪费第二次购买的机会。“这又不是家里，谁认识你？凭什么信你？你又拿什么作保？”她烦躁极了。“搞搞清楚，曹琳达，造成这个局面的可不是我！”“那你说他会去哪里?!”“他？大概去寻死了。”

这次的售卖大约持续了几个小时才贴出售罄的告示。有人满心欢喜，有人累到虚脱，当街哭泣，也有实在排得靠后仍是没能买到的，围着售表处不愿走。等到大多数人都开始散了，阿大还是没有出现。

袁万元买到以后，又领人排了一次，也不知他究竟搜集了多少身份证，直到拉下卷帘门，知道不可能再排到，这才依依不舍地离开。他远远就看见曹琳达，笑眯眯朝她走过来。“曹阿妹，发财呀。”曹琳达白了他一眼，不说话。“你不理我可以，可你总得告诉我，我家主婆在哪里，我好带她回去呀。”“你还知道你有个老婆?”“哎哟哟，火气大得唻。我等下呀，带着认购证去看她，再给她唱一段黄梅戏，保管她眉开眼笑。”“人民医院。”“好的，阿妹，谢谢，阿妹，走了，阿妹。”他走了几步，又转头来，对她说：“不要站在这里等了，去转角派出所看看。”“什么?”“哦，我看你好像在等人，昨天晚上抓进去蛮多的，你可以去看看。”说罢他转身而去，没走两步，身后忽然一阵风，是曹琳达冲过来，揪住他衣领。“讲讲清楚，什么派出所?怎么回事?”“哦哟，我怎么知道怎么回事，我就，对哦，看到昨天晚上蛮乱的，好心提醒你一下。哎呀，你松开呀，我这件是梦特娇。”“袁万元！我又不是第一天认识你！你要是在这里头没事，你会这么好心?”“他自己要闹事，是该抓！怎么，难道警察吃干饭的?有没有王法?!”他挣开了她，心疼万分地抚摸那变形的梦特娇领子。“你胡说。阿大不是那样的人，他一向老实，我晓得他的……”“是啊，是老实，连个车都不会烧，要不是冲头多，这势哪里造得起来……”“你说什么?”“我说，他犯的事不严重，顶多蹲两天，死不了人。”“袁万元!”她又要扑上去，被小罗宋抱住双臂。“哎哟，这么激动干什么，冲我吼什么吼，去捞人啊！小罗宋，你……你不要让她过来啊，故意伤人晓得哦?我先走了!”说完他看到前方红绿灯在闪，赶紧几个箭步蹿了过去。曹琳达在马路这边，隔着横道线喊道："姓袁的你不得好死！"他回转身，笑着朝她挥挥手，"曹琳达，我们后会有期！"

回去的火车已经不拥挤了。因为要等阿大，车票改了期，他们离开的时候，这个城市涌入的人已经基本清空，只有太阳还和他们来时一样，恶狠狠将热力融进骨子里去。阿大在火车上不怎么响，总看着自己的脚尖和手指尖。大概在里面就是这样低着头，一下子还没改过来。

"阿大，"窗外风景隆隆而过，"单位要是知道的话，要么，你就来我这里吧。我这里，一直是忙不过来的。"琳达将削好的苹果递给他。他接过去，眼睛又盯着苹果，听了一会儿车轮声，缓缓道："不方便。"说完，咬起了苹果，不再多话。

回到上海，曹琳达先将她姆妈拽到服装店里，预备好好挑几件称心如意的。曹家姆妈看看售货员小姐的打扮，偷偷对琳达说："不对的，她们这点行头，肯定都算在我头上的，不要上这个当。""姆妈，我平时也叫人家上当的，你难得也上一次别人的当好不好？不然不作兴的。"等到名牌衣服鞋子换好，看看镜子里的自己，曹家姆妈也渐渐接受了上当的快乐。

邻居们如今看她，好像看走过凯旋门的拿破仑。"菊芬啊，我看报纸上说，哦哟，一百多万人冲到深圳去买那个什么证！一百多万是什么概念？你是怎么杀进去的呀？那马路上得有多少人啊？""还好。""还是你姆妈福气好，看看她倒看不出，生了个女儿这么能干！""政策好呀。""是的，是的，以后有发财的政策，也讲给阿婆听听，哦。阿婆是年纪大了，但是我的孙孙还没结婚呢，创点家当，好给我抱重孙。”“晓得了，好婆。”

尽管如此，曹琳达还是一心扑在厂里，不晓得为什么，总觉得这才是她的根本，听到缝纫机“噔噔噔”响，她的心才定一点，晓得自己没有轻飘飘飞去海市蜃楼空中花园。一件件做好的衣服从机器上滚落下来，像一颗颗新出炉的爆米花，又香，又甜。

那天她在厂里，电话响起来，接起来那头却不说话，喂了好几声，才听见笑声：“密斯曹，看这里。”这声音是二重的，一重在电话里，一重就在不远处。她抬头望去，只见小罗宋手里拿着一只大哥大，摇摇摆摆地走来。“哪能，有没有一点金融大鳄的感觉?”“神经。”她挂掉电话，审他：“哪里买的？多少钱？公账私账?”“小气。”“小罗宋，我们赚这点钱不容易的。新股还没发呢。”“不是早晚会发嘛。”他在她对面坐下，手里拿着这个东西，一贯随随便便的坐姿也显得奇怪起来，于是他挺挺直。“就许你有，不许我有?”“我是为了生意。”“那我也是。”“你是寻开心!”“曹琳达，你这个话就没良心了，要不是我冲在前面拼命，哪里赚这么多?”“你也晓得是拼了命才赚来的。”她不去看他，他不服气，“那钱本来就是给人花了才有意思么。”“算了，我不说你。不过你要帮我做件事，做好了，这个东西，充公账。”“真的？什么事?”小罗宋眼睛又亮起来。“教我英文。”“你要学那个干吗，你又没哑巴……”他忽然意识到戳了她心经，赶紧闭口。“就是因为，他说的话，我听不懂。我们的话，他听得懂，又不肯说。那总得有人迁就。”她望向玻璃幕墙那头苦干着的工人们，“再说，以后我的生意总要做大的，用得着。”“狼子野心，你这个女人，狼子野心啊！”“好了好了，一个外国人，老学别人说成语。”“我是上海人好哦！”小罗宋一脸不满，摸摸大哥大，又高兴起来，放到耳边假装有人打来：“喂，是我呀，好久不见，密斯特汪。”

“我不去！我不去的！”这天下午，楼道里回荡着阿大姆妈干巴巴的急叫声。阿大跪在地上，一言不发。“我自己的事情，自己晓得，用不着你这个逆子做主！”她颤着手，去摸咳嗽药水，“他们说什么你都信啊，不过一点小毛病，也就吓唬吓唬你这种糊涂人，吓不到我老婆子。”说着她抿下一口，气喘吁吁，额角全是细密的汗。“姆妈，我还有一点钞票。”“你骗谁啊？”她欲将药水瓶狠狠搁下，奈何手上没有气力，整个人落向椅背去，半闭着眼睛，用下颌角对着他，“你学工这些年，一个月多少钱，总共存得下多少，我算都算得出来。也就是你自己糊涂，就这么一点点，还去拿给别人做本钱，你以为我不晓得？我是说也说倦了，打也打乏了，怎么办呢，你会听吗？这个不回头的脾气，和你短命的爹一式一样。”她叹口气，“你也不要听风就是雨。我有什么要紧？歇歇就好了。”“但是……”他想说什么，因为情绪有些激动，反而止住了。“但是什么？怕我死啊？”“姆妈……”“姆妈什么时候怕过死？我晓得的，不是咳嗽，不是气管炎，这是我娘胎里带来的，以前好一点，现在我老了，可不是不行了吗？”

泪从她脸上滚过。“但是阿大，就算我这颗心一觉醒来不跳了，也好过我看到你受穷。我已经紧巴巴地过了一辈子，你不能为了我，再去背一辈子债。姆妈就这点心愿，你就遂了我吧。”他强忍着泪，就和从小到大挨她的鸡毛掸子时一样，脸涨得通红，下巴在胸前一点，一点。“别跪着了。让我歇一会儿。”她拧开了无线电，无线电也老了，咿咿呀呀沙拉拉地飘来几句“我也曾劝郎君高飞远扬，又谁知一旦间枉费心肠”。

傍晚时，有人敲门，他打开一看，是曹琳达。她朝里头偷偷瞄一眼，轻声道：“到楼下，小花园说。”阿大跟她下去，中间隔着几步距离，其实他可以再走快一点的，可是这么多年，好像已经习惯了这样，跟在后面，永远离她几步远。

“这是什么？”“戆大，是你的钱。”她将一个存折塞过去，他摇摇头，“不是我的，我不拿。”“你跟我跑一趟，吃的苦，都在上头。”“跑一趟又怎么样，什么也没能帮上。”他转过身去，看不远处一个老头在那树下锻炼身体。多少年了？距离她结婚，距离她改名，距离他每天挂一块粢饭糕在她门口，多少年过去了，她已是万水千帆，另一番景象，而他还是那个没有什么大出息的隔壁阿大，再过几年，大概还在此地，像眼前这个人一样，穿了老头汗衫，树下面锻炼身体。“收下就是帮我的忙。你晓得我最不喜欢欠人账，从前你不放心，总怕我要受穷，如今你看到了，我一时半会儿且穷不了，这连本带息的，让我还你，好不好？”存折本是新的，挺括的，姆妈没有劳保，多少年，有些小毛小病都是扛过去，这一次怕是难办。在深圳拘留的事传到了单位，工作眼看也要保不住，他不是不想要钱。“我……我给你写欠条。”“神经病。”她忽然握住他的手，“你几时欠过我？”她说这话的时候，眼睛是湿的，看在他眼里，让他也难过了。他觉得此时此刻，他应该要说几句话，说一说这些年他心里的苦恨，说一说他对以后年岁的那点天真想象，他真想说啊。“你……你可不可以……”他说。“什么？”她问。“可不可以……”他的嘴唇变干了，只是看着她，这些年，她是老了一些了，总说拼了命，就能过上好日子，于是就总是在拼命，也不知道究竟日子好在哪里。那么他呢，他能让她来这里靠一靠吗？他有什么是能够让她依靠的吗？ “香吗？”那边练着香功的老头问他的婆娘，婆娘白他一眼，继续摘她的菜叶，平凡夫妻就是这样吧？天长日久，相互厌弃。“可不可以什么？”她见他愣着，便追问他。“哦……算少一点利息。”他终于还是没有说。她笑起来：“戆大。”

小恒星这些天总是回家晚，问他是不是学校留堂，他也不点头也不摇头，问他是不是去以前那个家了，他不响，微微点点头，想了想，又摇摇头。琳达叹气，蹲在他面前，轻轻抚着他双臂：“小恒星，姆妈不是逼你，姆妈也晓得那个时候你受了惊吓，但是你看，你现在是大孩子了，我们现在也已经不住在那里了，我们不怕的。你喜欢的东西姆妈都会给你买，你不愿说话，姆妈送你去外国人学校，说英文你会的嘛。你要晓得，我桩桩件件都是为了你，所以，你要是听得懂，心里明白，你就和姆妈说说话，中国话外国话都可以，姆妈也在学的。现在你也许不明白，以后你出了社会……”“哎，”曹家姆妈拦她，“你这一大通又是做什么？多少遍说过了，哎，他要愿意开口，还用等到今天……”“姆妈，你不要宠他！”“我难道不想有人喊我外婆吗？但是他终究是个孩子，你和他说什么出了社会这样那样，他哪里知道那是什么意思。”琳达只得松开手，起身到桌边，陪曹家姆妈剥菱角，剥了几只，轻声道：“我看，还是带去医院，看看精神科……”“做什么?!”曹家姆妈将菱角皮狠狠一扔，“我看你敢！我的外孙，好模好样的！你做娘的怎么这样心狠！”“不是的，我总觉得他这个心理上肯定有点什么……”“有什么？什么都没有！你看他说外国话，比外国小孩还流利，怎么，外国小孩都有精神病？一个姓贾的折磨了我外孙不算，你姓曹的也不放过他?!”曹琳达知道多说无益，拿起包往外走，曹家姆妈在她身后喊道：“你要送，先送我去精神病院！这个话，以后提都不许再提！”

天尽管晚了，离店里打烊还有好一阵，反正也没有别的去处，再回去看看吧。这么想着，她又回到了店里。如今她也雇了好几个登样的店员，开在这样的商厦里，是必需的花销。这个钱又不能白花，她特意训练了她们，不要像别的柜台那样拿鼻尖冲着人，要她们下颚略收，笑得自然亲切，又不要牛皮糖一样粘着客人，但一双眼睛绝对不能跟丢，针对客人的一举一动都要做出得体而令人舒适的反应。这几个姑娘也算机敏，其间分寸把握得有八九分，她开出的提成也略高于别的柜台，姑娘们于是格外上心起来，再加上衣服又属于高档商场里的中档价格，所以每日开单量总高出别人一些。“您好，欢迎光临，请随意挑选。”小姑娘声音很甜，不错。她正心内点头，一抬起头，却见着一个熟人，边上跟着一个生人。

那是洋细米的姆妈，她挽着一个男人的手臂，男人尽管身量不高，又上了年纪，看起来却很有几分派头，很显然不是洋细米的爸爸。洋细米姆妈的新大米脸涂得很白，很细，一弯红红的嘴唇笑起来是抿着的，比她平时笑得更文雅几分，像一只菱角。忽然，她也看见了曹琳达，嘴角向下紧紧一抿，脸上肌肉提起来，笑得更不像平常了。曹琳达朝她微微点头，等着看她的反应，若她转身就走，自己便装作不认得她。无奈这个男人毫无察觉，两步三步便走了进来。“达令，你不是喜欢这种颜色吗?”男人拿起一件宝蓝色的羊绒披肩，“来，试试。”说罢，他朝曹琳达点头笑笑，琳达只得快步走来为她披上。“衬你。”男人在镜子里朝她微笑，洋细米姆妈也只得低头浅笑，眼睛在镜子里飞过去，“真的?”“真的。喜欢吗？喜欢我让她们包起来。”“好呀。”“好的，马上为您开票。”曹琳达收起披肩，让小姑娘包起来，自己开了票递给男人，他笑道：“老板娘，进货的眼力很好，做生意这个是第一要紧。”“惭愧，不过是尽可能挑好的给我的顾客，谢谢您的光顾。”他拿起她开的票去外面收银台了。洋细米姆妈看他走远，这才踱过来，笑眯眯地说：“刚才，一下子没认出你，你不要介意哦。”“有什么好介意的，我还要谢谢你照顾我生意呢。”两人交换了眼神，心照不宣。“其实，我是要谢你的。我们家那位，你知道的，”她快速瞄两眼周边的店员，在琳达耳边用极低的声音道，“指望不着。”接着又笑笑，“还好呀，你家小恒星，不，小救星，天天来我家给我的囡囡补英文，我呀，就在边上偷师。”她笑得眼睛眯细起来，“他么，香港人，你晓得香港人喜欢人家讲英文的。”琳达低下头，略点一点。“以前的女人，好看就可以了，现在的女人，要捉大户，还得有几下子才行呢!”她越说越得意，琳达低声提醒她：“来了。”洋细米姆妈快速说了一句：“算作学费！谢谢你!”便转过身去，拿她的鲜红菱角对着付完账的男人了。

“你去找洋细米，姆妈不反对。你也应该交一些朋友。但是你也要有一点自己的空间。比方说，一个礼拜去两次？三次？其余的时候，可以会会别的小朋友，你们学校的小朋友不是都说英文吗？你们应该玩得来的。或者，你也可以教教姆妈怎么说英文，姆妈也很想听你说话的。”晚上给小恒星说故事的时候，她趁机这么说。可他只是牢牢抱着那只蓝熊，转身作势要睡。“好吧。大孩子不爱听妈妈说话了。可是大孩子怎么还抱着熊睡呢?”照例是没有应答。她替他仔仔细细掖好被角，关灯出去了。

说是这么说，琳达自己倒和洋细米家走得勤了。本来因为是那条弄堂的邻居，不方便再多来往，不过这次，她有了新的打算，也就没有什么能叫她顾忌了。

“生意？生意我不懂的呀。你晓得的，我又不是什么很聪明的人，我只有一样聪明，就是什么样的男人聪明，我就去捉住他，个么不是省力了嘛。”洋细米姆妈捏起小勺子，搅一搅咖啡，“不过呢，我一直也是很佩服你的。看着你从一个小摊做到今天，也是很不容易的。你要是个男人呀，我可不放过你。”说着她自己先笑起来，这次面对的是曹琳达，可以露一点牙齿。“不用懂，我也不懂，很多生意经多的人，反而做不好。主要呢，是要有运气。我就觉得你运气好。你说这么多个体户，谁不卖力？谁不全心全意扑进去？可忙了半天，是个个都发财吗？”“就是。”“不过呢，”琳达话锋一转，她晓得对面也是聪明人，“我觉得一个女人要是有一点赚钱的本事，哪怕是运气好，也是很讨人喜欢的，你说是不是？”“你说的有点道理。”她显然在思考着什么，用她喜盈盈脸面后面密布的脑神经，略停了停，很快又恢复了那种活泼的脸色，“哎，这个别司忌蛮好吃的喏。”“多吃点。”“不行，要胖欸。”“你正好。”“真的啊？”“那肯定咯，过两天，我还要请你拍照片。”“拍照片做什么？”洋细米姆妈不大的一对眼睛圆圆地睁起来尤其好玩，像是随时准备上对方的当一样，显露出一种奉迎的无辜。“拍了放在我店里做宣传画呀。”“哎哟，这真是折煞我了！我哪有……哪有模特儿那样的身材模样！这个玩笑开大了！”她笑得开心极了，别司忌屑差点从嘴角落下来。曹琳达觉得火候差不多了。

新股发行得正是她要用钱的时候。小罗宋怪她卖得太快，他看好后市，认为会有更大涨幅。“可以了，等我们生意正式做到香港去，这点股票的钱也就不算什么了。”“我总是不大放心。”他摸着那个皮包，里面是他们抛掉新股得到的钞票。“你想，我们在上海，都磕磕绊绊这么多坎。香港，我反正，从来没去过，那里也不让人去。看不见，摸不着的，还不如这个，来得实惠。”“好了，小财迷，以后我们赚的钱，多到你摸都摸不过来，好不好?”他一下子直起了脊梁：“你说的啊。”“我说的。输了算我的，赢了和你分。”“曹琳达，我觉得你越来越不像……”“不像什么?”“不像个女人。”她请他头上吃了一只麻栗子，将钱抱走了。

阿大姆妈出院了。也不知是身体好转的缘故，还是因为心里晓得，这住院的钱是多亏了曹家女儿，如今她看她的脸色，多少好了一些。曹琳达前后看过她几次，每次都买了吃的用的，也不多说话，省得招她厌，总是略坐一坐就走了。如今她出了院，破天荒做起了点心，油糖都没少放，做得了，叫阿大端去，给对面尝尝。阿大捧着那糕发愣，她催他：“不要看了，又不是毒药。人家对你好，总要晓得回礼，这点道理你以为我不懂? 阿大，去了多说说话，不着急回来，晓得哦?”“姆妈，要么你自己拿过去。”她气得一时语塞，“你……你这个人叫人说什么好！往常怪我，现在你又在怕什么……是嫌我身体太好是不是? 存心再来气气我!”他不反驳，也不解释，端着糕去了。

“好吃吗?”他问她。“好吃。就是……”“什么?”“你姆妈真的不生我气啦?”“几时生过你的气，她就是，一个人太久了脾气怪。”他忽然意识到什么，“我，我……我不是说你啊。”“我又不是一个人。”他又愣了，掉进冰窟似的，一动不动。“我天天对着那么多人，烦都烦死了。还是你好，在厂里安安稳稳的，哪像我，饿死鬼一样，天天想着哪里刨食去。”她又咬了一大口，今天一天都是饭局，和原料供应商还有洋细米姆妈的男朋友谈生意，要紧说话，饭菜没动多少。“我……”“对了，上次的事，你单位不晓得吧？”他想说不晓得，但是他不会说谎，只好不响。她一眼就看出这里头的意思，“阿大，你还好吧？你……有什么打算？”“再说吧。姆妈这里，我还没讲。”她忽然意识到，总是要他帮自己，却鲜少过问他的前途，大约是在心底始终认为，他的前途不过那样，不怎么值得过于努力的缘故。“我看这样，你和我一道学英文，以后等我生意做到了香港，就派用场了。虽然辛苦一点，但是我现在觉得，做个体户也蛮好的，风险大，收益也大嘛。你觉得呢？”阿大苦笑：“你觉得，我是那个料吗？”她不说话了，默默嚼着糕点，“那么，我再想办法。”“菊芬，不要为我操心。你每天已经要对付那么多人，那么多事，要是再分心到我这里，我是不忍心的。”大概他自己，也是这么觉得，他这个人的前途，不过那样了。他们心照不宣地将那糕点吃完，在星星爬上天幕之前。

倒是没过多久，他就找到了新工作。那天小罗宋和往常一样去广东路的交易所，却在门口被一个人挡着，抬头一看，却是阿大。“我当是谁！你在这里做什么？”“上班。”小罗宋疑惑地看看他的打扮，“做保安啊？现在交易所要求倒蛮低的哦？”“大户室在楼上。”他不想同他多话。“这下好了，天天都要先过你这关，真是触霉头！”说罢便摇头晃脑上楼去了，最近行情依旧很好，天知道他费了多少工夫说服琳达从新股赚到的钱里再拿一笔出来做。从他们去深圳回来之后，狠狠跌了一波，亏得他坚持买入，不过几个月，已经又涨了几百点。

做生意，学英文，去香港，这桩桩件件，都是阿大不懂的事情。送完糕点后，有好几个夜晚，他看着窗外坑坑洼洼说圆不圆的月，用他仅有的一点学识企图给自己的未来做一点规划。想来想去，还是绕不开她去。去街道工厂？没有她。去码头搬货？没有她。去维修水电？没有她。他翻来覆去，两面煎熬着自己。夜静极了，四邻一声轻轻的咳嗽都能相互听见。而游荡在这夜的细细碎碎的声音里，却没有她的。明明那么近，还是太远了。

天亮的时候，他还醒着，可已经不想睡了。他要起来做一些有用的事，对她而言有用的，来成全他自己。

一切都在变好。她的货一点一点开始供给了香港，当然，通过别人自然要分利润，这都不要紧，只要第一步踏出去，以后渐渐起来了就好了。阿大常常去家里，给她说一天里听到的消息。广东路上什么样的人都有，看得懂图形的，打听得到内部动向的，半真半假，他都听了来，“那个，黄金分割线，他们说，就是从走势上来看，还有上涨空间。这几个股票，是我记下来的，你看一看。”歪歪扭扭的铅笔字写在一个信封背后，信封硬，站在那里记起来方便一些，等她抄完再擦掉，第二天接着记。小罗宋操作了几次波段，节奏踏得不错，盈利可观。最最要紧的是，小恒星似乎没有那么远着她了。自从她学会了一点他的语言，他脸上的笑也多了一些，偶尔也回她几个字，只是没有对洋细米说得那样自然那样多。

到了过年，她甚至提议，大家一起出来吃饭。这个大家里头，有小恒星，有贾若凡，还有梅真。

团圆饭定在绿华邨，要了一个小包厢，说是包厢，其实不过一扇屏风隔开别桌，没有什么绝对的你是你，我是我，只是路过此地，暂坐一下，转眼就要翻桌换人各自离去的。

梅真似乎发了一些福，两腮满了起来，显出一种愈发平和的中年态。这次一听说琳达订年夜饭的事，连着几个白天晚上加紧赶工，给小恒星打了一套羊毛围巾帽子并手套，自己越看越欢喜，却不知合不合人意，便拿去问他的父亲。小开看看围巾，又看看她，“梅真，你不用觉得有压力。”“不是的……我想天冷嘛，这个毛又很好，你摸摸，很软和的，他长得那么快，衣服怕是到了明年就不能穿，所以我……”“所以你就放心好了。”梅真点点头，收起她的作品，又向他转过头：“那么，我去，你没什么哦?”“只要你觉得好，我就没什么。”她又点点头，带着一种打结的绒线被理开的小小欣喜。

“梅真漂亮了。”琳达一见她便主动示了好。“对不对，小恒星？梅孃孃越来越好看了。”小恒星直直看着她，他从小就爱看她，不过他现在长大了，知道了一点喜欢的女人往往叫人心里难受的道理。他看着这个带走了他爸爸的女人，看着她白皙脖子里露出的一截玫色纱巾，和学校花坛里的玫瑰一样的颜色，他不喜欢花坛里的玫瑰，因为他们掐着他的时候，那丛玫瑰就在眼前招展。校服脏了，他就去找洋细米，她偷来她姆妈刷大衣的猪鬃刷子帮他刷掉泥块，再悄悄洗干净那刷子，然后给他一个秘密的笑：“现在没人会发现了。”

“小恒星长得那么高了，我们……也老了。”梅真想解救这冷冷的氛围，琳达连忙解释：“他在家也是这样。不瞒你们说，我还特意去学了英文，总算娘俩儿能对上几句话，不然，你们知道我的脾气，总这样，是要闷死的。”贾小开听她说学英文，知道老师必是小罗宋无疑了，脸色无论怎么维持，总有点不大好看，他自己也觉得好笑。四个人都感觉到了尴尬。“点菜。”曹琳达说。“梅妹妹，你喜欢吃什么，尽管点。”“我……我听你的。”“小开?”“你做主吧，你现在是大老板了，比我懂经。”“你们可别捧杀我，我不过是运道好了那么一点点而已。”她唤来服务员，捧着菜单东指指西点点，“好了，好了，琳达，太多了。”“不多，见到你们，高兴嘛。”她点的酒还没来，已经有了几分醉意似的，红了眼睛。

自贾太太走后，这三个人几乎没有正式坐下说过话，只是偶尔周末送小恒星去另一边时打个照面。如今仔仔细细端详对方，从前的印象仿佛是一副套色不准的印刷品，长长久久的年月里看惯了，没觉得哪里异样，忽然冷不防站在真迹面前，这才发现那上头有如此丰富的笔触与浓郁的着色，随着眼前人的一举一动，宣布着自己在鉴赏上的外行。

小开说了一些书画班的事，起先是有一两个相熟的人托他教孩子画画，后来渐渐也成了一点小小的气候，有了那么几个固定的学生，梅真本来也喜欢小孩子，所以也很照顾那些学生，有时个别家长恰巧有事，还会将孩子托在他们这里做做功课，也算一项进项。

曹琳达看着他们诉说，淡淡的，他一言，她一语，谁也不抢谁的风头，真好。她给他们斟酒，又给自己满上，屏风对面想是一大家子，只听得小孩子咿咿呀呀叫“恩奶”，有女人假装要凶，试图制止孩子的什么胡闹，他恩奶必是笑着说：“不要紧的，来，过来，恩奶欢喜哟。”她饮尽杯中酒。小恒星也问她讨酒喝，她说你还小，喝橘子汁就好。小开说，不急的，小东西，等你长大陪爸爸喝，好不好？他迟疑了一下，点点头，大家都笑了。

酒过三巡，外面开始放烟花，“砰”一个，又接着“砰”“砰”两个，听得小孩子心里痒痒的，他急切地望着他母亲。“想出去看呀？外面冷，不去了。”他低下头去。梅真忙道：“正好，我给小恒星织了围巾手套，还有一顶小帽子，要不要试试？我们小恒星戴着就不怕冷了，梅孃孃带你出去看烟火，好不好？”“梅真，你身体不好，不要让他累着你。”“不累，你看，是不是颜色很好的？”她展开来给曹琳达看，琳达点点头。“来，小恒星，咱们去外面咯！”说着她帮他穿戴好，他一溜烟先奔了出去，梅真在后面追。“还像小孩一样。”琳达说，夹起一块南风肉到小开碟子里。窗口虽看不见多少烟火，却也挂着一排热热闹闹的红灯笼，映着人脸，不醉也当醉了。

“琳达，你好吗？”“好啊，生意好，身体好，家里人都好。”“好。”他低头吃那块南风肉。“你是不是觉得我很奇怪？”她忽然问他。他看到她笑起来的嘴角有点下垂了，不似以前飞扬俏丽，却让她脸上添了一种温柔的神情。“你来，是不是想着，也许是场鸿门宴？”他不响。“小开，我就是觉得，其实不必这样的。你，我，梅真，像这样坐下来说说话，也蛮好，不是吗？这话，我以前也想说，不过以前总较着输赢似的，等着你们开口。现在我想明白了，念头活活烂在心里，才真叫输。”她给自己又斟了一点酒，“我挺佩服梅真的，别看她瘦瘦弱弱的，她想好的事，她自己都拦不住。”说着，抿了一口酒。“琳达，当时你真的误会了……”“当时怎样都是当时，不是现在。小开，你知道，我还是很小气的。你也一样。”两人都不说话了。窗外烟火声纷纷，还有孩子们的笑声。“小恒星总是不爱说话，我想，和我们大人总有些关系。你说，过年过节，偶尔也像这样，也学人家那样聚在一块儿，团团圆圆，好吗？”他点点头。“其实，你和梅真那么喜欢小孩，为什么不要一个呢？”他深吸了一口气，眉眼间坠下一缕愁。“你不知道，梅真……她是很苦的。她前面那个男人……”他举起酒杯一口闷下，嘴唇微微发抖，“算了，这样就好。你不要去问她，现在这样就很好。”

她没想到是这样，每一对喜烛都会流泪。

小恒星奔回来的时候脸上红扑扑的，眼睛烟火一样明亮，梅真笑着在后面抓他。他们约好明年还要像这样聚会，也许在儿童节，可以一块儿陪小恒星上游乐园，说着说着，气氛热闹起来，尽管人不多，屏风这头也是小小的一桌团圆。

新年伊始，上证指数冲到了一千五百点。卖葱姜的阿婆们也冲进去了，人人眉开眼笑，谈股论金，真是一个吉祥如意的好开年。

整个大户室里，袁万元腔调最大。认购证那次给了他足够多的本钱，最近更是生意上的钱也大半拿来股市投资，现在他中华也不抽了，改抽雪茄。中午收盘时便和另外几个大户探讨，法国葡萄哪一年的雨水好，酿出的酒润口，英国哪个岛的泥煤多，制得的威士忌风味强。见到小罗宋，他也总是笑眯眯的，自从上次深圳“收拾”阿大的事之后，他们两个愈发亦敌亦友，彼此心照不宣起来。有时，他也给小罗宋推荐几个股票，顺便打探一下曹琳达都买了哪些，又抛了多少。

这天袁万元心情格外好，主动踱到小罗宋身边，“小兄弟，行情好啊！”“是呀。”小罗宋应和着，脸上却很不高兴似的。“怎么啦？行情好还拉长了脸？”“你不晓得，琳达嘛，非要我抛掉。现在正是最好的时候，女人家就是胆子小！”“嗯……”袁万元眼睛一转，“不要这么说，琳达还是很有一点本事的。”小罗宋急了，“但是你看，都在买进，量那么大，明天肯定要再涨！”“我看看。”他凑过去，摇头晃脑看了半天，“是有点可惜。但是，她是你老板呀，老板的话，怎么能不听呢？”“什么老板？我们平起平坐的。”“是吗？”袁万元用轻轻两个字扰乱了军心。他打开雪茄盒，递给他，“我们认识有好多年了吧？小罗宋，如今你也是一个杀伐果断的男人了。有点腔调。”他咬着雪茄，笑盈盈地看他，“我给你出个两全的法子怎么样？”小罗宋恨恨地靠向老板椅，“说。”袁万元凑过来，“她说要抛么，你不抛，她肯定不高兴。那就抛。”小罗宋眉头一下子皱起来，袁万元忙道：“但是，她没说你不可以再买啊！你再挑一个热度高的，人人关注的买进，明天一涨停，看她还有什么话说。”“那要是不涨停呢?”“不可能。我跟你说，你可别告诉别人，证券公司的老板，是我亲戚的熟人，我都打听过了，消息绝对准确。不然我最近这么旺?”“哪只?”袁万元不响。小罗宋哼了一声，“晓得你也不会说。”袁万元四下看看，确保没人注意时，拿过他的手，在手心里轻轻画了几个数字。“这不是最近传得很多的那只……”“嘘!”他示意他不要作声。“后面还有好消息，一发布保准涨停。我自己是全仓的，你看着办。这个你知道就可以了。晓得哦?”“可以，够意思。”小罗宋脸上阴霾顿时散了去，袁万元笑道：“一句话的事。喏，发财了，可别忘了我这个老朋友。”“没问题，锦江饭店，我请客。”他学他，咬起了雪茄。

“抛了吗?”“抛了，我办事，你放心。”曹琳达听了小罗宋这话，松了口气。“我昨天一晚上没睡好，就想着阿大的话。”“你是想着他的话，还是想着他?”看到他又阴阳怪气，她索性说：“我是想着我的钱。股票的事我实在没工夫管，但是我听说现在广东路水泄不通，消息多到听不过来，连擦皮鞋的都说自己有内部消息，这就有点不大对头。”“行情好嘛，关心的人就多，有什么不对头?”“不管了，总之我们抛了，也赚了，那就放心了。对了，钱转出来了吗? 我看中一种面料，市面上很少见的，价钱已经谈得差不多了，这几天就去签合同进货，你把钱准备好。”他脸上有些尴尬。“这次，”她眼睛亮亮的，“我不能像以前那样跑量做低价了。现在他们知道我们的品质，信任度已经建立起来，接下来，我要出外面没有的精品，标我们的品牌，去和他们谈斤头[1]。”“嗯。”“那我先去找洋细米姆妈谈一点事情，你早点回去休息，最近又要看盘，又要来工厂，也辛苦你两头跑。”他心中虚弱，轻声道：“我不都是……为了你嘛。”

这一晚，小罗宋也彻夜未眠。

第二天尚未开盘，那传说中的好消息便如期而至，他顶着乌青的眼圈，松下一口气来，露出笑颜。可一开盘，这笑就僵住了——开盘跌三个点。“袁万元！老狐狸，你是不是又出什么阴招？”“啊？”他一脸无辜，凑过来看，“不可能啊？消息早上出来了，怎么会跌呢？小罗宋，你不要急，哥哥我和你同一战线，我看，再买进！你还有钱吧？”“还有一点。”“不说了，我去买了，你自己掂量。十点半，V型反转！”他一溜烟跑开了。小罗宋慌了神，曹琳达的高档布料和香港计划在这些跳动的价位数字间忽上忽下，他犹豫不决，不知该不该再买，犹豫间竟然又下去两个点。“买！”他决定了。都跌了五个点了，有这么好的消息，没可能涨不上来。单子填罢，他转去楼道，默默抽了半包烟，神经略微放松一点时回到大户室，看到此时，这只股票已然躺在跌停板。

他是后来才知道，袁万元确实满仓了这只股票，不过，在他推荐给他的那天，他就已经跑了。跌三个点的时候，他也没有去补仓，大概，是去定庆祝的宴席——庆祝他和曹琳达的又一次栽倒。然而，好消息是真的，他没有骗他，可他也没有告诉他：

1 沪语，意为讲条件。

"利好出尽就是利空"。他没想到，股票的道理，竟然和人生如此相似，盛极必衰，高处不胜寒。

"抛掉。"她斩钉截铁。"可是亏了……""抛掉。亏也抛掉。"他小心翼翼地建议："也许，过两天就上去了，要不要再等等？可能……可能就是洗盘？洗掉一点筹码继续涨？""小罗宋，你晓得吗，你现在不是在投资，你是在赌。""不是啊，我也看指标的，我，我还打听了内部消息……""哪里来的内部消息？阿大都和我说了，现在假消息满天飞，谁都不能信了！""是……袁万元。"她深深吸了一口气，慢慢坐下，半天不说话。他宁愿她骂几句，或者扔一点东西，可她出奇地安静，安静到三五牌座钟的指针像匕首一样，一下，一下，刺着两人的心。最后她说："反正我们也赚过。现在亏掉的，我认。明天一开盘不管什么价钱你给我抛了，然后跟我去静安寺。""去静安寺干吗？"他怯怯地问她。"难道押你剃度做和尚去？去烧香，去去小人缠身的晦气！"

这是他第一次去静安寺。他是一个这样奇怪的人，外国脸，中国芯，然而两边的宗教信仰世俗规矩都离他很远似的，拘不住他一丝一毫。他不去庙，中国庙，洋庙，一律地不感兴趣。不想追问自己的内心世界，对前世也好，来世也罢，统统不想过问。他只有今生，今日，此时此刻。

"等等。"她唤住迈着观光客步履的他，打开手提包，请了两束香。"你真是老了。"他说，"老了的人，才去求神问佛，年轻人万事靠自己。""你靠自己？那干吗听袁万元的？你们不是有深仇大恨吗？不是同归于尽吗？怎么又拜了把子似的？我看你得驱驱邪。”“此一时，彼一时。他要害你我当然冲在前面，但上次，我以为……他是好心……”“他几时对我们好心过？”他不说话了，接过她手上的香，跟在她后面向那宝殿去。

她静静地焚了香，叩了首，双手合十望着那佛像，许久。从她眼睛里，他看到一种多年来没见过的神情。不是捉到一个机会时的神采奕奕，也不是遭人算计后的怒气冲冲，更不是身边人离去的落寞失意，她变成了一颗很细小的灰尘，匍匐在渺渺宇宙间，而她身上的镇静，使得这颗灰尘看起来无比庄重，最微不足道的，却最沉重透明。

“你看上去不像是会信菩萨的人。”他们走在游廊里，他忍不住感叹。“我不是不信。”“那是什么？”“是不知道怎么信。”“你看，像你这样遇到事才进庙，菩萨理你才怪。”她忽然停下脚步，“小罗宋，我有种感觉，好像自己哪里也不属于。明明像粒石榴子，和其他的石榴子密密麻麻排在一起，你裹着我，我裹着你，可石榴一打开，就一颗颗争着滚落，彼此再不相关，说分离，就分离了。”“曹琳达，我觉得你还是不信菩萨的好。你看你现在说话的样子，简直像个娘儿们。”

预备离开的时候，忽然下起了雨，两个人谁都没有带伞，只好躲在那飞檐下，听檐铃在雨中丁零当啷。“你既然不信，刚才又和菩萨说些什么？”“我不告诉你。”“小气。”雨水很急，打在檐瓦上，亿万年的自然与千百年的建筑一起鸣唱出一个又一个转瞬即逝的音节。“你要是告诉我，我就给你看样东西。”小罗宋说着，从颈项间摸出一根链子，底下带着一个小小的鎏金坠子，书本一样，他仔细地打开，那神情虔诚极了。琳达凑近了，看见坠子里头有一张很小的画在珐琅上的女人肖像。“是谁?”他快速合上那坠子。“你先说，你刚才那样，奇奇怪怪的，和菩萨说的什么?”她看向风雨中晃动着的檐铃。“我希望，有希望。”“什么?”“希望。”她看向他，“我希望永远会有希望。小罗宋，别的都不怕，就怕没有希望。”他抚摸着那个链坠，想着她的话。“那你呢？藏得这么好，是什么人呀?”“我也不知道。”她看到他一向不服输的绿眼睛起了雾气。“怎么了？不想说就不说。”“这是放在我蜡烛包里的。”他打开给她细看，“和我像吗?”那是一个棕色头发的外国女子，衣着华贵，绘制的时候大约还很年轻，尽管表情庄重，眼睛里仍透出少女独有的那种不可一世。可是这坠子年岁长了，画得又不知和本人像不像，也很难判断她与小罗宋究竟有多少相似。“像。”她说。他欣慰地笑了，“我的希望，就是以后我有了大出息，到那个时候，她要是还活着就好了，她看到我那么风光，就会来找我的。人不都是这样吗？想要对自己有利的东西。那时候，我是什么呀？一块只知道吃喝哭闹的肉，她不要我，我也懂得。”琳达握住了他捏着链子的颤颤的手。“但是以后就不一样了。曹琳达，我们要发财，发大财，我们还要有名望，不止这里，就算是俄国的一个老妇人也能知道的那种名望。她一定后悔，当年竟会以我为耻……她……会哭……会摸着我的脸，喊我的名字，我叫什么名字？米嘉？伊万？还是阿辽沙？她多半早就忘了，反正她年纪大了，就当是记错了，也说得过去，然后我就……宽恕她。”

雨像是不预备停了。这样也好，就当他脸上是雨水吧。

走到门口时，有个干柴般的披着雨衣的老人忽然蹿到面前，一只手指着曹琳达，“您是贵相啊！正走鸿运。”“走，小罗宋。”她晓得他们这类人的路数。“等一等！这位，是您的……可怎么？不对啊……”曹琳达摸出钱来，“不要触霉头。说点好话。”给了钱，便拖着小罗宋匆匆走了，留下那个老人在雨里喃喃自语：“来来往往，熙熙攘攘。”

袁万元成功逃顶，成了广东路一段传说。最近他日日要到大户室转一圈，看看别人如何愁云惨淡。“一样交了大户室的钱，不能浪费啊。”他笑得有些顽皮，如同一切变老了的坏孩子。

除了遇上阿大当班，他额头免不了要紧一紧，但总不至于拦着不让进，加上琳达也关照过，不要去惹袁万元，再丢了饭碗，因此他只是沉着脸。“瘪三，给我看脸色?”过关成功后他不免嘀咕几句，现在他身家了得，自然与这些砖石缝里野草般长起来的人不能相提并论了。

这一段时间以来，指数大幅下跌，只有袁万元这种空仓的人乐得清闲，与人喝喝茶，谈谈生意，吹吹牛皮，偶尔眼睛抬起来看看盘，看看机会到了没。

阿大照例会去和琳达汇报股市消息，不过她已经心思不在这上头了，这令他有些失落。原先分析起哪支股票值得投资时闪闪的眼神瞧不见了，她只是间或点一点头，礼貌性地听完。“那你最近的生意……”这时她眼睛才亮起来，“阿大，你先不要告诉我家里，我可能要去香港开店了。不对，也不能说是店，先是租人家一个柜台，我和罗先生，哦，就是洋细米姆妈的那个朋友谈好了，但是合同要再等等。”“你要去香港？”“暂时还不行，但是呢，先通过罗先生一点一点做起来，以后，我总是会去的。”他沉默了一会儿，“你是不是还想着……”知道自己没有质问的身份，遂又转过话锋，“我就是觉得，不要上当。这个人的底细，你又不清楚。”“一点点来，先让洋细米姆妈清楚。我听说，他们可能要结婚了。”她将他写的那些股票名字搁在桌上，走进房间找小恒星上学要用到的画笔去了。那个信封写了又擦，擦了又写，竟也用了那么长时间，皱巴巴的，已经不再挺括，像一团废纸。于是阿大拿起它，看看上面歪扭的铅笔字，是他自己的字，觉得陌生又好笑，索性将它一团，扔进了废纸篓。

“What's this?”“幸运星！”洋细米洋洋得意抱着一个玻璃罐在小恒星面前炫耀，只见里面装满了五颜六色的小星星。“你们学校不流行这个吗？我们班里都在比赛，看谁叠得多，叠得好。你看，我叠的，每一只星星的角都尖尖的，比别人的都好看！”“Can I have one?”“那可不行，我给了你，比赛不是输了？”小恒星不说话了。“不过……就一颗的话，我也没有那么小气。”她打开罐子开始挑选，“你欢喜什么颜色呀？”“The blue one.”“啊？我蓝的最少！”她小气起来。“算了算了，就给你一颗蓝色的，两颗，好不好？”他高兴地接过来，放在手心端详。“别弄丢啦。这是我们友谊的见证，丢了我就不理你了。”他点点头。“不过小恒星，你怎么老是和我玩儿呀？你没有别的朋友吗？”她托着自己的脸蛋，好奇地凝视他。他被她看得有点脸红。“I...I have friend, friends...”“撒谎。”她那双细细的眼睛将他心思看穿。“我知道他们肯定不喜欢你。因为你和他们不一样。”她忽然跑开，去翻一个抽屉，又跑回来，“给。”她将一把五彩镶嵌的匕首拍在桌上。“And what's this?”“小刀。”说着，她拔出匕首，向自己脖子划去。“No!”他尖叫着，将脸埋进臂弯，耳边传来她咯咯的笑声，“怪不得你被人欺负！胆子也太小了！你看，这刀没有开过锋！”边说，边在自己脖子上假装拉锯，翻着白眼向他吐舌头，“哎呀，疼死啦疼死啦！”他偷偷看她，确认了是个玩笑，才敢把脸露出来。“喏，你带着这个，如果有人找你打架，你就把它拿出来，吓唬吓唬他们，让他们知道你不是好欺负的！”他摸了摸那充满异域风情的刀鞘，“Where did you get it?”“我爸给我的。他在外国买的。你知道吗？我爸去过的地方可多了！你知道哥伦布吗？我爸就是哥伦布！他航行在一望无际的大海上，看见好多好多我们这些住在城市里的人一辈子也看不见的东西，他就在那儿！”她站起来，朝着窗外的天空指去，可是天上没有海，只有绵延的别人家屋顶。“I can't see your dad.”“因为你是个傻瓜。我告诉你，屋顶连着屋顶，就是一条秘密通道。如果你顺着它们一直走，一直走，你就能走到大海边，那里有我爸爸的船，船上什么都有，只要找到我爸爸的船，我们就能去所有想去的地方。”说到这里，她叹了一口气，“可是小恒星，他也是这么想的。他想去的地方那么多，没有时间回来了。”

远远的江上有一点隐隐的笛鸣传来，他走到她边上，和她一样抱起双臂，肩并肩趴在窗台上，听那呜呜声里的惆怅。

那是一个晴朗的夏日傍晚。曹琳达在家里染头发，她姆妈帮她，一缕一缕仔细地涂：“你呀，就是太操心，你看看，你还这么年轻，白头发倒出来了。”“姆妈，我不年轻了。”“也是，”她姆妈叹气，“就是我自己，总觉得你还小，我一天活着呢，你就一天还是小孩。”“姆妈你做什么啦？”“琳达，要是有合适的，你也去看看，认识认识人，成个家，好不好？”“你再啰里吧嗦，我还是自己染算了。”她拿过染发膏，自己噌噌噌刷起来。“你姆妈也是为你好。”曹家阿爸新近养了一只鸟，如今他退休了，开了一辈子长途的人，忽然心血来潮学起别的文雅老头，偶尔也在家戴起老花镜写写毛笔字，横不是横，竖不是竖的，鸟看了也发笑。近来他酒也喝得少了，每天忙着给鸟喂食，眼里活过来几分温存。“我现在生意正是要用心的时候，哪里有时间去陪陌生人吃饭聊天？”“算了老太婆，随便她去，我看她啊，是像我，有拼劲。”“你？”曹家姆妈看他一眼，他回看一眼，两人都知道对方在想什么，各自走开了，留下小鸟上下跳跃，扑腾着翅膀。

“菊芬！”“曹阿妹！”门外忽然有人唤她，她顶着一头染发膏出去看，却是阿大与万元家主婆立在门口。“怎么了？”万元家主婆一见着她就跪下来了，泣道：“阿妹啊，我这次没有人可以求了，你无论如何要帮我这个忙！我今生来世做牛做马记你的情！”

阿大在一旁解释道："快去广东路！要出人命了。"

原本就天天水泄不通的广东路，今天更热闹了百倍，即使不炒股的周边居民也加入人潮，团团围着那栋楼，议论纷纷。"警察不管啊？""警察怎么管得了你们输赢？""不是大户吗？""你不看看今天什么点数！"

"老头子！"万元家主婆一下出租车就疯了似的喊，"我寻人来了，我寻救兵来了！你千万千万要想开！我是你家主婆！你听到没有？！"阿大带琳达一路跑着上了顶楼，那是一个空空荡荡的平台，只有几样废弃的木箱和一个上年纪的男人，他坐在平台的边缘，像是在发呆，又像是要发狠。这个人即使不回头，她也一眼便知就是袁万元。

"袁老板。"

他回过头，"曹老板？"

她向前一步，"你听我说，你不要激动，你老婆在下面，你不要吓她。"

"叫她回去。"他又转过头去，不再看她。

"我，我不清楚到底怎么回事，你看你能不能和我说说？"

"你不清楚啊？"他仰起头笑了，和往常一样，笑也笑得比人傲慢，但是风把他的头发吹得有点乱，摩丝定型力不够。

她摇摇头。"我真的不晓得。你说说看，说说，心里好受一点。"

"是我好受一点，还是你好受一点？"他冷冷看她。

"我不是那个意思……"

“曹琳达，坦白一点。你记恨我，那是应该的。你要是不记恨我，我袁万元瞧不起你。”

她点点头。

“模子[1]。”他说，“敢做敢当。”他从裤子口袋里摸出一盒雪茄，点燃一支，“你知道的，我不是什么好人。但是一个人，一个再怎么没有良心的人，他总有要为自己做的事情负责的时候。也就是我袁某今天，必须要做的事。”

“袁万元，我是不喜欢你。你害过我，害我亏钱，坏我名誉，你恨不得我躺在地上起不来，这些我都知道。不过袁万元，你也看到的，我是怎么爬起来的。你每害我一次，我就爬起来一次给你看！难道你还不如一个女人？你说你现在是在做什么？亏钱？亏钱算什么？有什么不可以从头来过?!”

“三百二十五点！曹琳达，你去看看那块板！一千五跌到三百点!”他夹着烟的手指向远处，远处只有风。

“你不是逃顶了吗？你不是，你不是还骗小罗宋去买吗？你知道行情要坏了……”

“我知道行情要坏了，可我不知道会坏成这样!”他站起身来，双宫裤脚在风中抖，泛着寒光。“我赚了这么多，我是传奇啊！我怎么能停手呢？跌了那么久，人人吓得半死，我就抄底给他们看，让他们知道，你爷叔，就是你爷叔!”他笑起来，笑他自己，笑得那样怪异，笑声也像哭，可是没有眼泪。

---

1 沪语，意为为人做事都是上品的人。

“就算是这样，大不了认输，再来一遍。袁万元你是个聪明人，你是华亭路上第一个万元户，你忘记了？认购证你买得比我多，股票你赚得比我好，只要你活着！人活着还怕没有机会吗?!”她的声音被风吹得歪歪扭扭，在接收者听来却明明白白知道字字真心。

“我也想活着。”他狠狠揉了揉自己的脸，转向她，她示意他走过来，他摇摇头，“我真的很想活着。假如我能活着，我还要和你斗!”

“那就斗！我借钱给你啊！我帮你翻身啊！你活着和我斗啊!”她大喊着，眼泪落下来。

“谢谢你，曹阿妹。你不要说，我这辈子，认识你这个人，有劲也蛮有劲的。”他边说，边后退。

“袁万元！不要过去，你走过来，我求求你，你千万不要……”

“翻不了身了。我透支了多少，说出来吓死你！呵，我一向是这样的嘛，借力，博大，想彻底翻身，结果呢？我借了把刀给自己。都平仓了，没了，再也翻不了了。我那个家主婆，是个没用的女人，她不知道我欠了多少外债，她要是知道，肯定说，不如死了算了。”

“不会的，你晓得她不会的!”她想再上前，却被他一抬手止住步子。

“我真是舍不得!”他嗓子也在风中抖，“舍不得那点黄酒，那两口小炒，那两声小曲……曹阿妹，你会不会唱戏?”

她摇摇头。

“又骗我。”说着，他看向西边渐渐沉下来的太阳，边上的月勾已心急地印在天幕上，要将白日交替。他轻声哼起来：“那冰轮离海岛，乾坤，分外明，皓月，当空……”有些唱不下去了。

“晚饭时候了，回去吧，吃饭人。屋里人等着呢。”她泣不成声。

“不吃了。这个人哪，总是为了我吃苦，你不知道，赚了钱了，她也不花，你说这个女人怎么这么命贱！摊上我这么一个……王八蛋。”他忽然眼眶红起来，扔了烟，踩灭火星，又抬起头，问她：“你相信来世吗？”

她哭着摇头。

“你最好不相信。”他说，生来头一回，他宽阔脸面上紧缩的那把五官四下舒展开来。“假若有来世，我袁万元，一定不会输给你！”说完，他朝她笑笑，很轻松似的，向后一仰，一个女人的惨叫声于人群中炸开来。

太阳明明蛮好，气温也不太高，日夜顺畅更迭，是个夏日晚风里笃笃定定西瓜挖挖的好日子。那边云层红了起来，她的染发膏并着眼泪染了阿大一胸口。人死债消，临了他还是念了一点万元家主婆的好。

到了七七的时候，万元家主婆到广东路烧纸，一边烧，一边告诉他：“万元啊，今天上证指数一千点了。”

假如没有那个下午，未来许多决定也许不一样。可偏偏那个下午像染发膏一样，不小心印在哪里，便长长久久洗不去，总让她想起，一个人如何像一只鸽子一样在眼前飞去。她不得不给自己立下规矩，投机生意，一律不碰。几年里，她拼了一口气，将店做成了连锁，既有高级商场的柜台，也有独立的店面，路过的人光是看橱窗出样风格就能认出是星裳的衣服。上千个日日夜夜，辛苦归辛苦，总算扎扎实实地在一片领域落下了脚，而香港那边的柜台，一年年账面上看，罗先生运营得也不错，尽管忙到现在，她还没有实地去过。

那天，罗先生在花园饭店请客，邀了曹琳达和小罗宋。罗先生说，香港回归之前，他和太太商量了很久，最后还是决定移民加拿大。洋细米姆妈娇滴滴地挽着他："我的人生，永远在漂泊。"她和罗先生正式结婚之后，就搬去了淮海路上的外销公寓，她现在说话也很不像过去的她，有一点奇怪的话剧腔，仿佛要和过去那个奋力挑选便宜好货的自己挥手诀别，可惜意图过于明显，观感不大自然。"罗先生，那我们的生意……""所以要和二位商量。我是喜欢待在香港的，不过既然办了移民，就要坐几年的'移民监'，偶尔回来是可以，天天照顾就不行了。不过好在香港现在回归，来去更加方便，你们如果愿意，不妨考虑去那里发展。当然，如果不愿意，我们一起商量下一步怎么办。""琳达，你去嘛，我一直劝你去，你总说没时间。我是蛮喜欢香港的，有海，有山，又热闹，你肯定会喜欢的。"洋细米姆妈形容的时候，好像眼睛里泛起海面星光一般，勾起琳达一些隐隐的回忆。"加拿大也有海有山啦。"他拍拍她的手。"跟着你，到哪里都有海有山。”她脸上扑得粉粉的，笑起来像只寿桃，审美老派的男人大约会看着舒心。“那你又老是让我往上海跑。”“哎哟，小囡读书呀，你们那里讲广东话她跟不上的呀。”“现在好啦，去加拿大，反正她英文也会讲，去那里念书，比上海更好啦。”她点点头，头歪在他肩膀上。

“琳达，我们去看看。”小罗宋建议。“好呀，你们来，我给你们安排。”罗先生很高兴，事情也许顺顺利利就能解决，于是挥手点了一只进口大龙虾。

吃完饭走出来，小罗宋觉得很奇怪，她怎么一直不说什么话。“怎么啦？龙虾不好吃啊？”“好吃。”她的调子长而下落。“谁惹你不高兴了？是不是姓罗的？哪里不对头？告诉我，我去揍他，我管他有钱没钱！”“别胡闹。我就是觉得……两头跑，未必顾得过来。”“去看了再说嘛。假如香港好，我们就着重在那里发展，假如还是上海好，索性香港店关掉，一心一意在这里，对不对？多简单！”“我知道……”“其实我早就想去了，正常生意往来嘛，最多手续复杂点，旅游也行啊，又不是没钱，可你总说忙不过来……”“还要参加学习班，烦也烦死了。再说也不能让罗先生觉得我们时时刻刻要监视他一样。”“这倒不会，你是担心过头。哎，曹琳达，你说我穿什么去香港好？他们那里流行什么？我要不要去烫个头？”“你头发已经很卷了。听说那里像你这样的外国面孔叫作鬼佬，香港马路上多得很。”“那我不稀奇了？不行。我去买副腔势再足一点的太阳眼镜，给你买双漆皮高跟鞋，世界名牌，锃锃亮，上海人要有上海人的腔调。”“随便，你去买吧。”“哎哟，开心点，去商务考察，又不是去坐牢！”他晃起了她的肩膀。

“哎，曹琳达，有牛排哎！”小罗宋看着飞机上的餐单，惊呼一声。“轻一点。”她用胳膊肘敲他。“知道了，知道了。不过，飞机餐也有西餐馆的菜式倒是新鲜。”“嗯。”“嗯什么？你也是第一次去香港，不要假装很熟一样。”“嗯。”“你这次真的很怪！”他轻轻说，合上餐单，转头向空中小姐，“牛排，谢谢。”

一落地，潮湿的闷热就朝他们扑过来。“曹琳达，这里皮草大概卖不掉。”“我倒觉得，越是穿不到，心里越想要。”“钟表生意肯定好。”“为什么？”“热嘛，手腕赤在外面的时间多。”他瞄了瞄行人们的手腕，果然一个比一个金光璀璨。

车子一路开过的地方，有很挤的居民楼，也有极漂亮的大厦，名牌店就开在药铺边，楼上还有着住家，杂七杂八热闹纷呈，恍然间使人感到一种亲切，原来这里和上海骨子里是一样的，人各有命，高低错落，都在拼。罗先生要带他们喝茶，曹琳达提议先去店里看看，小罗宋笑她要么不来，一来就忍不住劳碌，于是罗先生载着他们往尖沙咀去了。

鳞次栉比的店招牌里，有那么小小的一块“星裳服饰”位列其中，橙底黄字，看在她眼里暖暖的。“我请人设计的，这颜色旺嘛。”罗先生引着他们进到店里，店员纷纷向他致意，几个正在挑选的顾客也向他们看过来。踏进自己店门的时候，一种亏欠的感觉涌上她心头，像一位母亲见着了遗弃多年的孩子。尽管知道自己早晚要面对的，可不知为何就是在那儿挨着时间。小罗宋倒没有这样的心结，他向顾客们频频点头，也不管人家注意不注意他，好似一位微服出巡又生怕不为人知的国王。

店面比上海的小，不过也算精巧；店员们不如上海的售货小姐笑得甜，然而呱啦松脆的粤语介绍起来也有声有色，透着精明伶俐。“这些摆放啊，格局啊，她们待人接物的方式，你有不满意的尽管提，我来做翻译。”罗先生轻声说，“店面是不大，可是香港寸土寸金，这些年地价屋价又都急升，也就是去年底金融危机，到年头狠狠跌了一波，我才租到这个合适的价钱。”“我看这样就很好。”“那两个商场的柜台我一会儿也带你去看看。”“麻烦了。”“哎，partner 嘛，谈什么麻烦不麻烦。”

罗先生说，他手上的房子在前些年急升的时候卖得差不多了。“就剩现在住的小地方，亏就亏啦，反正别的已经有得赚。你们不知道，那些高价时候买到手的人，跌到烧炭哪。”罗先生还说，等他去坐“移民监”，钥匙可以交给他们，有人住的房子不易坏。“现在满街都是劈价盘，你们有时间呢，也可以去看看。当然了，你们从上海过来，看这里的房子，可能还是觉得贵的。”罗先生觉得这几年生意还不错，从一个柜台开到了小店面，势头蛮旺。“你们考虑一下，是亲自过来，还是请人监工，抑或关门转让，我都尊重你们的想法。有什么不明白或者要我做的地方，尽管说。”

饭后回到酒店，曹琳达拉开窗帘，窗外星星点点，有的暖黄，有的青白，有的橙灰，是拉着帘，一个又一个小小人间。忽然此时，电话铃声起，她跑去接，除了隔壁小罗宋，没有第二个人。

“琳达，还醒着吧？想不想上山看星？”

她握着听筒不知多久，那头也沉默，更令人不知今日是何时，耳畔是何人。

计程车师傅听得他们口音，颇有好奇心地与他们聊起来。师傅说，他有上海亲戚，从前在大户人家帮佣，打仗的时候跟着逃过来，“刚刚过来，别说主人家，就连她看这里都像渔村。”他说，“不过呢，香港发展真的很快。有资本，有头脑，到哪里都有一番天地。就比如这半山，香港人，上海人，南洋人，广东人，谁有能耐，谁就在这里扎稳脚跟。我看你们也是来这里发展的吧？”“我们……”“香港好啊，做生意，当然要来这里，现在内地也渐渐有人来了，机会多嘛。”“我们只是来观光。”“观光好啊，有山有海有得血拼，东西好吃，人又奈斯！”师傅的脸上洋起一种自豪，即使自身只是这城市小而又小的一尘。

……

“我喜欢高山多于平原。”

“从香港的山顶望下去，千家万户的灯，一盏盏绽开了，像银河星空。”

“香港的银河，在人间。每一颗星，都住着一户寻常人家，它不像天上的星那么清冷，它是活的，变幻着的，不太永恒。”

……

琳达眺望她遥遥的过往，山风温厚，维港静静卧在璀璨灯火间，是盈盈一弯泪。

“你比较喜欢哪一个？”

“什么？”她回过神来。

“我问，你喜欢哪一个，这里，还是上海？”小罗宋问她。

千家万户的星颤动在眼帘，或是因为到达的欢喜，或是饱含愁郁的缘故，这些年过去，如今她站在这里，终于了解，星河璀璨背后的奥秘。“这里好归好，不是我的家。我想不出为什么要千辛万苦……”

“你看，你看哪曹琳达，看看眼前，上海哪有这样繁华？我还以为上海就够好了，我以为我看得已经很多了，可是你看看这里，这不就是你，还有我，我们想要的吗？”

“我是想过。想得太久了。都快忘记了。”她说。一个人影在这字句间穿过。

“我们过来吧。”他靠近她身边。

“小罗宋，我们会做大的。就像在上海那样，在这里，我们也会开连锁，让人认得出我们的招牌，佩服我们的品质，买我们的账……”

“我们还可以让人加盟，也许有一天，我们还能上市，然后就买那里，像那样的房子！”他指着半山中隐隐的豪宅，眼睛比那些星星更亮。

“那是最好不过，不过，我们不一定要过来，比如请个经理，或者……你如果实在喜欢这里……你可以自己……”

“可我更喜欢你。”

夜那么深，维港的海面本该是墨黑的，可人间灯火繁星点点，围抱了它，再深沉古老的海水，亦会波光潋滟。湿暖海风升腾进山间，山也轻软起来，万树千枝摇摇远唱，海水浸润土地，成了陷人的沼泽，而陷落的人，竟似忘了呼吸。

"你说去哪里，就去哪里。"他环抱住她。

"哪里也不去。"她闭上眼睛，明明不是圣诞节，却仿佛有人放了花火，夜空太亮，不像真的。

"快点切啦，客人等着啦，哎！我怎么运气这么好，请到你这么'能干'的人！"烧鹅店老板这边厢抱怨完，立即抓了两罐冰可乐，笑容满面朝客人去，"来，两位，先喝汽水，烧鹅马上就来！"说完又跑进去催促了。"我帮你开？"小罗宋问曹琳达，她点点头。他拿出一块手绢，先仔仔细细擦一遍，一边擦，一边唠唠叨叨："我想过的，反正，小恒星也不烦我嘛。反正，他英文也是我教的嘛。反正我有空就多陪他讲讲话，我一边讲英文一边就讲上海话，那早晚他会被我带过来的，对不对？你不要担心。""咔"一声，汽水罐打开，气泡"嗞嗞"向外逃，琳达不说话。"琳达，我知道我比你小，我有时，还会闯点祸……但是，但是这么多年了，你看我心里有过谁？"他眼睛里升起委屈的神情，"两个人，你好歹选一个。"说完，"咕咚咕咚"往她的玻璃杯里倒汽水。"不知道你说什么。""你什么意思啊曹琳达？"他急得搁下了汽水罐。"什么时候有过两个人？"她说。于是她又看见一朵朵烟花，这次是在他的眼睛里。他低下头，不让烟花跑尽了去，再抬起头时，他抓起她的手和桌上的汽水易拉环，“明天，明天给你换一个。”他将那易拉环套进她的无名指。

“烧鹅来了！趁热啊。”老板笑眯眯搁下那盘烧鹅，油脂丰腻，皮光红脆，一看便知是人间美味。“你看，我说的吧，这里每一家大排档的烧鹅都很好吃！”他给她夹了一块，又夹一块。

“叉烧有这么切的吗？哎！我要不是看你可怜，我真想跟你结清工钱哪！”这里每一家大排档的老板也都差不多，个个心急火燎爱念叨。别处的后厨里，也有个急吼吼的老板此刻正皱眉头。“对不住啊，老板。”“我叫你老板哪！哎！好了好了，你还是洗碗去吧，这里我来。”老板将那人往洗碗槽处一指，自己操起刀来：“切叉烧，有这么难吗？有钱人做惯了，什么都是别人做，这一点点活都做不来，什么都不行，还怎么翻身哪！哎，也是命苦，好好的香港不待，去什么印尼？现在好，什么都没了，老婆，孩子……我要是你啊，我就拿着这把刀啊，我去砍死那帮王八蛋！也不要回香港了，回来又怎么样？谁还会认你？也就是我啊，肯收留一个前讲后忘记的人来做工。喏，这个月工钱拿了，去看医生，记不记得？”那个人洗着碗，不作声。“算了算了，”老板说，“你要是不记得，我带你去啊。”

清洗完毕，这人提着垃圾向后巷走去。他的衣着很奇怪，似乎是很好的料子和款式，但却蹭得油腻腻，使得他看起来既不像是小工，也不像是老板，他是海水拍上来的一株死珊瑚。扔掉垃圾，他抬头看了看天，天上本该有星，可这里巷窄。于是他低下头，往回走，店门口有拖拉椅子的声音，总是客人吃完了要走，他朝那里看了一眼，似是一对恋人，手拉着手，女人的背影看在眼里像是一场旧梦，可那梦是什么，他想不起来了，于是他走进后厨，关上了门。

“阿祖啊，这里还有一袋啊!”老板又怨他。

客散尽了，星也困了，琳达摇摇小罗宋的手，“走不走?”他喝了酒，将她的手捏在自己手里，只是摇头。

曹琳达和小罗宋回来的时候，两个人的手上都光芒闪耀，一个多了一只金戒指，一个多了一块金表。

曹琳达去敲阿大的门，给他送请帖，唯有这张帖子是必要亲自送的。那是礼拜天下午，阿大姆妈去编织班了，她如今身体好一点，便出去走走挣点小菜钱。阿大穿了一件汗衫，袖子撸到肩上，正在家里挪家具。

“怎么了？要搬吗?”她有些讶异。“搬到哪里去?”他没好气。“那动它做什么？要不要我帮忙?”说着，她走过去。“你一个女人有多少力气?”他推动茶几，几凳的腿在水泥地上发出咯咯嘞嘞的响声。她想他大概是知道了。他成天在广东路门口听消息，多少练出了耳力。

“阿大……”“戒指蛮好看。”是呀，他怎么会看不到呢。“我想，我应该过来和你讲一声。”“菊芬，”他停下手上的活，气息还不太稳，“你不用说的。我自己想过，假如你永远都不要我，我会怎么办。现在我晓得，没有什么假如。戒指我买不起，房子也只有这一间，但是搬搬挪挪，布置布置，也许也会有女人愿意跟我。菊芬，你管你去吧，我不等了。”

汗从他依旧起伏的胸脯流下来，不知是热，是累，还是终于与过往诀别的虚脱。

她点点头，将喜帖搁在挪动了位置的八仙桌上，转身出去了。

“这个好吃。”洋细米得意地咬着一块肴肉，小恒星将醋碟挪到她面前。“哎，你妈妈要是多结几次婚，是不是一直都会请我们吃好吃的？”小恒星又将醋碟挪走。“哎你干吗呀！我还没蘸呢！”她探身夺过醋碟，牢牢霸在自己面前，一边蘸一边说：“又不是就你一个，我妈妈也和别人结婚了，不也请你吃好吃的了？小气鬼！”她用手拿着吃，一边吃一边吮手指头，“我的新爸是个香港人，不对，现在他是加拿大人了，加拿大你去过吗？我反正没去过。不过姆妈说，我们很快就要跟他去了。听说那里有很高很高的树，大森林，还有熊！哇呜！”说着她舞起油腻腻的爪子朝他张扬，却被他抓住了。他拿起一支喜糖上的假花，用那丝带绕在她又是醋又是油脂的无名指上。台上曹琳达正说着“我愿意”，是西式的排场，众人欢呼拍手，只有两个少年的手因为紧紧握在一起，没有发出一点声响。

登机前一晚，洋细米不见了。她姆妈找遍了前前后后几条马路和公园，一点人影都瞧不见。能想到的都想到了，只有一个地方漏了去。

打了烊的商店，出奇地静。他说，和她玩一个捉迷藏的游戏。眼睛先要蒙起来，接着坐着不许动，他说她从小就是个赖皮的人，所以要格外严格才能保证她不会作弊先去找他，于是他将她的手反系在椅子后，她觉得不对，喊起来，他又蒙住了她的嘴。

外面的车声也渐熄了，她什么也看不见，只能听到一点点窸窸窣窣的声响，持续了很久，那么细小，却听来有种庞大的恐惧。窸窸窣窣，窸窸窣窣，向着她来，越走越近，越走越近了，她摇着头，一句话都喊不出来，小腿拼命蹬着，忽然，被一团绵软的东西抱住了，怎么踢都踢进棉被一般，什么也伤不到。“Don't...it's me.”有什么东西伸过来了，摸着了她的脸，她拼命地摇头，眼泪都摇出来了，浸湿了蒙眼睛的手绢，忽然，那手绢被松开，模模糊糊涌进视线的，是一只巨大的蓝色布偶熊。

“是……是，是我……”那熊口吃着，“我，我想，想……让，你，你高兴。”熊将脑袋埋在她双膝间，“你，送，送给过，我，我一只……熊。我，我，高兴。我，我，我也送你，把我，送……送你，你要是，高……高兴，是不是，就，就不走了?”蓝熊紧紧抱住了她忘了踢蹬的小腿：“别走。”虽然瞧不见他的脸，可她知道，他躲在熊的身体里哭泣。

曹琳达赶到公安局的时候，洋细米姆妈正在那哭天抢地：“这不是犯罪？这不是犯罪是什么？啊？限制人身自由！绑架！这就是犯罪！”“他还未成年。”“未成年又怎么样？未成年就可以欺负人啊？啊？你们包庇啊！”她将皮包狠狠往记录本上一摔，扭头见到了琳达。“你，你的儿子！你自己问问他，他怎么想得出的啊？他要吓死我囡囡啊！要不是我忽然想到，赶去得早，天知道出什么事！喏！作案工具也在这里！这根绳子！他绑架啊！”小恒星缩在他的蓝熊里，熊脑袋摘了下来，落在一边，失魂落魄。“算了，姆妈，他也没什么坏心。”她姆妈听得这话，反身抽了她一耳光，“姆妈在争取你的利益！”洋细米眼里泛泪，还未争辩，那蓝熊又朝洋细米姆妈扑去，“杀人啦！警察同志！你这下看到啦，他就是个小杀人犯！”她急叫起来，琳达忙将他们拉开。“都干什么?!”警察正色，朝曹琳达看看，“你是他母亲吧?”她点头。“我和你谈谈。”两人走到一角，洋细米姆妈摸着脖子上想象的伤，确实不疼，渐渐不响了。

领他离开的时候，他赖着不走，脚上生了根一样，两手扒着警察局门口。“小恒星，”洋细米拿着签字笔，忽然开口，“我长大了。你也长大吧。”

“长大，就，不能在……一块儿吗?”他怯生生地问。

她摇头。“长大就是，自己做自己的蓝熊。”说完，她签了字，牵着她姆妈，先一步走了。

小恒星的房间还亮着灯。曹琳达站在门口，看见他转身，脸朝着墙壁，肩膀微抖。“有什么话不能和我说呢?”她叹气，“你会讲的，就是讲得不好，那有什么关系呢？姆妈又不是外头人。”说到这里，她一阵心酸，走过去坐在他身边，“我只有你。这些年忙忙碌碌，都是为你。姆妈也是……不知道怎么办好了。你不要什么事都闷在心里，好不好?”“姆妈。”他转过头，脸上布满泪痕。“哎！”她一把将他抱进怀里，“姆妈在这里，不要紧的，哦，姆妈不会让你受欺负的。”“我，我，也……想，去。”他伏在她胸口呜咽起来。

“我们刚刚稳定下来，这才几天……香港你都说太远，怎么又动起那十万八千里的念头？”小罗宋不同意她。“学校不要他了。没有送去工读学校已经算客气。读书不能耽误，去普通学校，人家又要笑话……笑话他那样讲话。那你告诉我，除了送出国念，还有什么更好的办法？”“你知道他想出去不是因为念书！你不能因为小孩子一句话就打乱我们的计划……”“那是我的小孩，我的希望，我的计划就是成全他。”他看着她眼里那点光，想说的话熄了火。“总之，这事我得办。”她一旦主意已定，不会留他多少商量余地，这他也知道。“那生意怎么办？”他不抱希望地问她。“两头跑，分头顾，你在上海，我去陪读。”她身上那条连衫裙剪裁流畅，贴人很紧，半个后背敞在外面，看他一眼，他自觉走过去，给她拉后背拉链。“不过曹琳达，你要知道，投资移民是要很多钱的。更不要说学费、生活费，那一笔笔的大开销。”拉链拉上去了，差一点夹到她头发，他仔仔细细将那发卷挪到一边。“那是肯定的。不过，你放心，你老婆赚得动。”她拿起皮包，拍拍他的手背，让他跟上自己。

一个月里走访了几家移民公司，资料领了一马夹袋，还是没能签下合同。“我就说了，什么移民公司，自己都搞不清楚，倒指望骗别人！”小罗宋没好气地将材料扔在沙发。“或者，”她疲惫的眼睛茫然地望着那一堆文书，“博一记再说。”“那怎么可以?”他跳起来，“那可是钱！我们拼死拼活挣来的钱！曹琳达你心疼儿子我没有意见，但是你心里也要有一点其他人吧？比如那些工人，人家辛辛苦苦来上工，你要是被人骗了，谁发工钱给他们？还有你的父母，你自己，还有……一点点我吧？这钱一旦出去不是一年两年，一点半点，假如我……我们有其他急用钱的地方，很要紧的事……该怎么办？真的你别疯!”她将他扔乱了的那些材料一点点整理起来，“有一家叫鑫正的，那位李小姐我看人还蛮厚道……”他知道劝不回了。“晓得了。你别太累了，最近跑得人都瘦了。交给我，我去找一家合适的，一定把事办成。你定定心心照顾生意和儿子，好不好?”他坐到她身边，环抱起她紧紧护着材料的一双手臂。

这个秋天来得慢吞吞，总不愿意冷。不过也就是上海，别的地方早已黄叶纷纷北风紧，不出去，是看不到的。这个时候，她还没想过会去另一个小城过秋天。

不知是凑巧还是不凑巧，刚好那天热水器坏了，又刚好那时预备要洗头，修又没有那么快，烦人得很。“这还不简单？拿一个脸盆倒上温水，一样洗。”小罗宋给她建议。“又吃力，又洗不干净，我不高兴。”她预备放弃时，他拿来一把椅子，“喏，你坐在这里，我去拿个高低合适的东西架脸盆，你不用动，私人美发师为你洗。”说完他便东跑西跑准备开张他的一次性美发店，她在那儿喊：“不用，你别忙了!”他只当没听见。

暖暖的水从后脑勺顺着耳背倾下，他用毛巾围着她的脖子来阻挡水流，一手轻托着她的头发在水中轻漂，一手持续拨着温水防止她冷。这就是最好的秋天，将寒未寒，有暖在心头。他用洗发膏的泡沫将她头发裹了，像一块奶油蛋糕，指腹缓缓揉进奶油里，一切调皮的孩子在预备向他的同伴扔出蛋糕前，都有这样一个准备动作。

冲洗完毕，他用毛巾一点点吸发上的水分，“要不要吹干？”他问，真像是剃头师傅了。“最近总是落头发，还是不吹了。”她摸了摸发梢，袅袅的清香。“那你去阳台那里，趁现在有太阳，照一照，头不会疼。”她便去了。秋日下午的阳光，是最宜人的。“我出去一下。”他在客厅另一头理着东西。“去哪里？要不要我和你一起？”“不用。”他朝她笑笑，“上次那家移民公司，条件谈得差不多了，就是和你讲过，你也觉得可以的，他们约我下午签合同。顺便，去把修热水器的找来。”“那你早点回来，今天清蒸梅子鱼。”“嗯。”他打开门，又探头进来，“要是我晚了，别等我。”

太阳照在她后脑勺上，暖烘烘的，窗外有只白头翁朝窗内好奇张望，“在看什么呀？看我吗？”鸟儿扇扇翅膀。“你从哪儿来？”鸟儿被她一问，愣了愣，扭头飞走了。“又去哪儿呢？”她望着前面空空的蓝天，想到有一天她也会像这样振翅而去，便有种安稳的心定。对她来说，向前飞，是最安稳的。

修热水器的来了，说坏得不巧，修起来麻烦，一方面是表明难修，一方面是看她屋里装饰，判定能够顺势多讨要些价钱。她懒得同他计较，他便兴兴头头动起工来，再麻烦，两三个小时也总算修好了。梅子鱼蒸好，又冷掉，他还没有回来。原本鲜嫩柔软浸在酱汁里的，眼看腥气起来。电话打过去，响是响的，没有人接。她有些心慌，在屋子里走来走去，跟自己说，不要紧的，他这个人一向脱头落襻[1]，但再怎么样，总是有惊无险全须全尾。这么想着，她吃了半碗饭，一点菜也没动。“怕是又叫人讹了。”她受不了这屋子的安静，起身去翻材料，预备找到那公司的地址，亲自去瞧瞧。翻来翻去，没有找到他说的那一家。又翻来翻去，发现存折也没了。

她去倒水喝的时候，人禁不住抖，大口的水喝下去，又从眼里漫出来。他的眼睛此刻生在她眼睛里，初见时的，褐绿色，原野般的眼睛，看着她自己。那时候的她歇斯底里喊着“贼骨头！捉贼骨头！连裆模子！不要走！你个外国赤佬连裆模子！”那眼睛漠然一眨，冷不防自己满满货物的黄鱼车就被人踩了去，在街角消失得无影无踪。

“我不是要钱，”她对警察说，“我就想问一声，为什么？”

半个月后，她得到通知，钱，找到了，人，也找到了，不过，还有另一个人，想见她。

机票买不到，急忙改换火车票。她长到如今，四十余年，从未独自一人坐过这么长时间的火车。上半生的爱恨情仇都在上海，没有工夫去看外面的风光，如今不得不上路，往心胸里装一点大漠的荒芜与日落的凄惶。

---

1 沪语，意为丢三落四。

“妹子，吃水果吗?”对铺五十来岁的妇女大约想找人唠家常，而她只是摇摇头。“你瞧你穿得那么讲究，咋往这荒地跑呢?”“探亲。”“巧嘞，我也探亲！我看我男人去。他在采石场干活，一年也就回来一次。这不天冷了，家里媳妇又添了孙，我去一趟，把厚铺盖，喜蛋，还有孙的相片都给他带上，让他高兴高兴。”那妇人说着，自己高兴起来，又问：“你呢?”“我……我也是。”琳达低下头。“好呀，团圆好啊。你比我年轻，更不该两人离那老远，我们是谋口饭吃，没办法。”说着，她掏出照片，“你瞧，这就是我的孙，虎头虎脑，讨人喜欢，是不是?”“是，挺好，挺可爱的。”“可不是？他瞧见不得多高兴呢！”妇人摩挲着照片上孩子粉嘟嘟的脸，窗外的云层也渐渐粉了起来，又一个火车上的清晨。“妹子，我可能不该问，你是不是有啥心事啊？我看你每天晚上翻来翻去睡不好。”“哦，火车抖。”那妇人看看她，不说话，晓得她在搪塞。她收起照片，从行囊里摸出一颗红蛋，“给。”“你留着。”“哎，我多着呢，就是带出来分给他们矿上的，那儿人多，我准备得也多。给你一个。”“我……”“当早饭吃了呗，沾沾喜气，时来运转，啊?”她接过来，那蛋染得不牢，握在手心不一会儿，手心就染红了。“谢谢你。”

辗转几部长途车，终于到了这个小城，这扇门口。“见哪个?”“龚阿大。”“身份证，介绍信，登记。”

阿大把手垂着，还是藏不住，脚上丁零当啷的。琳达噌的一下站起来，他却在那头站住了，不敢过去。“坐下！三十分钟。”狱警命令了一声，他这才缓缓挪过去，提起听筒。

“来了啊。”他神色羞愧且紧张。

“阿大……”

“你……不要太记恨我。我真的，没想到。”他看她脸上浮肿，发灰发粉，想是几天几夜没睡好。

“怎么会的，你怎么会……”

“菊芬你听我说。他还活着，我也死不了。钱追回来了，你没事了。”

“我不要钱。”她哭了。

“胡说。你这么喜欢钞票，我知道，这个事情一出，是要命的。现在钞票回来了，不怕了。”

“你不要这样……”

“我没有……没想逞英雄，真的。呵，在你心里，我从来也不是什么英雄。你知道吗菊芬，我去相亲了，对方是灯泡厂的，离过一次婚，人蛮踏实，我觉得还可以。我是想好好过日子。”

“那为什么还……”

“……我不知道。大概是丢了魂。菊芬，事情不该这样的。我就想，找着他，然后跟他说，你走可以，把钱留下，那是她拼了命赚的。我就想说这么一句话。真的，我一点也没想过要伤他。”

“这些你都和警察说了吗？”听筒磕在玻璃上，她想贴近那块玻璃，想把玻璃里的人带出玻璃。

“说了，可他们说我是蓄意伤人，否则不会一路从上海跟到这里。”他垂下了眼睛。

“什么时候知道的？怎么不告诉我？”她的手也贴上去，什么都抚不到。

“怕你犯傻。”他苦笑了一下，是在笑他自己，“先跟倒卖外汇的黄牛打听了他，然后假装黄牛，跟他说换给他的美金和卢布里有假钞，弄混了，也是才知道。不过可以弥补，给他寄来，问寄到哪里好……于是，我就找着他了。”

“美金和卢布？”她觉得恍恍惚惚。

“对。这里是边界，我猜想，他托人做了什么手脚，要去那边。”

“……我明明和他说好，以后一起去加拿大，以后……以后明明会很好……”她想不明白。

“他是不是在那里有女人？”

“不可能，他这个人，他……”忽然她想到了什么，一根项链，一个鎏金挂件。

“我找到他，问他要钱，他不答应，说这是他的钱。我说菊芬呢？你想过她没有？！他假惺惺地哭了，说对不起你。我就，就给了他一拳。我打得不重，我只是看到他那个样子我真的……然后我去拿钱，然后他就扑上来抢，我就一推……那个坡不陡，真的一点也不陡，可他滚了几下，就不动了……菊芬，我真的没想害人！”他把头埋进镣铐。

“他还说了什么？”她的脑袋嗡嗡作响，仿佛有人往那里头倾倒着零碎的拼图。

“没了。我走过去的时候，他就那样了。然后我走了很远，去找医生，找警察……他们说，他现在还是那样。”

“阿大，”她回过些神，“我会想办法的，你放心。”

“不要，不要了菊芬。”

“你在说什么啊?”

“不要为我的官司花钱。我知道，打官司是要花钱的。别花那个冤枉钱去请人说我多么无辜，因为说到底，我也不无辜。那些钱现在在警察那儿，除了他一路过来花销的，一分没少。不过我不懂外汇，听说每天是不一样的，你领到了，回去算一算，亏了多少，怎么换回来好。”

“阿大！你真是疯了。”她伸手想去抓他的脸，够不着。

他深深吸了一口气，忽然笑了，“又不是第一天。”

“我不会不管你的。”她疲倦的脸上有坚定的光，可很快，他就抹去了它们。

“没用的。我听说了，就算他活着，我也是几十年。等我出来，什么都结束了。从前，我就没法说，难道如今我能说，菊芬，等着我? 更何况，我伤了他，你心里多多少少，要恨我的。”

两人都沉默了。

终于，他歪了一点点嘴角，硬撑着笑起来，“新疆路远，以后，也不用来看。今天你来，我已经很高兴了。只有一件事……”终于，忍不住哽咽，“有一件事，我……我放心不下。就是我的老娘。菊芬，你在上海，有时间的话，就替我看看她，万一她身体有点什么，犯老毛病不肯住院，你就替我劝劝她。住院如果用了钱，记在我欠你的账上，只要我能活着出来……我一定还你。”

“你几时欠过我？都是我欠的你啊！”她泪如雨下。

“傻不傻？又不是外头人。就是你不喜欢我么，也是我的小阿妹呀。”他隔着玻璃，想抚她抖动的肩膀。

“阿大……阿大你要好好的，你千万要好好的，我请律师，给你辩护，你要争取减刑，你要早日回上海，你想想你的姆妈……”

“不和你说了。”他起身。

“阿大！阿大！你回来，时间还没到！阿大你别走，我求求你，你再和我说说话，你再看看我！”

“菊芬，”他回过头，“我从今往后再看不见你也不要紧。因为我闭起眼睛，也都是你。听阿大的，拿着钱回上海，去做生意，去发财，做你想做的事，去你想去的地方，喜欢你喜欢的人，阿大不怪你。但是你要是为了我，把我用几十年时间换来的钱白白浪费，曹菊芬，那我就要怪你，一辈子记恨你，我还要跟他们说，我是故意的，你晓得哦？你想我活着，就带着钱，给我走。”

眼泪纷纷滚落，打得人像片雨中的枯叶。

“再会，曹菊芬。”他转过身，拖着沉重的手足，离开了她潮湿的视线。

医院门口白桦叶子铺了一地，大片的金色，踩上去脆脆的，满地破碎。他躺在一个单间，闭着眼睛，插着管。“小罗宋。”她唤他，明知道没人答应，还是轻轻唤着，“我来看你了。”他的头发那样卷，让他的脸即使没有任何表情，也仿佛生机勃勃，随时都能醒来拉着她去一场冒险。

她伸手去捋那发卷，“梅子鱼蒸好了，怎么不回来吃？”他当然不会回答，即使他是醒着的。预备走，便是不预备再面对她。“一路上我在想，究竟哪里出了错？是我吗？还是你？越是想，越是不明白。我想，我们认识蛮久了，久到我们都开始老了，还有什么不能说呢？你如果要钱，你可以告诉我。你如果要走，你也能通知我。我不是不讲道理的人，可你得和我讲啊。哪怕我们不是夫妻，只是搭档，出生入死一场，也值得你说一句‘曹琳达，我要走了，再不见你’，不是吗？可是你不敢，你就像个贼一样！小罗宋，为什么啊？为什么要偷走我的希望啊？假如是为了照片上那个人，那个丢了你的人，我可以陪你去找，我不会拦着你的，可你为什么，为什么要丢下我一个人?!”他什么也不说，任她扑在胸口哭起来，病服一会儿便泪湿了，她缓缓抬起头，止住一点哀泣，去替他整理衣领，却发现他脖子里没有了那根链条。

“护士，你好，我想问问28号床的随身物品是不是寄放在这里？里面有没有一条链子？”“稍等。”护士翻了翻记录，“没有，没有链子。”“是琳达吧？”疑惑间，听得有人在身后喊自己名字，她转过身，看见一个衣着潦草的老年男子，一双眼睛浑浑浊浊的，好像还没醒，又好像永远也睡不着的样子。“你是？”“你没见过我，我看过你的照片，你们结婚的照片，我是他父亲。不过他大概不会和你提到。”“他说过，他有养父。”“他这么说?”他愣了愣，“不过，他这么说也不奇怪。”

他邀她坐下，递给她一张单子。“你不来，我也得去找你。你看看，同意不同意?”她接过来，那是一纸安乐死申请。“你刚才说，你是他亲生的父亲。”她捏着那纸。“我知道你什么意思。可是他什么样子你看到了，我什么样子，你也看到了，你说，我拿什么供他?”他的语气里有一种异样的镇静，透着寒凉的漠然，比窗外秋风更肃杀。随即，他缓下语调，努力做出通情达理的模样，“我老了，能陪他耗几年哪?打小起，他就不愿意认我，现在更没了指望。我是早就认了，可你不一样。你还年轻，你难道想守着他?你可想好了，这可是一辈子啊。”很快，那种冷漠又冰霜一样渐渐结满了他的字字句句，“要我说，他就不该来这世上。假如我没遇见那个娘儿们，就不会有他，假如那个娘儿们不跑，就不用我辛苦拉扯他……”“他说他很小的时候就出来摆摊自己挣钱了。”“那是……那是我锻炼他。我要是不锻炼他，他能和你挣着这么多钱?这钱来得不易!可自打他挣了钱，我一分光都没沾上，这小子!我原先不想来，一来一去，都是钱，我要是有那玩意儿他也不会不认我了。不过后来我一想，你肯定会来，所以我就来了。”他浑浊的眼里挤出一丝笑意，“我打听过了，我是直系亲属，你俩的钱，他有份，他有份的钱，我就有份。人活着，凭什么和钱过不去?我明白这个道理，你是做生意的，你应该比我更明白。”她没法再听下去了：“我明白为什么他不认你。”

老头子听她这语气，知道软话没用，撑着椅子扶手起了身：“话我说完了，就看你了。我养不起他。从小就养不起。我就是一块烂泥，我从来都是一块烂泥。算他小子倒霉。”说着他掏出一支出水断断续续的钢笔，签下了自己的名字。“给，都签了，就都了了。人没了其次，至少钱还在。别说我贪，我也不单为自己，你看着办吧。”他将那纸搁在她膝头，转身便走。“等一下，”她唤住他，“那个链子，他一直戴着的，他妈妈给他的那条，是不是你收起来了？”“他妈？”老人笑了，露出一口稀疏的牙，“那个女人哪有东西可以给他？那是他小时候从旧货摊偷的！我揍他，他一口咬定，那上头的贵族小姐就是他妈，说我把他妈的东西弄丢了，他不过是捡回来。他妈的，他妈要是正经贵族小姐，我能让她跑了？还一本正经地戴着，不认我，说他是我领来的，他亲生爸妈都在等着他回去……”他说着说着，摸出烟来，那头的护士瞪他一眼，他将烟凑到鼻子边，馋兮兮地闻了闻，又瞟了瞟护士，塞回皱巴巴的烟盒去。“呵，回哪儿去？生死未卜这么些年……”他那对使旧了的眼珠子忽又老练地一转，“说起来那老婆子也是奇，前阵子竟然好意思来信，托人用中文写，说自己快死了，治不起。你说这女人怎么想的？她年轻的时候我都不愿意给她花钱，现在她七老八十了，指望我能记着她的好？”他越说越得意起来，似乎回味起了当年。“你是不是当过兵？”她忽然打断他。“这你倒知道？”他再次看向她，感到有些讶异。她又问：“你教没教过他怎么做炸药？”

他笑了。

“要马吗？”一个中年男人牵着一匹瘦马，遥遥地冲她喊。曹琳达摇摇头，只管往前走。“你这样，要走老久呀！”她仍是不搭理。男人不死心，“哎！我说大姐，你这是要去哪儿啊？有向导吗？前面可是边境，那儿有兵，兵可有枪，你这么乱跑，可别出事儿啊！”地上坑坑洼洼，草丛和石块纠缠在一起，一脚深一脚浅。“那路不好走，你走这边吧！我的马识途，不贵，你骑上去，要去哪里，我领你去。”这个人做生意倒是认真，不理睬他恐怕要缠一路，曹琳达停下脚步，询了价。

“哎，这多好。这路我走惯了，你们城里来的，哪里走得了这个！瞧，骑在马上，看得也远，是不是？这地方穷归穷，但漂亮啊，你看那前头，那前头风景还好呢！你来的时节也好，叶子都黄了，跟画儿似的。我不懂画儿，不过，我有时心里憋得慌，也上这儿来，放放马，看看这山，这林子，心里就不堵了。你说怪不怪？”她骑在马上，“咯噔，咯噔”向前，牧马人的话挨着马儿的脚步声，慢慢悠悠，一句接一句，一步接一步，眼前是望不尽的山坡树林，有风过时，落叶纷纷，碎金子一样。

“你要有特别想去的地方，你就说，这几天天气好，日头旺，不像前阵子，忽然降温，那地上还有雪呢。我听说那些天，就在坡那边，还摔了一个人，不知是不是滑的。我还说呢，这稍微滚得远一点呀，就得用上边防证了。不过你放心，我的马稳健得很，你安安心心骑在上头看风景，啥都不用担心。”“我想去那儿。”“哪儿？”“你刚才说的，坡那边。”“哎哟，那可不吉利，”

牧马人的脸色一下子凝重起来，“大姐，你是花钱的，要去哪儿我都没得说，不过你可想清楚了。我是不怕，大男人家，旺得很。你一个女人家，万一有点啥，可不好啊。”“没事的，我就去看看。”“这……这有啥好看的……”牧马人小声怨着，牵着马儿向坡那头去了。

“瞧，就是这儿，没啥可看的，风景还不如先前呢。可别再往前，往前就是边防站了，那就是人家的地方，咱们过不去。”他扶她下马，看到她神情凄怆，心内隐约猜到几分。

就是这里，她想，他先给她洗了头发，拿了钱，行李大约简单几件，寄放在什么地方，取了，就一路往北，一路向西，就这样来到了这里。她想把一切都在脑子里捋清楚，可一切都打上了结。不对，这样还不行，得从他们办酒的那天捋起，也不对，得从他们在太平山上说话时开始，还是不对，得从他们开了连锁店，得从在深圳没斗过袁万元，得从他踩着黄鱼车把她从贾若凡的弄堂里载出来，得从他跟小恒星说英语教他开了口，得从他上了当，赔了钱，绑着炸药去拼命，得从他们一块儿扑灭那场火，得从买了二手镜子塑料模特儿，从她在华亭路门口遇见他，抢了他的货，他在后头追着她跑开始。然后，然后就到了这里。就再也，回不去。

“大姐，你别是……那人的亲戚吧？”他最见不得女人伤心。“那……那要么，我给你算便宜一点。”他觉得这话也起不到什么安慰的作用，又不敢出声了。

坡是不陡，缓缓一道曲线，有些年岁的眷恋那样，草皮子绵绵拥着泥地，一点也不像能闹出人命的地方。草黄了，如果落一根金链子在里头，想是也瞧不见，这里四处都是金黄的，它只是回到了它来的地方。

她问那个牧马的人：“你说，要是你只有一块糕，给了一个，就给不了另一个。就像你只有一双腿，去了一处，就不能去另一处，你怎么办？”“这是……什么谜啊？”那男人面有难色，不知说什么才能让对面的人听了心宽。“我……我本来就只有一双腿，那我就，哪儿要紧去哪儿，去完了，再去下一处，我……说得对吗？”他看看她若有所思的脸色，又接着说，“一块糕嘛，能分就分了，不能分，哪个饿得厉害，我就给哪个。回头有钱了，再买。”马儿垂下耳来，他摸摸它的脊。“那你会和另一个说吗？‘先给别人，回头给你。’”她又问。“那得看。”男人说。“怎么看？”“要是街坊邻居，或是要饭的，无关紧要的人，我就说，‘回头再给！’要是我老婆……”男人不好意思地抓抓头，“我可不敢……得等有了再说。”“那你给了别人，她饿着了呢？”“我老婆饿不着，她可比我还勤快呢！”他脱口而出，看她笑了，也憨憨地笑起来。

其实她知道，过去如何，孰真孰假已经不重要了。一副拼图碎在地上，丢了几块拼不回来，也是常有的事。有没有项链，有没有信件，有没有心贴心命相连，都无所谓了。风风雨雨这些年，重重难关过到如今，竟也会是骗？也会是吧。他骗骗他自己，她骗骗她自己。小半辈子陪着上山下海，下了这些功夫，真假还有差别吗？够用心的了。谁知道呢，也许他心里真的有她，所以才怕她，瞒她，不说实话，就像牧马的男人说的那样，越是近的人，越不客气。

“小罗宋，”她在心里说，“算我认得你。”

马儿低头吃草，远处炊烟袅袅，又到了快开晚饭的时候了。

“亲爱的妈妈，

是我，您的儿子。您写的信，我已经收到了，我真高兴，这些年过去，您一直都没有忘了我，我也没能忘记您。尽管我记不起您的模样，可我每天都在心里为您祈祷，祈祷您的健康与幸福。

妈妈，我长大了，自己有着一份生意，还结了婚，她是一个勤快的女人，您会喜欢她的，妈妈。我真希望我能陪在您身边，这样您的身体就能好得快一些，可是手续很难办，妈妈，请您原谅，随信汇来的钱，您一定拿去看医生好不好？让它代替我，照顾您，治好您，要知道，您的健康就是我心底的希望。总有一天，妈妈，总有一天，我们会再相见。

深深爱着您的，萨沙。”

信是她找了通晓俄文的人写的，按老头子给的地址寄了去，附上一部分警察那里领回的钱，剩下的，交给了医院。临走前，她最后看了他一回，握着他的手，说了很久很久的话，窗外落叶纷纷，阳光吻在他脸上，眉目深，无限光明的一侧紧邻着暗影，他就在这明暗里静静聆听。最后，太阳淡了，宣告一天就此终结，她说：“既然你想走，我就不带你回去了。可我也没本事把你送到你想去的地方，其实我不知道你究竟想去哪儿，好在这里离你该在的地方近，离我远，你大概总能称心一些。我给她写信了，假如有这么一个她的话。我也学会撒谎了。我说，你很好，我们很好，一切都会好的。冬去春来，雪融花开，相爱的人很快就会团聚。小罗宋，你听得见吗？也许你听得见，也许我一离开，你就醒了，也许再也不会。如果有一天你醒了，记得，不用来找我，也不用还钱给我，就当这些年我谢过你了。但我还是恨你的。”

她摸了摸他的脸，那样好看的一张脸，几乎不像是真的，也许，他们真的从未相识。

“那你自己怎么办？你的儿子怎么办？还有对面，我们怎么跟人交代？”曹家姆妈急得来回走，曹家阿爸脸色铁青：“要我说，索性狠狠心。”“他是人，不是鸡鸭。”“他对你怎么狠得下心?!”她被她阿爸问得愣住了，半天才说：“他是他，我是我。”“糊涂！”他恨恨地指着她，“你是要顾活人，还是顾一个半死人？你这是拿你自己的前程，自己儿子的前程开玩笑！”“我关几家店。至少没人会死。”曹家阿爸拾起毛笔狠狠一摔，墨汁飞溅到墙上，惊飞的鸟儿落下羽毛。

阿大家的房门没关，知道她会来。轻轻推开，屋里没开灯，还有一点天边的余光落在桌面上，桌上摆着一瓶腐乳，一碗稀饭，阿大的娘就坐在那儿，以泪洗面。

“来啦？”阿大姆妈听见了她的脚步声，没有抬头，“坐。”

她在桌子的那一边缓缓坐下，不知怎么开口好，说什么都是对这一屋子灰暗的烦扰。

“吃过了？”阿大姆妈问她。

“吃过了。你……”她看着她面前的小碗，碗磕破了一点口，大概她也没心思留意这些。

“哦，我也吃过了。”她面前的稀饭看起来只动过两三筷，一碗还是一碗，只有一点腐乳的酱汁稀薄布于粥面，淡红色，血痕一般。

“家里糟了毛豆和猪脚，我去端一碟来。”她说着，要起身。

“做什么？”她制止了她，别过头，“要照顾我啊？”

“阿大姆妈……”

“我为什么要让你照顾？我自己有儿子的。”她不看她，端起面前的稀饭，一点一点往嘴里送。

琳达走上前，“我给你换个碗。这个有口子别割了嘴。”

她用干瘦的胳膊推她，松垮的皮肉荡在骨头上，力气不够，粥翻了一点。“我儿子不是很争气，但他人是老实的，也不会说谎。说他，打他，也不晓得哭，脾气硬得很，但心肠软。他就是这样一个人，蛮好的一个人。曹菊芬，蛮好的一个人，怎么遇上你，就什么都不对了呢？”她又低头吃粥，没有味道，吃什么都没有味道。

“我和阿大说，帮他请律师，给他做辩护，可是阿大说，如果我请了，他就和法官说他是故意的……阿大姆妈，这样好不好？我陪你去，你劝劝他，他听你的。假如辩得好，到时候，说不定判得轻一点，假如再减刑，说不定，没几年就出来了……”

“没几年？”阿大姆妈盯着她的眼睛，点点头，“是啊，没几年。我也没几年了。”

“我真的不知道他从哪里听到的，我要是知道他去，我一定拦下他，我……”

“我没怪你。”她截住了她的话，“真的，我不是怪你，我怪我自己。老太婆，穷老太婆，你没有用，一辈子穷，只能住在此地。其实前几年，我就想过，要是阿大以后出息了，也像别人那样，挣着钱了，我就要和他说，阿大，姆妈不想住这里了，我们去买一套新房子，给你结婚。但你晓得他不是发财的命，我也没有几个铜板，所以我只能待在这里，眼看着好好的孩子，掉进泥坑去……”

“是我的错。”她听凭她字字句句扎向她。

“我知道，你会好心来看我的。我也在想呀，那我怎么做呢？和你吵？和你打？都不对啊，有什么用呢？”阿大姆妈放下了碗盏，磕在桌上轻轻一声，让人心颤，“曹菊芬，你想高升，你就高升，那是你的事，但你别在别人门口扇翅膀。我们不想飞，我们就一辈子老老实实做地上的虫，你就让我们老老实实做虫，不行吗?!”她眼泪并着咳嗽一起涌来，伸手去摸药，“你想照顾我呀，做一件事就好，以后，别再进我的家门，那就是照顾我了。”她将药抖在手心里，手心也抖，药又从手心抖落到地上。琳达蹲下身去，一粒粒捡，听到阿大姆妈在那里哭，哭得像一只哀哀的老雁。

光安百货如今新装修过了，造了一只五彩玻璃穹顶，一到晴天，光影斑斓，比当年他们假装意大利外商入驻的时候更气象恢弘，租金自然也涨了。这是她退掉的第一家柜台。海报连夜从墙上揭下来，“即将开幕”的围栏替代了她精心铺设的橱窗和野心。“那要多少钱?”耳边有个男人的声音。“不要说话，皮埃尔先生不会说中国话。”她抱怨了一句，转过头去，才意识到是一个陌生人在询问他的妻子刚才看中东西的价钱，他们有商有量地走远了。

市场部的李小姐笑盈盈走过来，说让她久等了，验收无误，解约就算完成了。

她一个人走出来，天还很亮，上海没有北方那样大片的绿和金黄，灰一点也好。灰一点，好配。各式各样的人物，各式各样的命运，不管多么奇异的色彩，放在灰底子上，似乎都是恰如其分的。不多远，就走到她熟悉的地方，人头攒动，却不是平日的缘由。路口拉着横幅，有新闻记者拍照，她眯起眼睛看过去，横幅上的字是“热烈庆祝华亭路今日还路于民”。

以前觉得这里是走也走不完的风景。如今全数拆了去，才发现，不过几米宽，几百米长。就是这点地方，多少人在争，拼尽全力，要自己的人生跑过其他人。琳达在看热闹的人里穿行，过了今天，此处便再无热闹可看。一家挨一家的小铺面消失了，此起彼伏的叫卖声消失了，“嗒嗒嗒”按计算器和外国人开洋泾浜讨价还价的场面消失了，就连有一些人，在这里起家，在这里发达，如今，也消失了。老余头，袁万元，小罗宋，她，从前牢牢挤在一起的人，如今谁也再见不着谁。“升级了！”有个看热闹的在接受新闻采访，“我们老百姓日子越来越好，消费水平也越来越高，以后我相信，上海的高级商场会越来越多，是时候升级换代，和过去 say goodbye！”这个人还会几句英文。他脚下踩的一片地，琳达认得，那里有一片油漆的痕迹，白塌塌的，发了灰，是那一年，她杀入此地，被人浇了一身漆，如今人和铺子都没了，只有它还在那地上，爱恨经过的痕迹。

再会，她在心里说。

“哎！”傅经理忍不住叹气，“那么，就这样决定了？”琳达点头。“曹小姐，你不要难过，等这一关过了，我们还是可以再去香港开店的。”“谢谢你，傅经理，一直以来辛苦你。”“另外，我有一个不一定对的建议。曹小姐，最近各处租金都在涨，房子价格也是，你看，假如关掉店面，手上资金有富裕，是不是也做些投资？毕竟和香港比起来，上海的房价……”“投机的事情我不做。”她斩钉截铁，“更何况，为了剩下几家能开下去，我……我哪有那个闲钱？”“是，也就是随便说说，随便说说而已，曹小姐，你不要介意。”他听她这语气，知道给工人们置办年货的事，不宜再提。

真正的意大利成衣制造商入驻上海的高级商场了，争相涌入的还有法国，美国，西班牙……数也数不过来的洋品牌。这些年，上海像工地一样，一片片老房子连根拔起，一根根新的桩头打下去，尘土飞扬。大家在飞沙走石间挥一挥手，转身便不再见，城市大，人情远。

无论如何，过年总是好的。不管什么样的人家，到了这一天，鸡鸭鱼肉团团圆圆围在一起，总是好的。这一年，贾若凡随梅真去她老家过春节，她有个未曾结婚的叔伯兄弟，年前病逝了，留下一间小小的屋子，没有旁的人，就给了她，这次他们也是过去打理这件事的。

“小恒星，今年过年哪儿也不去，就和外婆在一起，好不好呀？”小恒星已经长大了，曹家姆妈还是当他小小孩一样宠爱，也许是因为，近些年，她感到自己老了，这种衰老使她忍不住天真。“外婆和你说话呢。”琳达忙着开八宝饭。“好。”他的声音很低，一方面是变声后的转变，一方面，是他始终无法顺利用中文与人交流，只有短个短个的字词是听不出破绽的，这让他感到灰心丧气。转学几乎转遍了所有区，还是没朋友。

“今天的黄酒我特意去沽的，你们都喝一点，小恒星也来点，陪陪外公。”曹家阿爸起开酒坛，满面笑意，“来，你的，还有我的老伴儿，女儿，都满上，好！”“哎哟，要吃酒啊？”琳达将八宝饭放入蒸锅，开了火，转身加入进来。“来，都坐，开饭喽！”曹家姆妈将小恒星拉到自己身边，“今天你爸爸高兴。”“爸爸哪天不高兴？现在他最风光了，那几笔蟹爬还挂到楼下展示栏，水墨天地。”“干什么？我写得不好吗？”“好，我先敬你，学有所成。”琳达举起酒杯。“我可是……不是我自己说，是书画班老李说的，说我是天赋过人，可惜就可惜在投生的人家不好，该拿笔的手去拿了方向盘，一拿，就是一辈子。”琳达没想到，像她父亲这样的一个人，也会哀叹没有读书的苦。“阿爸现在开始也不晚，什么时候开始都不晚。”“倒是我的外孙，你想想办法，还有没有好一点的学校，眼看要考学了……”他愁起来。“不怪……不，不怪学校，”小恒星说，“是，是，是我自己，学不好。”他低着头，看桌布上一朵圆圆的油渍，淡黄色，月亮一般。他想起以前，有人说，想穿一条大大的裙子，转起来是一个圆，比满月还圆。“小恒星，我们先在国内读书，等姆妈这里有条件了，姆妈一定送你出去，好不好？”他没抬头看她，只是点点头，用手去摸那朵圆圆的油渍。

“我看快了。”曹家阿爸满面红光。“是呀，菊芬，你听说了没？明年我们这里也要拆了。”曹家姆妈笑意盈盈。“喜事，来，我们全家碰一杯！”曹家阿爸举起酒杯，黄酒在灯光下起伏晃荡。“菊芬，吃点菜，不要光喝酒。”曹家姆妈夹了她爱吃的到她碗里，“我们也知道，这两年生意不好做，你又一个人，是很辛苦的。不过现在总算能松一口气了，我听人家说，像我们这样的地段，拆了还是很合算的，说不定，可以分好几套呢！”“你也不用再在门口洗菜了。”曹家阿爸说。曹家姆妈笑起来，“菊芬，我前几天去轻纺市场看窗帘布，现在的花色真好看，等以后，我们也换那样的。你什么时候有空我们一起去看，你比我懂。”“住新房子……还早呢。”琳达低头吃菜。“是呀，但是看看就开心嘛。”曹家姆妈笑逐颜开。“女人家就知道这些，现在要紧的是装潢吗？”曹家阿爸露出一种高明的神情，“现在，最要紧是我外孙读书。

菊芬，假如拆的条件好，我看，你索性就去找中介，联系外国学校。”小恒星抬起眼睛来，眼里有了一丝新年的喜气。

琳达继续吃菜。“哎？你是不是火上蒸着什么东西？”曹家姆妈边说边向煤气灶看。“哦，八宝饭。”琳达起身，去拿八宝饭，眼前一片茫茫然，脑袋是懵的，忘了要拿抹布，等到想起来已经来不及。“哎呀，你怎么回事？”曹家姆妈冲过来，抓着她的手，“烫痛没有？喏，通通红了呀！快去门口水龙头冲！”说罢拽着她便往外走。

水流很急，很冰，有氯气冷淡的味道。“痛哦？”她姆妈问她。她看着眼前的灰墙，几十年下来已经分不清是苔还是霉迹的灰墙，点点头。“这么大人了，还这么不当心！”“姆妈，”她说，“窗帘布，慢点再陪你看。”“哎呀，我就是说说，又不急的。再说，有什么好急的？房子又不会飞了。你爸爸说得对，现在要紧的是小孩读书，我们无所谓的，就是卖掉一套供他，我们也没二话。”“姆妈，读书……大概也没办法。”曹家姆妈慢慢睁圆了眼睛，布着皱纹的孩童眼睛。“这是什么意思？”“房子，没了。”

曹家阿爸脸色如墨。“你的意思是，你抵给了银行？”“没有。”“那怎么叫没了？我们不是住得好好的？”曹家姆妈急问。“厂房要拆了，我是租的，只能拿到一点安置费。现在租其他地方，就是小的，价钱也上去了，不租又不行……”“那么？”曹家姆妈慌忙要问出后话。“这里的房子……有个朋友出价不错，比抵给银行多，还答应……仍旧由我们住在里面，稍许收点租金……我想，不过是一时的，等生意一起来……”一杯黄酒被推洒，“你啊……你上当了!”曹家阿爸痛心疾首。“你说什么，我们现在住的房子，是租的?”曹家姆妈神经质地笑了一下，“租的……”她忽然盯着她女儿的眼睛，“我们本来就是租的，国家租给我们，很便宜的。后来你说有钱了，要买下来，买下来就是自己的了。怎么现在又不是自己的了?”“姆妈……”“还是租的? 问个人租的……”她两腮的肉有一些抖，因为悲伤与激动，“囡啊，我们要是现在还问国家租着，是不是就发财了?”“姆妈你不要急，你听我讲，现在有一种新的做生意的办法，是在网上开店。我想过了，店面租金实在吃不消，与其和那些大品牌外国资金拼，不如全关了，去做电子商务，至少成本小。我觉得以后慢慢会有人接受这种方式的……就是需要一点时间……到时候我们……”“你索性说清楚，总共亏了多少钱?”曹家阿爸截断了她的话。她缓缓说了一个数字，曹家姆妈“哇”一声，哭了起来，曹家阿爸摔掉一只杯子。

小恒星伸出调羹，去挖桌子中间那只凉下来的八宝饭。光润洁白，团团圆圆，像月亮一样。挖开来是黑黑的芯子，甜得发苦。

路边有个老人，手里捏着一把冷烟花。“买吗? 一块钱十根，给小孩放放，安全烟花。”她摇摇头。“一块钱十根，便宜的，给小孩放放，冷烟花。”她抱着双肘往前走，外面是一贯的阴冷，春天总没有那么快来。“恭喜发财!”那个卖烟花的忽然在她背后喊了一声，大约是他招揽顾客的一种招式。她回过头，遥遥望着这个穿旧棉袄的老人，脸上流露出一种悲哀的神态，让那老人顿时明白，她和他的处境，大概是差不多的。“新年快乐，恭喜发财。”他一字一顿地说，这一次听起来，不像是招式。

“恭喜发财。”她也真心实意地祝福了他，转头走开。

“我们老总人是好的，就是，有点疙瘩，喜欢哪里都干干净净的。所以他请的助理呢，肯定要能干一点，肯干一点。现在的小年轻，一般都娇气的嘛，再说，太年轻了，老总太太要不放心。所以我们看了你的简历，觉得很合适的，你又有生意经验，我想至少，文件的分门别类是不会搞错的，对吗?”人事经理将眼前这个人又上下快扫一遍，“我看人很准的，不会有问题。试用期三个月，工资八折，三个月后转正，年假五天，哦对了，办公室的打扫，你可不可以也兼一下？很轻松的，倒不是不请阿姨，是怕一般的阿姨搞不清楚，扫着扫着不是东西丢了就是文件挪地方了，麻烦得很。就这一条，你觉得行吗？要知道，也就是我们公司，换别的地方，年龄卡得还是挺严的。你要是觉得行，就跟我去办公室签合同。”

一屋子人躲在一小格一小格的空间里，拨电话的拨电话，打电脑的打电脑，都是二十出头的人，衬得她好似一尊古董。假设是从前，她像这样从人身边走过，人家都忙不迭抬起头向她奉上一张张笑脸，如今只望见一片无动于衷的后脑勺。坐在位子上的人，都是很忙的。曹琳达懂得这些，问了问人事，抹布放在哪里。

“顺利吗?”一回到家，曹家姆妈就迎上来。“嗯。”“那就好!我的心也就稍微定一点了。”她脸上浮起一点苦涩的笑意，“我今天还去看了房子，远是远了点。我倒不要紧，就是小恒星上学不方便。”“不要挑剔，能租到便宜的就好，我们早点搬过去，省得在这里……看人家欢天喜地。”曹家姆妈垂头。

还没等他们租的远郊房子落定，楼里第一家搬迁的锦旗就已经敲锣打鼓送来了，签字最快的，是字也不识几个的阿大姆妈。

那边锣鼓热闹还没歇，这边又吵闹了起来，曹家姆妈关上门，将两种闹腾严格区分开来。“你去跟老师说，说搞错了，重新填!要是怕老师怪你，就说是妈妈弄错了，知道吗?”“妈，我……我，填了，填了也，考，不上。”“胡说!”曹琳达捏着小恒星的手臂，那是一双已经长大变结实的手臂。“你不试试看怎么知道?你一直很聪明的，从小我背着你去市场卖衣服，那个时候你还帮人家反撬边，要我卖得便宜点，别人都说这小孩真聪明，长大了，一定有出息!你不记得了吗?”“我，我不想……”“你不想什么?”“不想，不想，不……”“你想都不要想!必须，一定得考大学!你看看妈妈，”她摇他的身体，“妈妈会老的，妈妈不能照顾你一辈子。你要像我啊!现在不管前面是什么，你都得往前走，知道吗?!”“我不……不……”他快要哭出来了。“菊芬，不要逼孩子。”“他不是孩子了。”她一双眼睛仍死死盯着他，“人不能躲一辈子!现在我们没有钱了，躲不了了。小恒星，这个世界上有很多好东西，姆妈不能什么都帮你摆到面前，你要学会自己去拿!”他仍是不作答。“学历是第一道坎，你要是过不去，更多的坎就在后面等着你。别人会瞧不起你，永远永远矮人一头!”“这是什么话?”曹家阿爸皱眉头，“我们全家有念过大学的吗？怎么？我们都是被人瞧不起的？你从小是靠什么养活的？是靠我一双手和一只方向盘！我看这样，你也不要逼他，他要是实在不想读书，我这里还有一点钱，可以给他报个驾驶班。”“我儿子不会去做司机的!”“司机怎么了？你难道不是司机的女儿?!”曹家阿爸拍了桌子，把曹家姆妈震了起来，琳达拉起小恒星往外拖，“走，去找你们班主任。”“妈……”“走啊!”“我……我可能，没，没……你想的，那么，聪，聪明。”他话音刚落，脸上火辣辣一下，头往一侧偏去，看到地上有一点水痕，滴滴答答在往下落，不是他的。

都在离开。水泥灰离开墙面，叶片离开枝丫，家具离开它蜗居的壳，人离开他自己的历史。稀里哗啦，吹吹打打，走呀，走去新的地方，过一段新的日子。都走了，你不走吗?不走也得走呀。光长了一双腿不足以决定方向，时光潺潺流淌，谁不是其中小小一尾。

曹家搬走的时候，是太阳落山的时候。整栋楼静悄悄的，只有碰巧走出楼道又躲不掉的人客气一声:“曹阿妹，要帮忙哦?”而这声客气，对说的人和听的人而言，都是很刺耳的。于是大家脸上一阵尴尬，迅速找了话来了断，“马上搬家公司就来了，东西不多，不劳烦的。”“哦，那你忙，有空回来啊。”那人得了解救，慌忙而去。有空回来，回来了，他们还会在吗？

没有什么搬家公司，还是一辆黄鱼车，请了两个过去工厂的人来帮忙。曹琳达的意思是，家具旧了的，就不要了，省得一次次横穿上海来回跑。曹家姆妈不肯，说她的陪嫁一样都不能扔。于是只好尽可能堆叠起来，五斗橱挨着大衣柜，椅子叠椅子，椅背上套网线袋子，袋里是面盆铜吊，茶杯里头塞着筷子勺，一切啰里吧嗦的东西和啰里啰嗦的人一起挤在黄鱼车上。

“曹小姐，差不多了，跑一趟再回来！”“好，姆妈你先跟过去。”曹家姆妈唤住她：“菊芬，我那个凳子怎么没看见？”“都在呢。”“没有嘛，你再进去看看，小的那个矮凳。”“哎哟那个就不要啦！”“做什么不要？我坐在上头剥剥毛豆蛮好的。你快去找来。”她只得匆匆上楼去寻那腿不平稳的小木凳，又奔下楼，递给她母亲，母亲接了，抱在怀里，和冬天的一包衣服一起，人挡得就快瞧不见了。

“还有吗？没有走了啊？”“去吧，我再收拾最后一批，回来喊我。”“一句话。”黄鱼车颤颤巍巍踩动起来，载着他们的一家一当，破烂中掺杂个别簇新的，那是生意好的时候眼睛也不眨置办下来的，此刻看着，也没有什么意思。东西再贵，和人本身不搭界。

“曹大姑娘。”她回头看，唤她的，是锁匠老金，如今他脸上的褶一个挨着一个下坠，中山装也打满了补丁。“老金。”“哎。你们也要走了？”“嗯。”老金略点一点头，转身要走，忽然又回过头，“曹大姑娘，你说，上哪儿去好呢？”她不知道怎么回答他好。“这一扇扇门都空了，用不着锁了。我上哪儿去好呢?”老金抬起一双曾经的巧手，揉揉眼睛，又对她点点头，转身去了，像是魂灵头落脱了。

她返身上楼，走得很慢，黄鱼车来回一趟很吃时间，不急的，况且，她已经很累了。

这屋子本来一直嫌小，现在拆空了东西，倒有了一种敞亮，尽管暮色深重。那只昂贵的进口皮沙发还摆在屋中央，留到最后一车搬。窗户开着，为的是吹去一点陈年的霉气与灰尘，却碰巧迎来了一点晚风，拂在疲惫不堪的人身上，是一种温和的慈悲。她向沙发走去，沙发好像也在向她而来，飘飘忽忽，四肢沉重时，意志却向上浮，终于坠进一个怀抱，妥妥帖帖将人护住，哪怕只是个死物，也是人间最可靠。

这老屋承载了她的青春年少，又庇护了她的失婚年月，本是生厌已久的灰色巢穴，怎会想到，如今却无论如何留不住。她和它，一齐老了。

知道顶好是赶紧起来整理，头脑却昏昏沉沉睡去，一个又一个梦接踵而来，梦里有山，有海，有灯火，有人的眼睛，一样比一样晶莹，却又一样接一样地破碎了。不由分说地，她坠进海里，一点声响都没有，一尾小人鱼游弋在身边，不说话。她想打个手势，手伸出来，成了鳍，柔软透明，双腿化作鱼尾，抛却一身繁重的盔，她融入那海。

夜风是那样轻柔，几乎使人感受不到时光的流转。

“曹小姐。”有人唤她。曹小姐？谁是曹小姐？她是菊芬呀。

他们都搞错了，都把她认错了。“曹小姐。”她迷迷糊糊睁开眼睛，有人开了电灯。“哦，你回来啦？”“嗯，曹小姐，我把别的先搬下去，你再休息一会儿。”“不用了，”她从沙发上起来，“走吧。”她走过去关窗，最后这车一运走，就再也不回了。以后呀，这栋灰灰的破楼，也再没了。发霉的水斗，剥落的墙皮，窗户和外面的树，站在树下的人，门把手上的粢饭糕，热气腾腾，没了。不会再有了。“曹小姐，你看……”“都好啦？”她回过神，“那就出发。”关门的时候，她忍不住又望了一眼，曾经那么想逃出去的地方，竟也有它的安稳。“好了。”她说，心头酸楚，忍住了，仍强撑着做回她的曹小姐，将菊芬撇在了过往。

新搬的地方远，路灯也暗，地方又小，这点东西硬摆进去，就更显得里面的人不如意。“蛮好。”曹家阿爸说，“我看这里空气不错，居民也少，就是车子乘的时间长一点，不过反正我老了，也没有别的什么事情要费时间。”“阿爸，等以后，我们还是要搬的。”她安慰他。“再说了。现在别的不想，太太平平就好。”他坐进那个沙发，位置太挤，紧贴着墙壁，手也不能自在地落在外头，他皱了皱眉头，又挪了挪身体，在有限的空间里寻到了尽可能的舒心。

本来是可以像这样继续一阵子的，这样也有这样的好。人在高处时，总不知几时会向下落，等到真的落了，心也就定了，已经这样了，还能怎么样呢？殊不知，已经这样的这样，也许还算是好的。

那天一早，人事就急急忙忙来派她这里扫扫，那里理理，格子间里一张张脸紧绷起来，不晓得又是什么要紧的人要来此地。她倒没什么，自己以前就是老板，不觉得来一两个老板有什么可怕。更何况，能比她这个洗手间都要打扫的“助理”境遇更可怕吗？她一声不响，摆好了文件，去搓抹布。背后有一阵隐隐的脚步声，是很好的皮鞋踏上厚地毯的那种从容的声响，伴着一些点头哈腰的衣裳的窸窸窣窣和拉门的轻响，她拧开水龙头，就听不着了。拧干了抹布，她开始擦镜子，最近，她迷上擦镜子。她发现所有杂务中，唯有擦镜子能令人感到一些愉悦。一面镜子里头，多少人的脸经过，令多少人相信，它所呈现的就是他们原本的样子。她喜欢擦那些水渍，好让它重新明净得像一片不存在的天空，她一边擦，一边淌下汗，在她的额角逐渐收干，她的脸几乎要贴到那镜面，穿过它，去另一个世界，镜里的世界，总归比现实宽敞一些。

“哎哟，你在这里啊？”有人在镜子里唤她，“会议室茶打翻了，赶紧去收一下。这个温迪做事情总是这样，越是要紧的人在越是出洋相，讲也讲不好……”那人喋喋不休数落着，留给了她一个后脑勺。她跟着后脑勺走，忽然数落声止了，她看到眼前那对脚后跟悄然骤停，紧跟着整个人也迅速挺了挺，推开门轻轻说了一句“不好意思”，她便也低下头，跟着后脑勺进了会议室。那个温迪是不太小心，茶洒了一地，边上西装笔挺的人裤脚上也染了茶渍，也不知洗得掉洗不掉的。她一边蹲身收拾，一边想起一些从前的事，耳朵边上嗡嗡地有一些谈话的声响，将她固定在现时，不至于飘往从前去。她已经习惯于将自己与那些桌面上的谈话割裂开来。忽然，那个笔挺西裤染上茶渍的人欠了欠身，大班椅向后滑了滑，一张横出来的脸面映入她眼帘，那是一个个子矮小的男人，长相与穿着不太搭配，一身名牌租来一样，浮在他身上。这个人看她的神情疑疑惑惑，有些吃不准似的，“马上就好。”她说着，预备起身。“阿姐。”那人唤她。

第二天，她请了半天假，换了一身从前的衣裳，悉心准备了一番话，按名片上的地址寻了去。“没想到会在那里见到你。”他开了一听好茶，让她坐。“这个是人家送我的，说是最顶级的，你尝尝。我们有多少年没见了？总得有……十多年了吧？”他摆弄起手边那套茶具，看起来，也学过一点茶道了，不再鲁莽地大口灌茶。“说起来，我欠阿姐的人情，始终没有机会还。”“小邓子……邓总，这样说就太生分了。”“要谢的。”他将茶递给她。“我们是旧相识，我做人，是拎得清的。”他对她笑笑，“当初要不是受你启发，现在我恐怕还在做苦力呢。有时我去工地，看到那些工人，就想到我自己。那时候，我踩着黄鱼车，天天过那座桥，你说说看，上坡多难啊！憋着一口气，两排肋骨也要绷断快。那时候，我真是年轻，才每天拼了命地踩过去，那么重的货，全靠我一把力气……”“邓总。”外头有人敲门，把他从回忆里拉回来。“没看见我在会客？”他有些没好气。“情况有些急，还是那块地，带头的钉子户拉着横幅堵路，还有几户闹着要跳楼……”“这种事情也要问我？”他挥挥手，将那些人的呼声随着报信的人一同挥了出去，转头道：“曹阿姐，我们都是不容易的。”他说着说着，眼里有些泪光，是对当年的自己的疼惜。“后来呀，我和几个老乡一起做小生意，什么都卖过，小商品，盗版碟，外面流行什么就第一时间批什么，你别说，赚了点钱。”他又笑起来，酒窝比从前满。“做着做着，做大了，就开始借钱，问熟人借，问银行借，凑在一起，招兵买马。还记得第一根桩头敲下去的时候，我心里的滋味。别人以为我高兴，曹阿姐，你不知道，我是慌啊！剪彩的时候抖得差点剪着手。我从没想到过，有一天我小邓子会在上海造房子。我看着那根桩，怕它坍了，塌了，把我十几年的辛苦和所有人的钱都埋了。我是真怕呀！”他抿了一口茶，“现在好了，房子涨了。你说人吧，真是奇怪，越是什么涨越是抢着要买什么。曹阿姐，我自己也没想到，当年的小邓子，真的上来了。”他展了展两肘，手掌抚着老板椅的扶手，头上尖尖的一簇，是远处的东方明珠。

“我倒觉得，是个机会。”曹家姆妈眼睛一亮，“你们都是苦出身，他会同情你的，你既然去了，为什么不把家里情况和他讲一讲呢？”“姆妈，”琳达说，“人家有今天，也是人家苦出来的。”“我明白，我的意思是，让他带带你，做点有奔头的事。现在你看，到处都在拆啊造啊，我觉得这个里头，有生意经。你们好好谈一谈。你不是喜欢赚钱吗？”琳达顿了顿，道：“我是喜欢钱。但是，我不喜欢血腥气。”“瞎三话四，什么血腥气，我觉得比卖衣服好，你看你卖了这么多年衣服，卖出什么好了？现在人人有衣服穿，什么式样都不稀奇，衣服多得房子都放不下，可不是要买房子吗？”“老太婆，少说两句，我在运气呢。”曹家阿爸紧紧捏着一支毛笔，预备挥墨。“你也是，”曹家姆妈说，“一天到晚做自己做不来的事情，像真的一样。”

琳达没有和小邓子说她这些年的际遇，就像她没有和她姆妈说小邓子如今与她的距离。一个打翻茶水，一个拿去卖钱，这样一搭一唱的事，只有当年才会发生。如今他们不在同个海平面，人家封你一个红包，许你一个职位，已经是大情面，难道当真伸了手去接，揭开伤口求人看？想想自己，又有什么可再拿去同人换？她每天擦洗手间的镜子，将自己里里外外照得十分明白了。她觉得人都应该多擦擦镜子，一些迷梦也许醒得快一些。

很快，那些后脑勺就纷纷对她转了过来，带着好奇的打量和细碎的传言。老总也特为叫她去办公室坐了刻把钟，以一种疏远的努力，表达了他的亲切。随后，她就不用再去搓抹布了，改为三天两头去邓总公司送文件，仿佛她送的就容易签似的。而预料中的那种转变也如期而至。从“哦，是你啊！”的惊喜，到“哦，是你啊”的讨嫌，这之间转换自然，没花多少时间。毕竟，忆苦思甜偶尔为之才有乐趣，时不时看见，提醒着自己的出身，让外面格子间议论纷纷，很是麻烦的。她从一双双眼睛的镜子里看到了这一点，便知道自己的位置应该改变，或者说，她本来就没有什么位置。

结清了工钱，她买了罐头，奶粉，水果，捧去医院。贾小开这个月定了做手术，微创，说是很快就能出院。梅真陪在他身边，有说有笑，看见琳达来，赶紧招呼她坐，又埋怨她买了这许多。“你们这是做什么？我又不是真的生大病。要我说，我连躺都不想躺在这儿。”说着，他要起身，被梅真按回去。“明天就手术了，你好好休息，休息得好，到时候开得也好，恢复得也好。”“你看，”他指着梅真，向琳达道，“叫她不要来，胆子这么小。”琳达笑道：“那是你福气好。我倒是记错了，还以为今天已经开好了，病号餐都给你买了，要不要先吃起来？”小开看她带来的东西，“什么罐头？进口的吗？”“什么进口的？我又不是从前，哪儿花得起那些钱。”梅真偷偷捏他，他抬起头，对琳达道：“对了，这个事不要告诉小恒星，他没两天就考试了，别为这点小事分散注意力。”“晓得。”“志愿填的什么？”“一般的学校。我也不知道怎么办好了，他每天看书，也不知看进去看不进去，好像一点都不晓得着急。”“你也不要急，”梅真说，“我看，他早晚会明白自己想要什么的。有的孩子知道得早，有的孩子晚一些，但他们最后都会长大的。”琳达点点头，又道：“可是，我是他的姆妈，终归是放不下心的。这辈子都放不下的。”“喏，”贾小开递给琳达一只梨，“吃点水果，不要瞎想，晓得吗？”“贾小开，这是我买的梨，你倒会做人情！”她白他一眼，三人都笑了。

琳达的嘴一向很牢，她没有告诉小恒星他爸爸住院做微创手术的事，也没有告诉他，他爸爸不过做了一个微创手术却出了医疗事故的事。

那个七月，蝉声围绕，人的汗一点一点往外冒，却是冷的。梅真坐在院长办公室，无论谁劝都不走。保安也来了，可她一个文文弱弱的女人，坐在那里，不哭，也不闹，架走似乎不合适。

请她起来，她又不起来，她好像只是单纯失聪了一样，手里紧紧捏着诊断报告，字迹也模糊了，手心出冷汗。“你坐在这里也是没有用的，”院长叹气，“我们没有骗你的地方，他是有基础病，也不单是我们的责任，当然，我不是说我们不负责任。我们愿意商谈，可你也得开口啊，是不是?”她还是听不到似的，静静地坐着，也不是看着院长，她看着远处一棵垂柳。有一年春天，他们几个一起去了西餐厅，出来的时候，一路都是这样的垂柳，小开走在她边上，当时她心里满载了那许多话，那许多柔情万千，可那时，一句也说不得的，只有柳枝飘动，好似她辗转柔肠。后来，她嫁给他，每日是寻常人家过日子，那些话，说出来又似乎好笑，不像是夫妻似的，于是也只是不提，冬日添衣，夏日摇扇，如此这般算作讲过。她心里难过。这柳枝儿绿，这轻风好，那一句又一句轻软的话，却再和谁说去？她捏着诊断报告，开不了口，没法同人谈说，他的命多少钱换合适。

琳达推着车，送他走。白布飘飘。她看不清，什么也看不清。看不清路，看不清滑轮，看不清自己的脚，看不清他。她觉得，她是在做一件不相干的事，就比如，以前隔壁摊位的人让她搭把手，她就搭把手，帮人家把货搬出去，现在大概也是，只是在做一件无关紧要的旁人的事，她推啊，推，只有这么想着，她才能接着推。那轮子的声音，滚在她耳朵里，耳朵也疼。心是木的，就是耳朵疼。

等到任务完成，她走出太平间，门在身后关上，附近没有树，没有什么遮挡，太阳直照下来，她的影子短小黝黑，她的脸煞白濡湿。苍茫世间，她只是那样一个心痛欲裂的小黑点。

钱是她去谈的。“假如小开知道，”她对梅真说，“他肯定说，为什么不要?”梅真抓着她的手，对她说：“曹阿姐，我还是不相信。”她手上的钻戒也是冰凉的。

等到高考一结束，一切再瞒不住。曹家姆妈日夜看着小恒星，怕他再出什么差错。不过还好，他只是静静躲进房间，埋头写着什么。过去他也是这样，总是埋头写着什么，所以曹家姆妈吃不准，写得那样认真，成绩怎么上不去？现在就更吃不准了，考试结束还有什么作业要写？又不敢问，怕一问，他又几天不说话。曹家阿爸放心不下，翻出一只旧皮夹，点了点钞票，领他去了驾校。

从殓堂出来，琳达和梅真并肩走在两排青松间，空气中是烧纸的气味和眼泪滴进火里腾起的烟。两个人都沉默，最终还是琳达先开了口：“假如你难过，就哭出来。一直到现在，这样撑着，叫人担心事。”“琳达，”梅真说，“你告诉我，人为什么有欢喜?”她不知说什么好，梅真又问：“要是没有欢喜，一切不都解了吗?”她回答不了她。一排诵经的僧人从那边鱼贯而来，谁家女人的哭声混合着经文，并上远处知了声声，纷纷扰扰，隐隐约约，替她做了答。

“踩啊！踩下去！在等什么?”师傅大汗淋漓地吼着，吉普上没有空调，比桑车学费便宜不少，师傅脾气自然也大不少。“聋了啊？脚！离合器！对！放上去！往下踩!”脚小心翼翼踩上离合器，车身重重一抖，冲了出去。“这就对了！”师傅终于脸色放缓，拍拍小恒星的肩，手上全是汗。

不出一个月，他就晒得乌黑，人瘦下来，眼睛倒亮起来一些。月初他被骂得最多，月末的时候，师傅也忍不住说：“没想到你个小哑巴胆子那么大，转弯不减还加速！我刚才吓一跳，差点踩刹车，你要是考坏了丢的是我的名声晓得哦？倒没料到你，转得又准又稳！哼，九十几分，可以啊。”他难得地笑了，牙齿被皮肤衬得很白，师傅对他甩甩大拇指，“走，师傅请你吃汽水！”

别人拿到录取通知书准备开学行李时，小恒星也拿到了他的驾驶执照。那份成绩单，则夹进了那些他埋头写着的“作业”里，落灰去了。

以前他觉得上海就是两条弄堂，一条在爸爸家，一条在妈妈家。还有一些犄角旮旯，像是学校呀，店铺呀，和他关系不大的地方，穿插在两条弄堂的周边，这就是他的上海。后来洋细米告诉他，她们要去的那个国外的房子，走十分钟，就能进森林。在他的印象中，自己好像没见过森林，也没有特别想要住在森林边上，想不通，她怎么宁愿跑去和一堆树做邻居也不留下做他的伙伴？不过，他很快就原谅了她，因为他从没长时间生过她的气，她是他安宁世界里唯一一点可爱的吵闹声。

所有课程里，他念得最好的是地理。早饭不吃，钱攒起来去买颗地球仪，说是学校功课用得到。摆在床头，每天睡前转呀转，各大洲影影绰绰转到一起，各大洋也模糊了界限，世界没那么遥远。他想造一架望远镜，一直望到地球两极，看看别的地方别的高山冰川上散落的孤寂心灵。

爸爸也像在森林。最开始，他是带着枪的猎人，去林子深处寻找他的猎物，走着，走着，树枝纷纷展开手臂，拦住了他回家的路，所以最开始，他没有爸爸。后来，他走了出来，丢了他的猎枪，开始栽种花朵，花朵一朵接一朵开放，他陷进了花朵，于是，他还是没有爸爸。最后，他想起了他的孩子，他想抱抱他的孩子，可森林起了火，火隔开了他和他，他在火的那一头，而他在这头。爸爸一缕烟似的离开了，他没有他，无论是最初，还是最后。

“洋细米，

你好吗？我很好，一切都和你走的时候差不多。就是有一件事，我爸爸死了。一个人只有一个爸爸，我的没有了。我还没长大。不过，我已经拍过身份证照片了，按别人说的那样，拍了这个照片，就算是长大了。当时我有点紧张，拍得很不好看，幸好你不在这里，不然你肯定要抢过去看，然后做怪腔笑话我。洋细米，想到你现在有两个爸爸，我有一些羡慕你。”

这信写得有头无尾，也没有地址，也没有邮票，他只是郑重地写着，然后随便地放到一边去。他不知道洋细米现在在哪里，那片森林的景色是否令人心旷神怡，他甚至不知道，洋细米是否真的有一个海员爸爸，或者那是不是她编造的故事。他不计较，他只是很想拥有和交换，她的那份骄傲与孤单。

上海在他拿到驾驶执照之后，渐渐变大了。除了那两条弄堂和一些犄角旮旯，很多很多他从前没见过的风景沿着他的车窗边生长开来。不用多想前路何方，别人说一个地方，便是一个地方。他渐渐喜欢起这样的生活，在他还没有形成坚固记忆的时候，他就是这样，在母亲的背上游荡这座城，如今这记忆穿破重重年岁浮现出来，他便安然接受了这不确定，选择去路上。

一切都好多了。他的沉默寡言不再是劣势，司机嘛，本来就不用多话，安安静静的，反不招人嫌。每一条街道，每一个转角，他都当成一场探险，每到一个没去过的地方，都在心里设下一个新的标记，好似卧室漫游地球仪那样，他学会了如何在局促空间获得短暂自在。妈也没说什么，大概是因为，爸爸不在了，她拖着不告诉他，已经令他记恨，于是不好再说什么。

这样的快乐于他而言虽不多见，却一天天累积起来，让他几乎想顺顺当当说出几句话来。直到那天收工回家，看到妈在自己房间，脚下一只铁桶，黑漆漆的，是烧纸给爸用的，里头有新的没燃尽的灰，仍冒着热气。那不是黄澄澄的锡箔，却是一些密密麻麻写满字的纸张。

他觉得心灰了。

妈抱着他说，知道他会难过，但是她是为了他。他没有听明白那些话的意思，他和这个世界，和这个世上与他有着亲缘的人，和他接触过的一切事物，有着一堵墙。唯有那些字，那些写给洋细米，不，那些写给他自己心底孤寂的字，是同他在一起，彼此能听见，看见，触摸到的。现在她把它们烧了，它们成了灰，灰又砌成了墙，墙又堵上了他的耳朵，他听不懂她在说什么，那样一点点安慰，怎么就不能留呢？

他听不懂，于是他不反驳，只是拿起了车钥匙，冲出去踩油门。

城市真奇怪，明明有那么多路，却在每一个路口竖起红灯，不让人走个畅快。人在里头，就得守里头的规则，否则就没有行走的自由，于是这种自由就显得那样矛盾且不真实，是局部的，某种意义上的，冰激凌一样的自由，看看一大块，一会儿就能化没了影。小恒星翻起了车牌，红色，是拒绝，任谁招手都不停留，利用这规则，给自己辟一小块自由。他不知道去哪儿，无所谓去哪儿，也不想看风景，也不想去探险，生活本身险状万千，早就看够了。其实也不是想离开，就想找个地方安安稳稳地发一会儿呆，只是世上没有这样的地方，便只能横冲直撞当避风港。

是它先撞过来的。不知怎样的命运使它害怕成那样，一头撞向他的车前灯。他下车看时，它喘着气，眼睛湿润。如果是旁人，定会感到这一幕的荒诞与不合理，这里是大城市，城里哪里来这样一只动物？光是人就挤不下了。可他不这么觉得，他觉得它合情合理，一点儿也不突兀，甚至伸出手去，摸了摸它的毛皮。马路对面有个厨子，杀气腾腾追来，被红灯挡了。后面喇叭疯狂地按，被他的车挡了。他终于回过神，抱起它，打开车门，又跳进驾驶室一踩油门，带着这只受了惊吓的绵羊，一路逃窜而去。

羊在车里，眼神惊惧。他从后视镜看它，很熟悉似的，那种惊惧。他说，“咩”，它竟也回他，“咩”。他有些不相信，又重复了一次，它又回了他。一路从浦东开到浦西，又从浦西回到浦东，他和它说了多多少少的话，只有他们自己知道。他眼睛湿了，又干，干了又湿，抱着羊回到家时，已经肿得很高。

同一天下午，琳达去找了梅真。她失魂落魄，须得有人同她说说话才成。一进弄堂，便感到热闹万分，人们脸上也不是单纯的快乐，他们的眼睛叫欲望充斥着，看在她眼里，很熟悉似的。那些邻人看到她，也不防备或嫉恨了，他们轻快地同她打个招呼，就像同一个不会再有交集的陌生人。山东大姆妈背对着她，一下又一下甩着那笤帚，她已经没有从前那种力气了，空存着一副架势，也有人抱怨过，出了清洁的费用，门前却总是扫不干净，不过现在，抱怨的人少了，因为这点钱，很快就不算什么了，这点地方，也就快成为历史了。

贾家大门锁着，推不开。她从窗外向里看，靠窗的桌上摆着几本书，一副眼镜，没有人。“哟，这不是……？”山东大姆妈扫到她脚边，认出了这双曾经妖妖娆娆的脚踝。“大姆妈，梅真在吗？”“你找梅真呀？她去了好几天了，没在家呢。”“去哪儿了？”“乡下。”她搁下笤帚，叉起腰，趁机歇一歇，“听说是，她乡下老家，别的我也没多问了，省得人家说我嚼舌根，我清清白白一个人，老了老了，不担这名头。”“哦。”她准备要走，山东大姆妈忽地想起了什么，“对了，你听说没有？”“什么？”“房子的事情，这里的房子要拆了，你晓得不晓得？哎哟，我是不是又……”她晓得自己又掺和了人家的家事，但是想一想小恒星那个孩子，又感到自己正义的职责所在，“主要是，小孩应该有份吧？是不是？我不懂法律，就人之常情来说，也不能撇下你们母子两个，对不对？你一样来了，不如去马路边上的拆迁办打听打听，像你们这样的情况，能分多少。贾家没人了，你该替孩子站出来，我是这么觉得。我但凡要是也有个孩子，我但凡……哎，不提了。”她想到了她那死去的男人和自己灰蒙蒙的一生，又拿起笤帚，“人哪……”一句话还没说完，忽听得后头吵嚷声，回身一看，却是苏州阿娘和她十几年没露过面的儿子正扭成一团。“倷覅想！倷想啊覅想！迭种辰光倷晓得转来啦？晓得认我是倷亲娘啦？啊？倷有没有良心?!”“现在勿是讲良心的辰光，现在是讲房子，讲钞票!”“只要我活一天，一天就呒倷额份!”山东大姆妈见状，急忙将笤帚往琳达手里一放，“马上回来，回来指给你看拆迁办!”说罢她便跌跌冲冲奔上前去管人家的家事了。看热闹的渐渐多起来，这样的热闹，以后只会越来越多，大家从各自屋子里跑出来，消防演习一样看一看，以后挨到自己家，使什么招数，如何攻，如何守，心里也好有点数目。空中渐渐飞起了一些菜皮豆粒，是愈演愈烈的战火纷纷，豆粒有些滚远了去，滚到曹琳达脚下，山东大姆妈的一番功夫又白费了，她替她拿起笤帚，缓缓地扫起来。

拆迁办她没有去。一路车子乘回郊区，打开家门，看到自己的儿子和一只羊。

“哪里有羊?”曹家姆妈转来转去，找她的眼镜，“我怎么没看见?”“姆妈，羊不用戴眼镜也能看见。”“哦……对。”她恍然大悟似的，点点头，又去找她的眼镜。“老太婆最近不是找不到这个，就是找不到那个，我看她啊，自己人也快找不到了。”曹家阿爸这话说完没多久，曹家姆妈就走丢了。

得到消息的时候，琳达正在超市盘点新进的酒水，她阿爸急急忙忙冲进来，说是，和她一起去买菜，一转眼人就没了，家里也没，菜场里也没，不知道跑到哪儿去了。琳达连忙告假，褪去工作衣，四处去寻。一直到傍晚，都没有寻到，灰心丧气往回走时，看见一个熟悉的身影，在对面马路上转。“姆妈！你要急死我啊?!”她也顾不得红灯，直冲过去。“菊芬？你怎么在这里？你在这里正好，我钥匙带错了，你帮我看看，怎么开不了门呢？我等你爸呀，等来等去等不着，你说急人不急人?”她松开手掌，给她看钥匙，就是家里的钥匙。“姆妈，钥匙没错啊。”“没错？那是……换了锁了？换锁怎么也不和我说？我怎么说也是家里人，怎么能说换锁就换锁把我关在外头呢?”说着，她往一个门洞走去，不是他们住的门洞。

曹家阿爸烧不来饭，烧了几回都焦煳了，他一气急，就和灶头吵架，灶头又不回话，他只能从焦煳的里头挑出好一些的来，去给曹家姆妈。有时他打个瞌睡，她又去开火，说老头子要饿着了，一口锅空烧着。这么惊心动魄过了一阵，什么都没见好，两个人都形容枯槁起来。“阿爸，”晚饭的时候，琳达开了口，“我想来想去，只有两个办法。一个是我辞工回家，照顾你们。但是原本两个人的进项，我一回来，就只剩下小恒星了……还有一种，是……得委屈你们……”“我晓得你的意思。”曹家阿爸说，他扒了几口饭，“菊芬，我只有一个条件。不管你是做工，还是想着以后再做生意，你赚到的钱，能供几个人？”“阿爸你的意思是……”“如果只能供你妈一个，那么我宁愿你辞工，我再出去找找活。”“阿爸你这把年纪了……”“要送，就送我们两个一道去。”“可是你……”“养老院是什么地方？”他忽然放下饭碗，用一种她从未见过的强硬又柔和的语气说，“你妈妈没用场，她一个人，人家要欺负她。我在，她就不怕。”他转头看看她，“要去，我们一道去。几十年了，再怎么争争吵吵，谁也没说过要离开谁。”他给她碗里添了一点菜，她夹出来扔回盘里，小孩一样，他又替她夹回去。琳达看着这两个人，一个是黑黝黝的苏州河，一个是清澄澄的黄浦江，苏州河，永远挨着黄浦江。

付掉了原本攒起来预备买电脑的钱，送完了两位老人，又回去接羊。车子趁着夜色，一路开往松江。小羊在后座很乖，养了它几个月，后腿的伤已经完全好了，看到人还会打招呼，很明白世故似的。一路盘旋到了山上，风有点凉。“这里你看好吗？”她问小恒星，他不回话。她打开车门，抱下那羊，羊回头看看小恒星，朝他“咩咩”两声。“等一下。”他赶上前，蹲下身，摸着它的绒毛，依依不舍。

“你总要放它去的。钢筋水泥里头困着，算什么名堂？”“我知道。”他说，“我，我就是，再和它……说，说几句。”然后他什么也没说。“我明白你心里一直不好受。我也晓得，你怨恨我。”琳达说，“我以前觉得自己很有本事，现在我看出来了，我能给你的，还不如一只羊。可是小恒星，羊总是要走的，姆妈不会。羊不能保护你，姆妈会。”“姆妈，”他说，“为什么，世，世上，有一个我？”

他紧紧地搂住了羊的脖子，抚摸着，羊也挨着他，不愿走。“因为你是我的孩子啊。”“我也是我自己。”这句话他说得如此流畅，她倒是没想到。她早该想到的。“可为什么，你心里……装的东西，那么，那么多？每一次，每一次你都……”“小恒星，你就快长大了，等你长大，你就会明白……”“我不明白，为什么，为什么要让，让罗宋阿叔，孤零零地活？为什么，会让，让爸，爸，孤零零地死？为什么，外公，外婆，要去，那么，那么远，的地方？为什么，我心里，一点点的，念想，你都，都，不给我，留下？”她立的地方草深，脚下好像踩着一只竹笋，尖尖的，硌着人的脚底心，像是随时要生长起来，一直刺到脑仁。

“因为姆妈是普通人。”她说，“一个普通的人，想从泥地里往上蹿，就得用尽自己的力气，就像这竹林，一点点雨水和养分都不能够错过，因为它只有这些，没有人会路过此地，特为浇水施肥，没有的。”她顿了顿，“它长起来的时候，也许挡了别的竹子，也许荫庇了几只蘑菇，也许长得太快太细，自己又不稳。这都是因为，它普普通通，第一次从泥土里头挣出来，面对这世间风雨，什么是好，什么是坏，都是一路苦苦长着，一路才晓得。你可以怪它，可以的，它不会怪你。”

小羊又“咩”了一声，忽然挣脱他的怀抱，向草地深远处走去。他在后头唤它，像过去那段时间一样，可是很奇怪地，它不再回应他，只是慢吞吞，慢吞吞，头也不回地走进它的自然里。

他缓缓回过身，天空很黯淡，没有什么星光，只有他母亲的眼睛，闪烁湿润，像天边两颗小小的星。“我以为……到了，山，山上，能看见，星。”他说。她也回头看去，那是很久很久以前，她看过的一片风景。如今人间星河愈发灿烂，天上却凄凄阴阴。“今天云厚，没办法。”她说，“不过你信不信？明朝星星还会出来的。”风起了一点，吹在人面上，是时光在拓印。

再回到贾家弄堂，是第二年春天。说是弄堂也不确切，因为从小开家往前数，一户户人家都悉数叫人拆了去，原先前头那段开拓成了路，那样宽阔，人来车往，忽地将贾家扔到世界面前，成了门面。这样赤在弄堂最外头，灰不溜秋，莫名其妙，和过去曹家楼道里那只位置尴尬落灰发霉的水斗无甚区别。总算政府派人来粉刷，又略加修缮，既做了门面，必然得好看些。

梅真有时来信，说说她的近况。自从那次殓堂相问，琳达再没见过她的面，就连过户手续等等，也是律师两头传话。梅真拿到自己娘家的拆迁款，索性搬去了乡下的旧屋，款子一大半捐给乡下小学，又顺带把自己也“捐”了——去那里头教些书画音乐。贾家的房子，琳达没有争，梅真更不会，她托律师办清了手续，还请琳达带了小恒星住回去，多少替她省了笔开销。只是她也没想到，拆迁到家门口，便不再动了。于是别人欢欢喜喜，拿房的拿房，领钱的领钱，只有这娘儿俩从此守在这弄堂口。她兜兜转转，仍是做了外置水斗里的女人。为了接回曹家二老照顾方便，琳达索性打开窗，置办了柜台，申请到许可与补助，就地经营起烟纸店。

如今她不大出门，家里要照顾的事情多，加上既开了窗做生意，不能不时常有人驻守。好在是沿马路，她每天从这窗口望出去，也不算冷清。建筑物的式样越来越新鲜，有外国的服装品牌，索性在马路对面建了一整栋，从上到下，玻璃门面，晶光锃亮灯不灭。听说，这叫旗舰店。比她从前开的那几家气派得不是一点两点，时髦外国女郎穿着花裙的宣传画报在风中猎猎，挂了一整条街。

“老板娘，蓝啤。”“好嘞。”弄堂里的人嘴上叫她老板娘，背后仍是辣火酱。不过近年来，这酱越来越不呛口，说话做事都平和不少。附近居民来买什么，她都晓得他们的脾性，例如老买蓝啤的沈工，就必定一买两瓶，须得是冰的。“我冰得早，现在正好。”她从冰柜取出两瓶。“对面热闹啊！”沈工倚在窗门口感叹。“是呀。”“晚饭吃好，去里面兜兜。”“人家卖的女士服装，你一个老爷叔进去，一看就是去孵空调的。”沈工被她识破，笑起来，“拎拎行情嘛。听我女儿说，里面东西也不贵，老百姓也买得起，而且还是照着外国很贵的牌子做的式样，就是料作质量差点，但是女人嘛，翻行头，能穿几天？要料作这么好做什么？浪费钱！你说是不是？”“哦。”她说。沈工放下钱，提着冰冻蓝啤哼着小曲走了。她抬头看看那一排排气势恢宏的宣传画报，“驳样啊。”她对自己说，又轻轻笑了笑，低下了头去收钱。

慢慢地，也存了一些，除了照例匿名往阿大姆妈的住处寄一点，多少还有些结余。再存多一些，她就打算把一直计划买的电脑买回来，再去报个晚班，趁小恒星晚上在家能照顾的时候，自己去学电子商务设计软件。她还写了信，写了好多次，写着写着，又揉成废纸，始终做不了决定。尽管她知道，写这些也许是没有用的，也许根本寄不到，更何况如今，她压根就不会当真寄，但是她心里有一些盼头，日子就一天天过得有别于死水一潭。

一眨眼到了空气里满是桂花香气的季节，这是她生意比较旺的时节。这一条街，如今也成了旅游团必到的商业街，这样的天气，出游的人也比往常多，车子一停，总有人要东瞄西瞄买一些汽水香烟，这一辆车也是一样。导游第一个下车，用广东话喊大家十分钟后集合，小心台阶，大约是个老年团吧。这里作为停靠点，每天要听到各地方言，早就不稀奇了。

她把新到货的可乐一点一点码上货柜，好让路过的人看得清楚，就是赚一块钱也有赚一块钱的策略。她的衬衣已经穿了好些年，料子洗多了，颜色泛灰白，起了小球。管它呢，反正虽然位处弄堂门面，她只要人在里头，就不算是出门，在家里要这么好看做什么？“有没有，骆驼牌香烟?”背后生意来了，她放下没搬完的货，拍拍手，扶着腰起身，“有啊。”她说，顺手就去玻璃柜摸到一盒来人要的牌子，往柜上一扔。“多少钱?”那人问。她侧过头，待要报出价钱，她报价钱一向是很干脆的，这时却愣了愣，手掌贴紧了柜面玻璃，已经很久不曾有过这样的念头——我不是在此时此地，我是在一个玻璃罩里，在海上漂流。好不容易在这小小一方扎下的根，忽地被人拔了似的，她再度在这海里浮沉起来。透过一些摇晃着的玻璃罩外头来的光亮，她仿佛看见了，又仿佛没有，时间太久，她已经记不起眼前这个人理当是什么模样了。“多少钱?”那个人又问，那下垂的音调在她听来似乎在说“不是，不是那个人”，可他嘴唇的线条却提着反对意见，她熟悉过的线条，心怦怦直跳，忽然，她醒来似的，侧转过身，她想起早上照镜子时那里头的模样，她自己是习惯了，那么别人呢？她的头发那样枯黄，她的眼睑向下垂去，她的嘴唇也不鲜润了，她怎么能让人瞧见自己这副模样？假如，那不是一个寻常来买烟纸汽水的陌生人，而是……可他已经瞧见她了，他似乎无动于衷，他怎能无动于衷？心跳霎时顿住，难道说，她的容貌已经变得连他都认不出了？还是他原就不是那个人？她捋了捋额发，小心翼翼转过一点头去，这才认真瞧见了他。眼前这个人老得厉害，比她更厉害，脸上全然没有那种曾经让她无比爱慕的闲适神情，唯有一脸七皱八褶的叹息，衣襟上一点酱渍，大概是旅行团带去隔壁吃麻酱面留下的纪念，眼睛低着，像是在等待，又像是对即将到来的任何结果都毫无兴趣似的，他和那些油锅中煎熬沸腾的男人，没有什么两样。大概是认错了吧，大概是，希望是。但她的心不同意，她晓得她认得出他，她永远永远都认得出他。她不给他回答，他也没再追问，她只是将烟安安静静地贴着玻璃柜面移到他面前，心里喊着，接啊，接。她要看看他的手，她理应记得他的手，他的指关节，曾经牢牢扣着她的，一节挨着一节。他伸出了手，一双伤痕密布的手，似乎经过火烤，又有几处裂开又合拢去的陈年的疤。她的眼睛酸痛起来，不忍继续分辨。“叮！”轻轻一声划过她的耳朵，是他掏出打火机，是的，打火机，她瞧见了，是那个打火机，还是那个打火机。她的手抖起来，窸窸窣窣拆开烟，递给他一根，他用那双不太灵活的手接过，低头点了起来。“这里，我好像来过。”环顾四周，他的脸也不太对，表情是木木的，像是重病过，又慢慢恢复起来的那种脸面。“你知不知道，这里是哪里？”他问她。她有话要冲出口，想了想，却摇摇头。“我也不知道。”他笑了笑他自己，又吸了一口，“不知道。”“你……还记不记得……”她鼓足了勇气。“汪先生，集合了！”那头导游在唤他，用的广东话，她想她没有听错，是汪，不是王，不是黄，一定不是，一定……他急忙向那边走一步，步子是踉踉跄跄的，又想起了烟，“对了，钱，还没给钱。”说着，他伸手去摸口袋，她摇摇头，许多话在心口按着彼此，一句比一句要急。他举起那支烟，向她致意了一下，便转身去了。这时她看见了他的腿，他的半个身子，他的一切都是歪扭的，整个身体的重量偏向一边去，走一步，便跷一下，走一步，又跷一下，把她的眼睛看得生疼。她有好多好多的话还没有讲，好多好多的眼神还来不及往他身上放，可他走了，一点点向前，离她而去，如同岁月那样。她不答应，绝不答应，霎时间，那些话一齐涌上来，不知道哪一句放在前头才好，是那样多，那样挤，堵在她喉头，一句都说不出来，她只想吼。“快啦，快啦！”导游在吼，他歪歪扭扭的脚步亦尽他所能地加速起来，渐渐走远了，越来越远了，玻璃柜面贴着掌心，那样硬，那样凉，却不能再将她扶住，终于，她横下心去，一个扭身夺门而出，一路跑，一路想喊他的名字，那就是他的名字，不会错，她认定了他就是！她跑得那样快，气喘不及，眼看他颤颤巍巍上了大巴，“绍祖，绍祖！”她的声音终于从胸口迸出，车子叹出一口废气，发动起来。“绍祖！你等等我！你等等我啊！”车轮只管尽责向前，充耳不闻地，他去了，和很多像他一样不知道为了什么加入旅行团的老人一起，带着一点点对未知的期盼和已知的失落的必然，迷迷糊糊驶向下一个景点。

她站在马路中央。新扩的马路，柏油气味还没散尽，一道道的白线规划了车行的方向，不得随心所欲。她脚上踩的是一双居家的拖鞋，鞋面有点脏，站在窗口里头，没人能看见，可是此刻，街旗上迎风招摇的外国女人们都瞧见了，她们花开烂漫的裙裾在风中扭摆，唇角飞扬。远处，大型吊车的摇臂缓缓转动，要把这座城市从地里拔起，拔高到人赤脚也追不上的天际。她一步步向前，去踩那个曾经的迷梦留下的痕迹，它曾领着她一路往前披荆斩棘，直到它本身破碎一地。

很急躁的喇叭声响起，司机的国骂连珠炮一样充斥了耳膜，她觉得自己该把路让开了，却不知道脚往哪儿迈才对，空气里的甜香熏得人脑袋嗡嗡响，拖鞋滑脱了脚，她人一软，和公交车香了鼻头。“砰”一声，爆米花炉子一般的声音，响喽！司机从驾驶室跳下来，一看这女人无甚大碍，指着就要骂，寻死啊，碰着赤佬了，之类的话，他胸中储备良多，可没料想，却被那女人眼里一汪泪熄了火。“算了，算了。”他说，“快点走开，耽误一车人下班!”那女人试着扶起身，拖鞋落在车轮边，他弯腰替她去捡，又给到她面前。“谢谢侬，阿哥。”平常不过的道谢，却泪满面，让粗声大气惯的男人没了方向，只好也学着软些语调：“好了好了，哭好了，就好了，哭好就走吧。”

她走了。车子也发动了。她制造的一场小小拥堵，很快就被焦躁又善忘的乘客们原谅了。可是她没有往家走，她沿着这条马路游荡，没有什么方向，就想看一看，如今是个什么年头。已经有很长很长的时间，她困在她要的明天里头，却把今天丢在一边，陌生了它的气味形状。

路上的女人们剪起了利落的短发，眼影很淡，垫肩抽脱，整个人线条简洁起来；男人们不再烫卷头发，衣服胸口不一定有品牌标识，移动电话也小了一圈，拿在手里无甚分量；年纪大的老妇人，也有了涂口红的，神态自然，不怕指点；老年的男子还是喜欢听收音机，不过这收音机也小了许多，可以拿在手心里，一路走，一路放，忍不住跟着摇头晃脑：“恰便似啊，嫦娥，离月宫，奴似嫦娥，离月宫。好一似嫦娥下九重，清清冷落在广寒宫，啊，在广寒宫。”

明明哪里也没去，却好似漂泊了半生。

沿街的咖啡馆如今多起来，这一家便冷清下来。好在它得天独厚有碧玉似的一弯湖水为邻，这么些年，竟也好端端生在此地，就连菜单上的内容也没怎么变。她也不知自己怎么走到这里，也不知人家怎么许她进去，这样一个趿着拖鞋头发蓬乱的女人，放在从前是要被站在门口迎客的自己白眼的。侍者问她，点点什么？她这才想起来，走得那样急忙，口袋里没有钱。

“我在这里！”她羞愧地起身，想冲出去时，有人唤了她一声。她回头看去，是一个年纪很大的妇人。“这里，都点好了。”侍者脸上客气起来，伸手一摆，将她引过去。

“我……你……”侍者走开了，她想这个妇人虽是好心解围，总不能当真占起人家便宜，却不等她开口解释，那妇人便道：“一样的。我一个老太婆，也没人说话，你陪我吃一点，说说话好不好？”说罢她往她的咖啡里夹了一块黄糖，“真是，多少年了，忙忙碌碌，总算有工夫闲着找人谈谈天。来，喝点热的，暖暖心。”琳达捧起咖啡，喝了一大口，苦涩香甜，从喉头滚下，暖开了话匣。她告诉她，自己的狼狈，也告诉她，曾经的风光，她还说了那些年，那些崎岖蜿蜒的险途，她是怎么一步一步往前，又是怎么一点一点走到山背面。那妇人也是个懂经的，说到过去十年二十年的发展，因缘结果梳得清清爽爽，好似放了一场电影。她像是听着别的什么地方发生的别的什么事，边听，边大口大口吃着奶油蛋糕，入口即化，不存在过似的，冷丝丝的甜。“本来，”她对老妇人说，“本来是没有我的。我一个女人，来一趟本就不易，所以我想呀，既然有了我，就没那么容易。”两人一块儿笑起来。“就是。”老妇人说，“就是到了我这个年纪，也还不死心，总想呀，一棵树那样，枝枝节节长不完，越是砍它，越是密，雷电劈它，便抽新芽……但是回头想想，走了那么多山山水水，看了这么些起起落落，逃难一样，没有一刻安稳，做什么呢？可又好像，只有这样，一颗心才会平，你说奇怪不奇怪？”她点点头。“你说，你去了很多地方，都有哪些地方?”“那说起来，可就长了。”老妇人接下来的每个字，于她而言都是闻所未闻，她睁大了眼睛，那双曾经乌黑锃亮的眼睛从灰蒙蒙的眼眶里放出久违的光，听得如痴如醉，恨不能走进那些话里，顺着探寻一番她来时的路，好挑挑选选，看看哪一条上有自己的方向。老妇人看出了她的心思，“不过，你不一定要和我一样，你可以完全不一样。”“那现在呢？现在你想起过去，会不会后悔没有绕开那些坑坑洼洼?”老妇人摇摇头，“我不知道什么是后悔。因为人选一样东西，必有他的理由。”“假如全部从头来过……”“我还是会回到这里，在我年纪这样大的时候，点两杯咖啡，同一个人讲讲从前。”老妇人说着，看了看手表，“时间差不多，我也该走了。”“明天你还来吗?”“明天?”她说，“明天店都关门了，怎么来呢?”“关门？不会啊，这家店是没有休息天的，我以前在这里做过所以我晓得，他们在此地已经开了二十来年了。”“四十来年。”老妇人说。她不解。“就是听说明天要关，我想最后来坐一坐，四十多年的老店了。以前……都是站着。”“不对……是八十年代开的，向来是有桌有椅，算到今年总共是……”“哦。”老妇人看看她，“那大概是我记错了。你看，我可真是老了。那么再会。”她向她点点头，转过身，缓缓走了出去。琳达觉得，她走路的背影很美，可以看得出年轻的时候一定身量高挑，身形丰润，是那样动人心弦的人样，就像是，一把大提琴。

“吞拿鱼吐司对哦?”隔壁桌的侍者记下了客人的点单，轻轻倩倩地从她身边走过。她拿起黄油小刀，在面包上塌了一刮子果酱，熟软丰甜的香气，沁浸四下里，她一口咬下现在，思忖起未来。

这个时代爱过她，她亦爱过这个时代。

写于 2015 年，终稿于 2020 年

图书在版编目（CIP）数据

织锦缎 / 王嘉馨著 . —武汉：武汉大学出版社，2021.4
ISBN 978-7-307-22112-3

Ⅰ. 织…　Ⅱ. 王…　Ⅲ. ①中篇小说—小说集—中国—当代
②短篇小说—小说集—中国—当代　Ⅳ. I247.7

中国版本图书馆 CIP 数据核字（2021）第 014338 号

本书为上海文化发展基金会资助项目

责任编辑：周 昀　黄建树
装帧设计：dzl

出版发行：武汉大学出版社（430072 武昌 珞珈山）
（电子邮箱：cbs22@whu.edu.cn 网址：www.wdp.com.cn）
印刷：湖北金海印务有限公司
开本：850 × 1168　1/32　印张：10.5　字数：213 千字　插页：2
版次：2021 年 4 月第 1 版　2021 年 4 月第 1 次印刷
ISBN 978-7-307-22112-3　定价：58.00 元